Machteloos

Marianne en Theo Hoogstraaten bij De Boekerij:

Lokvrouw

www.boekerij.nl

Marianne en Theo Hoogstraaten

MACHTELOOS

ISBN 978-90-225-5258-2
NUR 305

Omslagontwerp: Wil Immink Design
Omslagbeeld: Plainpicture / André Schuster / Imagestore
Zetwerk: Mat-Zet bv, Soest

Today is only one day in all the days that will ever be. But what will happen in all the other days that ever come can depend on what you do today.

Ernest Hemingway, *For whom the bell tolls*

Proloog

Onverwachts staat hij op, loopt om de tafel heen en gaat achter haar staan. Ze huivert en zet zich schrap. Onwillekeurig beweegt ze naar voren als zijn massieve gestalte zich over haar heen buigt en hij zijn gezicht vlak naast het hare brengt.

'Denk je nu werkelijk dat je met zo'n verhaal wegkomt?' Zijn adem strijkt langs haar wang. Ze voelt spettertjes, giftige spettertjes: hij spreekt met consumptie. Ze knijpt haar ogen dicht. Kon ze haar neus ook maar dichtknijpen zodat ze zijn penetrante zweetlucht niet hoeft te ruiken. Vol weerzin kijkt ze de andere kant op, weg van zijn zelfingenomen smoel, weg ook van haar andere ondervrager aan de andere kant van de tafel. De meewarige blik in zijn loensende ogen lijkt bedoeld om haar ervan te doordringen dat ze dit echt niet gaat redden, dat ze haar net zo lang zullen uitputten tot ze vertelt wat ze willen horen. Een paar dagen geleden was de onorthodoxe manier waarop rechercheurs verdachten soms ondervroegen een item dat voorbijkwam op het nieuws en verontwaardiging opriep. Ze is verbijsterd nu haar zoiets overkomt en kan het nauwelijks bevatten.

'We zien er toch niet uit als randdebielen? Nogal beledigend, vind je niet?' sist hij in haar oor.

Met beide handen pakt hij de rugleuning van haar stoel vast. Ze voelt zijn knokkels tegen haar schouderbladen drukken.

'Oké, nog één keer. Je vriendjes worden er niet vrolijker van als je gaat praten, dat hoef je ons niet uit te leggen.'

De man tegenover haar maakt een onthoofdingsgebaar.

'Als je meewerkt en namen noemt, valt er wel iets te regelen, strafvermindering, een nieuwe identiteit.' Hij zegt het samenzweerderig. 'Zelfs je man en je kinderen hoeven daar niets van te weten.'

'*Fuck you!*' schreeuwt ze en ze moet zich inhouden om hem niet aan te vliegen en de ogen uit zijn arrogante kop te krabben. Agressie tijdens een verhoor: koren op hun molen. Haar stoel wordt met een ruk achterover getrokken en weer losgelaten, zodat hij naar voren kantelt. Tot deze vorm van intimidatie hebben ze zich niet eerder verlaagd.

'*Fuck you,*' herhaalt ze woedend. 'Stelletje klootzakken.'

Haar ondervrager is weer naast zijn collega tegenover haar gaan zitten. Hij oogt opeens vermoeid, stelt ze vast, vermoeider misschien nog dan zij, terwijl zij de hele nacht geen oog heeft dichtgedaan omdat ze dat vervloekte licht in haar cel lieten branden. De ander neemt haar geamuseerd op, alsof haar reactie hem wel bevalt. Ze hebben haar uit evenwicht gebracht, haar woorden laten zeggen die ze anders nooit in de mond neemt, daarvan is ze zich heel goed bewust, maar ook van de waarschuwing die ervan uit gaat. Ze staat op het punt door te slaan, concludeert hij nu waarschijnlijk. Nog even en ze legt de gewenste verklaring af. *No way!* Haar afschuw geeft haar net de kracht die ze nodig heeft.

'Je kinderen hebben de beelden ook gezien. Je denkt toch niet dat ze ooit nog wat met je te maken willen hebben? Hun moeder een terrorist en een moordenaar. Zo iemand wil je toch geen moeder meer noemen?'

'Als ik jouw man was ging ik snel op zoek naar een vervangster, iemand die je kinderen nog wat moederliefde kan geven,' vult de andere man aan.

8

Ze verkrampt, de wereld om haar heen wordt van ijs, de rechercheurs worden twee grijnzende sculpturen die langzaam smelten. Ze slaat de handen voor haar gezicht en geeft zich over aan een huilbui. Haar kinderen hebben de beelden gezien. Die hufters halen haar kinderen erbij om haar te raken, hun ultieme troef.

De man die het woord *moederliefde* in de mond nam reikt haar over de tafel quasivriendelijk een papieren zakdoekje aan. Ze negeert hem en weigert wat hij zegt tot zich te laten doordringen.

'Ik zou ook overstuur zijn als iemand me vertelde dat ik mijn kinderen misschien nooit meer zou zien.'

'Daar zouden afspraken over kunnen worden gemaakt. Die nemen we dan mee in de regeling waar ik het zojuist over had. Maar dan moet je wel meewerken en niet met die onzin aankomen. We kunnen ons voorstellen dat ze je onder druk hebben gezet. Dat is een verzachtende omstandigheid die extra in je voordeel kan werken. Je hoeft het alleen maar toe te geven en namen te noemen, zodat we ze kunnen arresteren en het bewijs rond kunnen maken.'

Ze haalt diep adem, gaat rechtop zitten en kijkt haar kwelgeesten om beurten aan. 'Ik heb alles gezegd wat er te zeggen valt. Vanaf nu zeg ik geen woord meer zonder dat ik een advocaat heb gesproken.'

'Je vond dat toch niet nodig omdat je niets te verbergen had?'

'Ik dacht toen nog dat jullie op zoek waren naar de waarheid en kreeg te laat in de gaten dat jullie alles wat ik zeg in jullie eigen theorie inpassen.'

Wat ze zegt maakt geen enkele indruk, van het begin af aan al niet; dat maakt het minzame lachje op hun gezicht wel duidelijk. Zo meteen zegt een van de twee denigrerend 'mevrouwtje, mevrouwtje'. Om gek van te worden.

'Een advocaat dus. Dat zullen we moeten regelen. Je houdt er toch wel rekening mee dat het dan moeilijker wordt om een deal met ons te sluiten?'

Hij kijkt haar vol verwachting aan, een laatste strohalm om haar weer aan het praten te krijgen. Ze krijgt het voor elkaar een glimlachje op haar gezicht te toveren.

1

'Rij nou door naar de volgende pomp, man. Je ziet toch dat ik ook wil tanken.' Ongeduldig drukt Tosca op haar claxon. De blauwe Opel Astra voor haar blijft staan bij de achterste pomp. De bestuurder stapt uit, kijkt haar even aan, haalt zijn schouders op en begint te tanken. Wind je niet op, daar is het veel te warm voor. Behendig manoeuvreert ze haar Twingo langs zijn auto en zet hem bij de pomp ervoor zo neer dat hij op haar zal moeten wachten om weg te kunnen. 'Moet dat?' roept de man.

Ze pakt het vulpistool en glimlacht koeltjes. Hij is niet groot en lijkt haar niet het type dat meteen gaat slaan.

'Wil je echt dat ik het uitleg?'

Zijn ogen vernauwen zich. Hij legt een hand op het dak van zijn auto en leunt naar voren om haar aan te kijken.

'Ja, doe dat eens.'

Hij zegt het luid, uitdagend, denkt haar zo waarschijnlijk te intimideren. Ze geeft geen antwoord, keert hem de rug toe en concentreert zich op de roterende getallen op de pomp.

'Takkewijf.'

Afgepoeierd. Enigszins triomfantelijk kijkt ze naar de ingang van het benzinestation. Naast de bloemen in emmers, ruitensproeiervloeistof en motorolie staat een lange, slanke man. Haar ogen worden als vanzelf naar hem toe getrokken. Hij neemt haar op en beantwoordt haar blik ongegeneerd. Even trekt hij zijn donkere wenkbrauwen op. Flirt hij nou met haar? Hij ziet er goed uit: licht colbert op een donkere spijkerbroek, wit T-shirt, sneakers. Helemaal haar type.

De handel in haar hand schiet met een metaalachtige klik door. Ze hangt het vulpistool terug in de houder en draait de dop op de tank. De bestuurder van de Opel is ook klaar met tanken en loopt weg om te betalen. Ze pakt haar handtas uit de auto en gaat hem achterna. Als ze vlakbij is laat ze haar ogen nog een keer over de man naast de uitstalling met autoartikelen glijden. Hij is de tekst op een flacon aan het lezen. Van dichtbij valt hij toch wat tegen. Hij heeft nogal wat lijnen in zijn gezicht waardoor hij er ouder uitziet dan ze eerst dacht.

De Opel-bestuurder heeft al afgerekend. Hij passeert haar rakelings. Ze negeert hem en gaat naar de kassa.

'Waar is het toilet?' vraagt ze als ze heeft betaald.

'Aan de achterkant, mevrouw, bij de parkeerplaats.'

'Bedankt.' Ze knikt vriendelijk naar de caissière en loopt naar de uitgang. De man staat er nog steeds. Zonder naar hem te kijken wandelt ze naar haar auto.

De man achter haar heeft zijn motor al gestart. Ze grijnst naar hem. Geïrriteerd steekt hij zijn middelvinger op.

Een snelle blik op haar horloge. Half drie, nog ruim twintig minuten tot haar laatste afspraak in Zwolle. Dat redt ze net. Ze heeft er een hekel aan om meteen als ze ergens is aangekomen naar een toilet te moeten vragen. Dan liever hier, in de hoop dat het niet al te smerig is.

Zonder zich te haasten start ze haar auto en rijdt naar de achterkant van het gebouw. Vanuit haar ooghoek ziet ze dat de man naast de ingang zijn hoofd draait om haar te kunnen volgen. Ondanks het warme weer heeft ze een lichtgrijs mantelpakje aangetrokken met daaronder een kanten topje. Met haar kastanjebruine haar en een grote zonnebril trekt ze de blikken van mannen automatisch naar zich toe.

Als ze een paar minuten later terugloopt naar haar auto, gaat de deur van de herentoiletten open. Voor de tweede keer maken haar ogen contact met die van de onbekende man. Ze snuift. Dat kan geen toeval zijn. Ze loopt naar haar auto, zich bewust van zijn bewonderende blik op haar benen, stapt in en start de motor. Eentje met initiatief, hij komt naar haar toe. Verwacht hij nu werkelijk dat ze het raam laat zakken om een praatje met hem te maken? In haar achteruitkijkspiegel ziet ze hem achter haar auto om lopen. Niet op letten! Jasje uit, veiligheidsgordel vastklikken, versnelling in zijn één zetten en wegrijden.

Opeens wordt het portier aan de passagierskant opengetrokken. Razendsnel stapt hij in. Ze schrikt zo dat ze de koppeling te snel laat opkomen waardoor de motor afslaat. Door de schok komt ze in haar veiligheidsgordel te hangen.

'Shit! Mijn auto uit!'

Woedend kijkt ze opzij. Grijsgroene ogen nemen haar rustig op. Zijn rechterhand houdt iets vast. Een pistool! Ze kijkt in de loop van een pistool! Haar handen trillen en laten het stuur los. Ze zou de veiligheidsriem moeten losmaken om uit de auto te springen, maar het lukt haar niet haar hand naar de drukknop te bewegen. De aanblik van het wapen heeft haar verlamd, als een konijn dat in het verblindende licht van een koplamp blijft staren.

'Zet de versnelling weer in zijn vrij en start de auto.'

Hij heeft een beschaafde stem, rustig, dwingend, hypnotiserend bijna. Als vanzelf doet ze wat hij opdraagt. Ze heeft zich bij het zien van een thriller op tv wel eens afgevraagd hoe zij zich onder bedreiging van een vuurwapen zou gedragen. Zo dus! Zelfs al zegt haar verstand haar dat hij wel gek zou zijn om op deze plek te schieten, gevoelsmatig sluit ze dat toch niet uit.

'Langzaam wegrijden, naar rechts de parkeerplaats op, goed zo, doorrijden tot de plek helemaal aan het eind, inparkeren, motor laten draaien.'

Ze heeft de indruk dat hij opgelucht is omdat ze zich niet verzet. Stom dat ze geen dot gas heeft gegeven en daarna vol op haar rem is gaan staan. Hij heeft geen veiligheidsgordel om. Wel houdt hij het pistool onafgebroken op haar gericht. Door de schok zou zijn vinger de trekker hebben kunnen overhalen. Ze rilt.

'Wat wil je van me?' krijgt ze er redelijk beheerst uit.

'Dat vertel ik je later. We gaan eerst een paar afspraken maken.'

Kalme, zelfverzekerde ogen, maar met de onmiskenbaar vermoeide uitstraling van iemand die veel narigheid achter de rug heeft, kijken haar aan. Zo keek haar moeder ook, nog maanden nadat haar vader na een lange lijdensweg in het ziekenhuis was gestorven.

'Afspraken maak je samen en ik wil helemaal geen afspraken met je maken.'

Een flauwe glimlach. Het pistool komt een stukje omhoog.

'Ik vrees dat je geen keus hebt.'

In haar achteruitkijkspiegel ziet ze dat achter haar een auto met twee mannen erin is gestopt. Ze moet hun aandacht zien te trekken, het alarm aanzetten. Langzaam beweegt haar hand naar de knop op het dashboard. De verlamming lijkt opgeheven, de eerste schrik is voorbij.

'Haal geen stommiteiten uit. Leg je handen op het stuur en blijf van de alarmlichten af,' klinkt het scherp.

Hij heeft haar door, ze heeft niet met een domme jongen te maken.

'Ik neem aan dat je het er levend af wilt brengen, een goede reden om wel afspraken met me te maken. Dus, wat doe je?'

Ze haalt diep adem. 'Garandeer je me dan dat ik het er levend afbreng?'

14

'De enige garantie die ik je geef is dat ik je niet overhoop zal schieten zolang je doet wat ik zeg. Daar zul je het mee moeten doen.'

'Waarom ik? Er tanken hier zo veel mensen.'

Opnieuw een glimlach.

'Je hebt zojuist bij de pomp je visitekaartje afgegeven: je bent doortastend, laat merken dat je er bent, laat je niet op de kop zitten en bent niet te beroerd om een ander de les te lezen. Precies het type dat ik zocht. Nog een keer: gaan we wat afspreken?'

In de spiegel ziet ze de twee mannen uit hun auto stappen en naar het benzinestation lopen. 'Je zei toch dat ik geen keus had?'

'Heel verstandig van je.'

Hij haalt iets uit de zak van zijn colbert. Op zijn linkerhand houdt hij het voor haar op zodat ze het goed kan zien. Het is nauwelijks groter dan een wattenschijfje, wel iets dikker, en er lopen dunne, gekleurde draadjes overheen naar de onderkant.

'Kun je raden wat dit is?'

Ze staart ernaar met toegeknepen ogen. Er is wel iets waarmee ze dat spul en die draadjes associeert, maar ze weigert die gedachte toe te laten.

'Het is toch geen springstof?' Haar stem klinkt afgeknepen, alsof er een strop om haar hals ligt die langzaam wordt aangetrokken.

'Heel goed. Semtex, om precies te zijn. Kneedbaar en geurloos. Geweldig spul. Met een paar van deze schijfjes kun je een huis opblazen, of een vliegtuig. Dit hier is meer dan genoeg om je longen uit je lijf te blazen, als je eigenwijs gaat doen.'

Doodsbang kijkt ze naar het ding, niet in staat te bevatten wat hij zojuist heeft gezegd.

Hij legt het schijfje op zijn schoot en pakt opnieuw iets uit zijn zak. Een rolletje leukoplast.

'Pak eens aan.'

Ze verstijft. Roerloos blijft ze zitten.

'Je begrijpt het nog steeds niet, hè? Zolang je doet wat ik zeg zal ik je niet beschadigen, heb ik beloofd. Maar dan moet jij dit nu wel aanpakken.'

Ze staart door de voorruit. Hij zal haar toch niet doodschieten als ze weigert?

Zijn arm schiet uit. Met een ruk wordt haar hoofd aan haar haren naar achteren getrokken en tegen de hoofdsteun gedrukt. Ze schreeuwt van de pijn, probeert hem met haar elleboog te raken, maar schampt slechts zijn stoel.

Vliegensvlug pakt hij haar rechterarm en draait hem langs haar rug omhoog. De pijn snerpt door haar schouder. Verweren heeft geen zin, hij is veel sterker dan zij. Op hulp van buiten hoeft ze niet te rekenen, want andere auto's staan te ver weg.

'Dit was de laatste waarschuwing.'

Zijn stem klinkt buitengewoon beheerst, als van iemand die de zaak volledig onder controle heeft.

'Je laatste kans op een goede afloop.'

Hij laat haar los, pakt het pistool dat hij tussen zijn benen had geklemd, diept uit de binnenzak van zijn jasje een buisje op en draait dat zorgvuldig op de loop.

'Ik neem aan dat je weet wat dit is?'

Ze kan alleen maar knikken. Haar keel zit dicht, ze vecht tegen de paniek en de tranen.

'Ik kan het me namelijk niet meer permitteren je levend te laten gaan voordat alles voorbij is. Je zou mijn signalement aan de politie doorgeven. Ik zou me voorlopig niet meer vrij kunnen bewegen en dat zou funcst zijn, funester nog dan jouw dood.'

Hij zegt het zakelijk, afstandelijk.

'Doe verstandig. Ik ben er niet op uit om je dood te schieten.'

Het rolletje leukoplast ligt weer in zijn hand.

'Pak je het nu wel aan?'

Ze knikt.

'Oké. Er zitten drie op maat geknipte strookjes op dat rolletje. Haal ze er een voor een af en plak ze met één punt op het dashboard voor me, zodat ik ze er gemakkelijk vanaf kan trekken.'

Ze peutert het eerste strookje los en buigt zich naar voren om het op het dashboard te plakken. Angstig kijkt ze naar het rondje midden in de geluiddemper, een oog, dat al haar bewegingen nauwlettend volgt.

In de rechter zijspiegel ziet ze de twee mannen naderen. Hij heeft ze ook opgemerkt, want hij werpt snel een blik over zijn schouder.

Ze plakt het tweede strookje naast het eerste. Haar hand zit nu heel dicht bij de knop voor de alarmlichten. Een druk daarop kan haar leven redden, maar kan er ook een eind aan maken. Zijn waarschuwende blik en de niet mis te verstane beweging met het pistool laten daar geen twijfel over bestaan.

De mannen stappen in hun auto en starten de motor.

'Draai je gezicht naar me toe als ze langsrijden,' beveelt hij. 'Als ze je achteraf kunnen herkennen, heb ik niets meer aan je. Je weet nu wat dat betekent.'

Als de auto passeert draait ze haar gezicht naar hem toe. Hij knikt tevreden.

'Uitstekend. Keer nu je rug naar me toe en schuif dat fraaie hemdje een stuk omhoog.'

Hij geeft haar de tijd om de betekenis van zijn opdracht te laten doordringen. Dit is te bizar, te onwerkelijk. Alles in haar verzet zich ertegen en toch doet ze wat hij zegt.

'Iets hoger graag.'

Ze voelt iets kouds tussen haar schouderbladen op haar blote huid drukken, hoort hem de leukoplast van het dashboard trekken en voelt dat hij het opplakt. Hij moet zijn pistool weer hebben weggelegd, want hij gebruikt beide handen. Een kans om uit de auto te springen en weg te rennen. Kan niet, haar veiligheidsgordel zit nog vast. Voordat ze het portier heeft geopend heeft hij haar al te pakken.

Hij frunnikt nog wat op haar rug, duwt de leukoplast stevig aan en trekt haar hemdje omlaag.

'Perfect. Ga maar weer rechtzitten. Nieuwsgierig naar wat ik heb gedaan? Of kun je het raden?'

Het pistool ligt op zijn schoot, voor het grijpen bijna. Hij lijkt zich er niet druk over te maken. Uit de rechterzak van zijn jasje haalt hij een mobieltje en houdt het omhoog.

'Op je rug zit semtex geplakt, met micro-ontvanger en detonator. Als ik op het cijfer één van dit mobieltje druk, explodeert de boel. Dat gebeurt trouwens ook als je het er zelf probeert af te trekken en de draadjes losgaan. Niet doen dus. Voor de zekerheid zal ik het een paar keer per dag controleren.'

'Een paar keer per dag?' zegt ze met droge mond. 'Is vandaag niet lang genoeg dan?'

Hij schudt zijn hoofd. 'Ik vrees dat je mijn gezelschap een aantal dagen zult moeten verdragen. Ik val overigens best mee, hoor, behalve dan dat ik van die enge speeltjes in elkaar knutsel.'

Een paar dagen… De gedachte maakt haar misselijk. Ze voelt zich duizelig worden en pakt het stuur stevig vast.

'Je gaat toch niet flauwvallen?' Hij legt een hand op haar schouder. 'Ik heb je uitgekozen omdat ik dacht dat jij wel tegen een stootje kon. Haal een paar keer diep adem, dan voel je je vast weer beter. O ja, voor ik het vergeet: waar is je mobieltje? In je tas?'

Hij draait zich al om om het te pakken.

'Ik ben alleen geïnteresseerd in je telefoontje,' zegt hij terwijl hij de sluiting openritst. 'De rest komt straks wel.'

Wat bedoelt hij daar nu weer mee? 'In het zijvakje,' zegt ze om te voorkomen dat hij haar hele tas overhoophaalt.

Hij pakt het eruit, kijkt op het schermpje, schakelt het uit en stopt het in zijn broekzak.

Daar gaat haar laatste redmiddel.

'Je krijgt het terug als je opdracht is volbracht. We gaan nu eerst een stukje rijden en nog wat praten.'

2

Hij heeft het pistool in het dashboardkastje gelegd en zijn veiligheidsgordel omgedaan. Plotseling keihard remmen om hem uit te schakelen heeft geen zin meer. Er kan hooguit iemand achter op haar auto knallen, met veel schade en wie weet wat voor verwondingen voor de botsende bestuurder. Een lichte aanrijding dan, met alleen wat blikschade. Dan zal ze moeten stoppen, moeten uitstappen om de schade te bekijken en formulieren in te vullen. Alle gelegenheid om tegen de onbekende te zeggen dat ze is ontvoerd en dat hij of zij de politie moet waarschuwen. Nee, te riskant. Haar ontvoerder zal haar doorhebben en meteen met haar afrekenen. Ze kan kort 'help' op het schadeformulier schrijven. De kans dat hij dat ziet is klein. Dat zal echter wel een reactie uitlokken van de andere bestuurder, en die zal hij beslist opmerken. Ze gaat ervan uit dat hij haar geen moment uit het oog verliest.

Ze zucht ontmoedigd terwijl ze gas geeft en invoegt op de snelweg. 'Waar gaan we heen?'

'Gewoon de snelweg blijven volgen. Ik zeg wel waar je moet afslaan.'

Hij pakt haar tas weer, rommelt erin en haalt haar portemonnee eruit. Hij trekt een rits open en vindt meteen haar rijbewijs.

'Driessen, echtgenote van Lagerwey, voornaam Tosca. Mooie naam, past wel bij je.'

Hij stopt het rijbewijs terug en haalt uit een ander vakje een foto.

'Een gelukkig gezinnetje, twee kinderen, mooi huis, zo te zien. Of is die foto niet in je eigen tuin gemaakt?'

'Gaat je niets aan. Wil je die foto alsjeblieft terugstoppen?' Ze moet zich geweld aandoen om het beheerst te laten klinken. Die klootzak probeert haar privéleven binnen te dringen, een terrein waar ze hem koste wat kost buiten wil houden.

'Alleen als je wat meer gas geeft. Je trekt de aandacht als je zo langzaam rijdt.'

Pas nadat ze het gaspedaal heeft ingedrukt, schuift hij de foto op zijn plek en stopt haar portemonnee terug in haar tas.

'Goed, Tosca. Nu ik weet wie je bent, zal ik me ook voorstellen. Leon, aangenaam. Mijn achternaam doet er nu niet toe. Je krijgt hem nog wel eens te horen.'

Hij grinnikt overdreven, alsof hij een goede grap vertelt.

'Een van mijn slechte eigenschappen is dat ik erg wantrouwig ben en altijd probeer anderen een stapje voor te zijn. Je doet nu wat ik je vraag, maar zodra je de kans krijgt neem je me te pakken. Heel logisch, van jou uit bekeken. Dat neem ik je ook niet kwalijk. Ik zou me in jouw plaats ook suf piekeren over de vraag hoe ik me hieruit kon redden. Een aanrijding forceren, dé kans om iemand te informeren. Heb je daar al aan gedacht?'

Vanuit haar ooghoek ziet ze dat hij haar met een grijns opneemt.

'Kom op, Tosca. Dat heb je toch allang overwogen? Je hebt ook de risico's al overdacht. Een explosie, rondvliegende lichaamsdelen, bloed, andere doden en gewonden, mensen die dicht bij je stonden. In de chaos die ontstaat zie ik wel kans om me onopvallend uit de voeten te maken. Alleen jammer dat ik dan op zoek moet naar een vervangster voor jou. Zonde van zo'n mooie vrouw, treurig ook voor je man en je kinderen.'

'Laat mijn gezin erbuiten,' snauwt ze.

'Een gevoelige snaar. Vermoedde ik al. Oké, afgesproken, zolang je je gedraagt. Doe je dat niet, probeer je me er toch op de een of andere manier in te luizen, dan zal ik op zoek gaan naar je mooie huis en die leuke kinderen van je.'

Hij opent het dashboardkastje waarin hij zijn pistool heeft opgeborgen, haalt het zwartleren mapje met haar kentekenbewijs eruit en opent het.

'Je woont in Nunspeet. Vlak bij dat tankstation soms?'

'Gaat je geen barst aan.'

'Als het nodig is weet ik het toch wel te vinden, een extra garantie, zo zie ik het maar. Je kunt je nooit genoeg indekken. Voor je het weet word je genaaid.'

Ze schrikt van de verandering in zijn stem, vol agressie en opgekropte woede. Waar komt dat opeens vandaan? Als ze opzij kijkt, staart hij strak voor zich uit, de kaken op elkaar geklemd.

'Waar waren we gebleven? O ja, je man en je kinderen zullen je gaan missen. Je kinderen zitten in de basisschoolleeftijd, zo te zien. Ben je altijd thuis als ze uit school komen?'

'Mijn moeder vangt ze op. Die woont vlakbij.'

Ze is er verbaasd over dat ze een eerlijk antwoord geeft. Maar waarom ook niet? Voorlopig kan ze het beste meewerken en hem vertellen wat hij wil weten. Ze moet hem paaien, zijn vertrouwen zien te winnen, misschien zelfs zorgen dat hij haar aardig gaat vinden, ook al verzet haar hele wezen zich tegen zo'n strategie.

'Hoe laat zou je ze ophalen?'

'Daar zou ik over bellen. Als ik laat moet werken of in een file terechtkom, blijven ze bij hun oma eten.'

'En je man dan?'

Ze aarzelt kort. Hopelijk heeft hij het niet opgemerkt. 'Het is koopavond. Dan blijft hij op de zaak.'

'Een eigen zaak? En wat verkoopt manlief, als ik vragen mag?'

'Reizen en verzekeringen.'

'Klinkt goed. Later moet je me er maar iets meer over vertellen. Je vergeet weer gas te geven. Niet onder de honderd komen, graag.'

Hij staart weer een tijdje voor zich uit.

'Kortom, door je familie word je voorlopig niet gemist. En op je werk?'

'Ik heb vanmiddag nog één afspraak.' Ze kijkt op haar horloge.

'Over tien minuten.'

'Die ga je dus mislopen. Wat voor gevolgen kan dat hebben?'

'Ik kan op mijn mobiel worden gebeld om te vragen waar ik blijf, maar ik vraag me af of dat ook gebeurt.'

'Je bent niet belangrijk genoeg,' concludeert hij wat spottend.

'De afspraak is meer in mijn belang dan van degene met wie ik hem heb gemaakt, vandaar.'

'Je maakt me nieuwsgierig. Wat voor werk doe je?'

'Wat doe jíj eigenlijk? Waarom laat je me doelloos over de snelweg rijden?'

'Daar kom je vanzelf achter. Nou, wat doe je? Laat me eens raden. Vertegenwoordiger?'

'Zoiets, ja.'

'Je probeert in elk geval iets aan de man te brengen. Nog een hint graag.'

Ze moet het spel meespelen, hem laten denken dat ze zich volledig gewonnen heeft gegeven. Op den duur wordt hij dan vanzelf minder alert en krijgt ze de kans iets te doen, al heeft ze nog geen idee wat.

'Genezen.'

'Genezen, ziek geweest, het juiste medicijn,' denkt hij hardop. 'Nee, het is niet waar. Je bent artsenbezoeker.'

'In één keer goed.'

'Je was dus op weg naar een huisarts, met cadeautjes en hoge kortingen, mits hij jouw onvolprezen medicijnen maar gaat voorschrijven. En als hij het minimaal zo veel keer per jaar uit zijn pen op een receptenpapiertje laat vloeien, zit er een bonus voor hem in, bijvoorbeeld een meerdaags vliegreisje naar een congres dat nauwelijks een dag in beslag neemt, in een aantrekkelijk vakantieoord uiteraard.'

'Dat is wel erg kort door de bocht. Ik ben er ook om voorlichting te geven over nieuwe producten.'

'Ook ja,' zegt hij droog. 'Je bent belangrijker dan je zelf denkt, Tosca. Wedden dat je afspraakje een berichtje op je voicemail gaat inspreken? Jammer dat je het niet meer kunt afluisteren. Over één ding kan ik nu wel gerust zijn: niemand zal je voor vanavond als vermist opgeven. Het mag me ook wel een keer meezitten. Over 1200 meter komt er een parkeerplaats. Daar moet je afslaan.'

Het is een parkeerplaats zonder tankstation, met aparte plaatsen voor vracht- en personenwagens, gescheiden door een brede grasstrook. Langs de bosrand aan de rechter kant staan houten picknicktafels, waarvan er twee bezet zijn, de eerste door een gezin met drie kinderen, de tweede door een man met een herdershond.

'Doorrijden tot de laatste picknicktafel, daar parkeren,' beveelt hij.

Ze doet wat hij opdraagt, voelt zich een stuk kalmer dan de eerste keer toen hij naar een parkeerplaats wees waar ze moest stoppen. Zo snel wen je dus aan een situatie, ook al is die levensbedreigend.

'Zet de motor maar uit. We gaan een luchtje scheppen.'

Hij stapt uit, loopt naar de picknicktafel, gaat eraan zitten en maakt een uitnodigend gebaar. Ze kijkt hem verbijsterd aan en weet niet hoe ze moet reageren. Hij heeft het pistool achtergelaten. Het ligt voor het grijpen in het dashboardkastje. Zou hij het vergeten zijn? Vast niet, daar is hij te uitgekookt voor. Bluf? Wil hij haar testen? Ze kan de motor starten en ervandoor gaan. Haar hart begint sneller te kloppen. Shit! Het schijfje op haar rug. Uitproberen of hij zijn dreigement waarmaakt is te gevaarlijk, dat maakt zijn zelfverzekerde gedrag meer dan duidelijk. Ze onderdrukt de opkomende woede en werpt hem een blik vol haat toe. Hij heeft zijn mobiel tevoorschijn gehaald en bestudeert de display. De zak! Hij weet precies wat ze denkt en welke afwegingen ze maakt, over zijn pistool bijvoorbeeld. Hij gokt erop dat ze er niet mee kan omgaan. Voor ze het op hem heeft gericht, heeft hij haar longen al uit haar lijf geblazen, zoals hij het zo plastisch beschreef. Naar hem toe gaan dus, gezellig bij hem aan tafel gaan zitten, zorgen dat hij haar aardig vindt, zodat het moeilijker voor hem wordt om haar op te blazen of dood te schieten.

Ze kijkt weer naar hem, wacht nog steeds met uitstappen. Hij zit met zijn mobiel te spelen en heeft weinig aandacht voor zijn omgeving. De man met de herdershond is opgestaan en loopt hun kant op. Pas als de hond vlak bij hem is en aan zijn been snuffelt, kijkt hij verstoord naar diens baas, die de hond de andere kant optrekt. Hond en baas lopen naar de bosrand, waar een bord het begin van een wandelpad aangeeft, en verdwijnen uit zicht.

Ze haalt een keer diep adem, opent het portier en stapt uit. Met een smak smijt ze het portier dicht en kijkt hoopvol naar de mensen verderop. Die besteden echter geen aandacht aan haar. Leon kijkt haar aan met een nauwelijks verhuld, triomfantelijk lachje.

Voor ze tegenover hem op de houten bank gaat zitten veegt ze een verdord blad en wat kruimels weg. Haar gedrag vermaakt hem, ziet ze. Wat is ze een trut om er in deze situatie op te letten of ze haar kleding niet vuilmaakt.

Als ze tegenover hem zit legt ze haar armen op tafel en vouwt haar handen. Ze moet proberen om zelfbewust over te komen, om in een gesprek het initiatief te nemen, zoals ze voor haar werk heeft geleerd.

'Dit lijkt me een goed moment om me te vertellen wat je precies van me wilt.'

Hij kijkt haar strak aan. 'Zo, vind je dat?'

Hij legt zijn mobiel voor zich op tafel. Haar hand is iets dichter bij het toestel dan de zijne. Opnieuw een test? Hij heeft haar ogen gevolgd, weet dat ze naar het toestel hebben gekeken. Hij verwacht dat ze zal proberen het weg te grissen, dus moet ze een betere kans afwachten.

'Heb je met je pistool niet een groot risico genomen? Ik had op een schietclub kunnen zitten en je een kogel door je kop kunnen jagen voordat je op dat knopje kon drukken,' zegt ze uitdagend.

'Laat me niet lachen. Daar ben je het type niet voor. Het enige risico dat ik met jou loop is dat je zult proberen iemand te waarschuwen, die daarna de politie op ons spoor zet. Een scherpschutter die me uitschakelt voordat ik je bommetje kan laten afgaan. Daar ligt je kans. Voor mij is dat een klein risico, voor jou een directe bedreiging van je leven. Stel dat hij mist, of dat ik hem in de gaten krijg voordat ik ben omgelegd. Verwacht dan geen genade.'

Ze staart naar het gezinnetje aan de tafel verderop, naar de moeder die boterhammen aan haar kinderen uitdeelt en naar de vader die limonade in plastic bekertjes schenkt. Diederik deed dat ook, de laatste keer dat ze met z'n allen op reis waren, twee jaar geleden.

Ze zaten met z'n vieren aan een picknicktafel, met uitzicht over zee. Vanuit hun vakantiehuis in Cadzand-Bad waren ze ernaartoe gefietst, Sofie op haar eigen fiets, Felix in een zitje bij Diederik achterop. Diederik en zij hadden sinds ze waren opgestaan nauwelijks een woord gewisseld. Krampachtig probeerden ze voor hun kinderen de schijn op te houden dat ze geen ruzie hadden.

Sofie en Felix hadden wel gezien dat hun vader op de bank in de woonkamer had geslapen. Omdat het zo benauwd was in hun slaapkamer, was zijn uitleg geweest. Zij had dat bevestigd. De bijna meewarige blik van Sofie liet er geen twijfel over bestaan dat ze er niet in trapte. Ze vroeg nog net niet waarover ze ruziemaakten en of ze nou ook gingen scheiden, net als Estelle en Daan. Estelle was regelmatig bij haar komen uithuilen toen haar relatie stukliep. Te laat had ze in de gaten dat Sofie meer van die gesprekken had begrepen dan ze voor een kind van haar leeftijd voor mogelijk hield. Nu Sofie zag dat haar eigen ouders elkaars blikken meden en niet met elkaar spraken, viel het muntje meteen. Ze was er stil door geworden en leek zich in zichzelf terug te trekken. Tot ze stopten bij die picknicktafel. Toen begon ze te dreinen en stookte ze onbewust het vuurtje tussen haar vader en moeder nog wat op. Opeens veranderde een fles limonade in een twistappel, die treiterig over de tafel heen en weer rolde.

'Waarom heb je geen cola meegenomen, papa?' zeurde Sofie. 'Dit is echt vies.'

'Lekker juist,' zei Felix. 'Van cola moet je boeren, dan komen de belletjes door je neus en dat doet pijn.'

Diederik legde een hand op Felix' schouder. 'Wat je zegt, Felix.'

'Papa doet altijd wat jij wilt.' Sofie keek haar broertje boos aan. 'Stom joch! Ik hoef geen kleuterdrankjes.' Verongelijkt schoof ze het bekertje van zich af. 'Dat vind jij toch ook, mam? Gisteren zei je nog dat limonade suikerwater met een kleurtje is.'

Diederik keek haar waarschuwend aan. Naar de kinderen toe zouden ze altijd één lijn trekken. Tot dan toe was ze nooit van die afspraak afgeweken.

'De volgende keer nemen we voor ons tweetjes cola mee, Sofie. Die limonade is niet te drinken. Papa heeft gewoon wat minder smaak dan wij.'

Het was eruit voor ze er erg in had.

Diederik zette de fles met een klap op tafel, pakte Sofies bekertje op en smeet de inhoud in de bosjes. 'Het smaakt niet volgens de dames, Felix,' gromde hij. 'Nou, dan drinken ze toch niets.'

Ze was opgestaan en had Sofies hand gepakt. 'Kom mee, dan gaan wij verderop in een strandtent cola drinken.'

Het was die week niet meer goed gekomen tussen Diederik en haar. Thuis had hij zich bij haar beslissing, de oorzaak van hun ruzie, neergelegd, met grote tegenzin. Ze had hem die tijdens de vakantie meegedeeld, 's avonds, na een strandwandeling. De kinderen waren naar bed en op tafel stond een glas wijn. Ze was van plan om weer te gaan werken omdat Felix naar de kleuterklas zou gaan, had ze verteld.

Halve dagen waren wat hem betreft bespreekbaar. Ze moest er alleen wel zijn als de kinderen uit school kwamen. Ze moest dus genoegen nemen met een lagere functie, want hij was niet van plan om Karin te ontslaan, de bedrijfsleider die haar had vervangen nadat ze van Sofie was bevallen. Op het reisbureau had niet iedereen een vast contract, dus hij kon eventueel iemand ontslaan. Omdat hij haar geen salaris hoefde te betalen, pakte dat financieel ook nog eens voordelig uit.

Ze was ontploft. Ze was mede-eigenaar. Hoe haalde hij het in zijn zotte kop om zoiets te durven voorstellen? Ze hadden samen die zaak gekocht, opgebouwd en uitgebreid. Ze wilde al niet eens meer op de zaak komen werken. Hij kon vast wel ergens anders een goedkope arbeidskracht opduikelen. Ze ging wel een andere baan zoeken, een waarover hij niets te zeggen had.

3

'Gezellig hè, zo'n picknick?'

Leon heeft zich omgedraaid om te kijken waar ze naar staarde.

'Niet wanhopen, Tosca. Als je precies doet wat ik je opdraag, kun je daar binnenkort ook zitten met je gezin.'

'Wat wil je van me?' vraagt ze na enige tijd. Ze kijkt hem doordringend aan, houdt zijn blik vast. Het lijkt hem wel te amuseren, maar indruk maakt ze er niet mee. Ze kan geen vat op hem krijgen, heeft hem nog geen moment uit zijn evenwicht kunnen brengen. Toch is hij beïnvloedbaar, dat verraadde zijn reactie toen hij in de auto vertelde dat hij was genaaid door mensen die hij vertrouwde, of zoiets.

'Ik heb geen auto. Je moet een paar dagen mijn chauffeur spelen en wat zaken voor me regelen. Niemand kent jou. Jij komt door deuren die voor mij gesloten blijven.'

'Wat voor zaken bedoel je?'

'Dat hoor je als het zover is.'

'Heb je toevallig al bedacht dat er vanaf morgen naar mij en mijn auto zal worden gezocht?'

'Moet ik daar echt antwoord op geven?'

Opnieuw die geamuseerde blik, waar ze zo langzamerhand knettergek van wordt.

Haar blik dwaalt weer naar de ouders met hun etende en drinkende kinderen. De vrouw is klaar met uitdelen en kijkt in hun richting. Ze zal een man en een vrouw aan een picknicktafel zien zitten die even uitrusten van een lange autorit, die even gezellig wat zitten te keuvelen.

'Wat heb je er dan op bedacht?'

'Dat merk je nog wel. Vooruit, omdat je zo nieuwsgierig bent wil ik wel iets anders kwijt. Je gaat iemand namens mij een bezoekje brengen, als journaliste, om hem ervan te overtuigen dat hij voor het blok is gezet. Je krijgt iets van hem, of je laat iets bij hem achter, of je maakt een nieuwe afspraak, dat hangt van het gesprek af. Als hij wist dat je voor de farmaceutische industrie werkte, zou hij je trouwens vorstelijk ontvangen.' Hij grijnst breed. 'Zo nodig kunnen we dat inzetten om je binnen te krijgen.'

'Klinkt volkomen gestoord allemaal. Moet ik die man ook vertellen dat ik een bom op mijn rug draag?'

'Ik luister mee, dus zo stom zou ik niet zijn. Je moet een mobieltje aan laten staan en tussen jullie in leggen, alsof het een voicerecorder is. Ik heb zo'n ding al gekocht. Volgens mij ben je geknipt voor die klus, Tosca.'

'En daarna haal je dat ding van mijn rug en laat je me gaan?'

'Mits je het niet opzettelijk verpest of dat mobieltje zomaar uit de lucht laat gaan terwijl je met hem praat. Je hebt het voor een groot deel zelf in de hand.'

Het gezin is uitgegeten. De vader loopt met plastic zakjes, bekertjes en een lege fles naar een afvalbak; de kinderen rennen joelend achter elkaar aan over het grasveld.

'Het is trouwens een rotgevoel, ik moet een beetje naar voren blijven zitten. Weet je zeker dat het niet zomaar kan ontploffen als ik er hard tegen stoot?'

'Vrijwel uitgesloten. Je moet natuurlijk niet tegen de rugleuning gaan zitten schuren tot het losraakt. Morgen plak ik er nieuwe leukoplast op.'

De vader loopt van de afvalbak naar zijn auto en roept zijn kinderen. Hun moeder is al achter het stuur gaan zitten. Als ze allemaal zijn ingestapt, rijdt de auto weg.

'Waar gaan we nu heen?'

'Naar Steenwijk. Daar ga je wat boodschappen doen.'

Verdere uitleg blijft achterwege. Hij zwaait zijn benen over de bank, staat op en loopt naar haar auto. Steenwijk. Wat bezielt die man?

Een minuut of tien later rijdt ze de rondweg bij Zwolle op en mindert vaart. Leon draait de rugleuning van zijn stoel naar achteren en zakt achterover. Ze voelt de spanning wat wegvloeien. Alles lijkt normaal. Naast haar zit een man die ze een lift heeft gegeven en die, na zijn verhaal te hebben verteld, zwijgend voor zich uit zit te kijken. Die schijn wordt ontkracht als het schijfje op haar rug onaangenaam in haar vlees drukt. Snel buigt ze weer naar voren. Doodvermoeiend om zo te moeten zitten. Een snelle blik opzij vertelt haar dat Leon zijn ogen heeft gesloten. De arrogante klootzak vindt het niet eens nodig om haar in de gaten te houden. Hij kan rustig wat dommelen totdat ze er zijn en ze hem braaf wakker maakt. Uit pure machteloosheid drukt ze het gaspedaal diep in.

'Heb je opeens haast?'

Shit! Hij is alerter dan ze vermoedde. 'Ik was bang dat je zou gaan snurken,' antwoordt ze spottend.

Hij reageert er niet op. 'Waar zijn we?'

'Een stuk voorbij Zwolle. Verderop komt de afslag naar de A32.'

'Dan gaat het snel. Nog een kwartiertje en dan zijn we er. Oké, ik ga je alvast instructies geven. In Steenwijk parkeer je op een pleintje vlak bij het centrum.'

'Ben je daar zo goed bekend?'

'Ja. Ik heb er in mijn jeugd gewoond.'

'O, je wilt herinneringen gaan ophalen,' zegt ze cynisch.

'Ken jij daar iemand? Heb je er toevallig familie of vrienden wonen?' vraagt hij onverstoorbaar.

'Nee.'

'Daar had ik al een beetje op gerekend. Ik wil niet het risico lopen dat je een bekende tegen het lijf loopt, snap je? Ik gok erop dat Nunspeet er net ver genoeg vandaan ligt.'

'Had ik nou maar "ja" gezegd.'

'Je had het alleen maar lastiger gemaakt voor jezelf. We gaan er gezellig winkelen. Als ik jou was zou ik voor een paar dagen ondergoed aanschaffen en een tandenborstel en tandpasta, zeep en dergelijke. In dat chique pakje kun je niet blijven rondlopen, dat valt te veel op. Koop een spijkerbroek, zou ik zeggen, en een paar makkelijke schoenen, want dat gezwik op naaldhakken hou je niet dagenlang vol. Ook een paar shirts. Bedenk zelf maar wat je verder nodig hebt. Ik zag in je portemonnee een pinpas en een creditcard zitten, dus betalen moet geen probleem zijn.'

Tosca klemt haar handen om het stuur. Voor een paar dagen ondergoed... Een paar dagen zonder Sofie en Felix. Ze voelt een steek in haar hart en moet een snik onderdrukken. De stakkers weten niet waar ze is gebleven en gaan zich straks doodongerust maken.

'Staat er nog meer op het boodschappenlijstje?'

'Een fototoestel,' antwoordt hij prompt. 'En jij gaat dat voor me kopen.'

'En betalen zeker ook?'

'Je raadt het. Ik kan me zulke dingen niet meer permitteren.'

'Hoezo niet meer?'

'Vertel ik je nog wel eens,' zegt hij kortaf. 'Je moet vragen naar een toestel waarmee je ook onder water kunt fotograferen. We gaan namelijk op vakantie, naar een Caraïbisch eiland, en je wilt plaatjes schieten van het koraalrif, met mooie, gekleurde vissen, snap je?'

'Nee, ik snap er niets van. En ik ga geen peperdure camera voor je kopen.'

'Hoeft ook niet. Ze hebben van die wegwerpdingen die maar een paar tientjes kosten. Als ze niet op voorraad zijn, pech gehad. Stel jij je vraag nu maar en zeg erbij dat we met vakantie gaan.'

'Gaan we dat ook? Ik heb helaas geen paspoort bij me.'

'Heb je niet nodig. Let op, de volgende afslag moet je nemen.'

Hij is goed bekend in het stadje. Hij wijst haar feilloos de weg, via een rotonde, over een spoorwegovergang, langs een gracht en restanten van een oude stadsmuur naar een pleintje met een centrale parkeermeter. Met enige moeite vindt ze een plekje, schuift haar auto tussen twee andere en zet de motor uit. Enigszins vermoeid leunt ze op het stuur. Hij opent zijn portier en springt energiek uit de auto.

'Kom op, Tosca. We moeten veel doen en we hebben niet de rest van de dag de tijd.' Hij loopt achter de auto langs en trekt haar portier open.

'Als je hier zo bekend bent, weet je dan ook waar ik naar een toilet kan?'

'In een restaurant op het plein. Daar gaan we straks wat drinken. Kunnen we elkaar nog wat beter leren kennen.'

Uit de borstzak van zijn jasje haalt hij een bril met een opvallend, donker montuur en zet hem op. Alsof er opeens een andere man voor haar staat.

'Maar eerst wil ik dat je kleren gaat kopen. Red je dat nog?'

'Als het per se moet…' Ze trekt de sleutel uit het contact en pakt haar handtas van de achterbank.

'Wacht even.'

Hij grist hem uit haar hand, ritst hem open en onderwerpt hem nog een keer aan een inspectie. Zich verbijtend kijkt ze toe hoe alle vakjes zorgvuldig worden bekeken en betast.

'Had je er nog niet genoeg in gekeken?'

'Jawel, ik had alleen dit erin laten zitten.' Op zijn hand liggen een lippenstift, een oogpotlood en een pen.

Hij geeft haar de tas terug.

'Deze voorwerpen bewaar ik voorlopig voor je. Dan kom je niet in de verleiding om een berichtje achter te laten op een passpiegel, op een toiletdeur of een velletje wc-papier.'

Hij lacht. Ze kijkt snel een andere kant op om niet te laten merken hoe wanhopig ze zich voelt.

'Zoals ik eerder zei: ik ben anderen graag een slag voor.'

Hij pakt haar hand als ze de weg oversteken naar een winkelstraat en laat haar niet meer los. Zo lijken ze op een gezellig winkelend stel, al ziet zij er misschien iets te chic uit. Niet dat ze er extra aandacht door trekt, dat zou haar meteen zijn opgevallen.

Hij houdt stil bij een kledingrek voor een modezaak. 'Broeken, topjes, shirts,' wijst hij. 'Denk je dat je hier kunt slagen?'

'Vast wel.'

'Oké dan.' Hij laat haar hand los en maakt een uitnodigend gebaar naar binnen.

'Ga je gang. Wel voorzichtig zijn dat je geen draadje lostrekt als je bovenkleding wilt passen. En zorg ervoor dat een verkoopster dat ding niet per ongeluk ziet.'

Ze krijgt koude rillingen van de toon waarop hij het zegt. Even weigeren haar benen dienst. Dan loopt ze naar binnen, stijf van de zenuwen.

'Kan ik u helpen, mevrouw?'

'Eh... ja. Ik zoek een lichte spijkerbroek.'

De verkoopster, jong, kort blond haar, neemt haar schattend op. 'Maatje achtendertig?'

'Meestal wel, ja.'

'Het hangt er inderdaad van af waar ze zijn gemaakt. Loopt u even mee? Ik heb toevallig merkbroeken in de aanbieding.'

Een paar minuten later schuifelt ze een paskamer in. Leon snuffelt quasigeïnteresseerd in de rekken met broeken voor de winkel, ziet ze voordat ze het gordijn dichttrekt.

'Zit als gegoten,' stelt de verkoopster vast als ze weer naar buiten komt. 'Wilt u er een mooi shirt bij hebben of een blouse?' Ze loopt al naar een ander rek.

Leon is naar binnen gekomen en speelt in de buurt van de kassa de rol van verveeld rondkijkende partner, die geduldig wacht tot zijn vrouw of vriendin eindelijk een keus heeft gemaakt. Hij staat binnen gehoorsafstand. Waarschijnlijk heeft hij zich gerealiseerd dat hij haar, als hij buiten was blijven staan, de kans zou geven aan de verkoopster te vragen om de politie te waarschuwen.

De verkoopster reikt haar een mouwloze, witte blouse aan. Ze verdwijnt weer achter het gordijn en bekijkt zich even later in de spiegel naast de paskamer. Het is niet haar smaak, maar dat kan haar op dit moment geen barst schelen.

Leon komt naar haar toe en knikt goedkeurend.

'Staat je goed. Ik zou alles maar aan houden. Moet je er niet nog zo een hebben?' Hij kijkt de verkoopster aan. Die gaat opnieuw op zoek en komt terug met een aantal shirts. Leon wijst een chique groene aan.

'Deze past mooi bij je bruine haar.'

Tosca neemt niet meer de moeite om het te passen, knikt alleen gelaten.

'Zal ik uw andere kleren even inpakken?'

Leon heeft voor haar beslist zonder dat ze kon protesteren. Het meisje voelt dat aan, werpt hem een glimlach toe, pakt het mantelpakje uit de paskamer en gaat ermee naar de kassa.

Terwijl de verkoopster haar kleren in een tas stopt en de nieuwe shirts erbovenop legt, loopt Leon naar de uitgang waar hij naar beide kanten de straat in kijkt. Hij blijft binnen gehoorsafstand.

Ze keert hem de rug toe, haalt haar pinpas uit haar portemonnee en wacht tot ze die door het apparaat kan halen en haar pincode kan intoetsen. Daarna drukt ze op de groene knop voor akkoord.

'Veel plezier met uw aankopen. De bon heb ik erbij gestopt.'

'Dank je wel.' Ze draait zich om en loopt naar de uitgang. Daar onderdrukt ze de neiging om haar ogen te sluiten en ongelovig haar hoofd te schudden. Leon lijkt compleet verdwenen. Hij zal de fotozaak, twee winkels verder, toch niet zijn binnengelopen om zelf naar een onderwatercamera te vragen? Bijna wil ze ernaartoe lopen. Dan wordt ergens in haar hoofd een schakelaartje omgezet. Ze moet de andere kant op, opgaan in de stroom van winkelend publiek, zich daarin onzichtbaar en onvindbaar maken. Haar benen volgen automatisch de impuls van het omgezette schakelaartje. Zo snel als haar hoge hakken het toelaten begint ze terug te lopen in de richting van het parkeerplein waar haar auto staat. Ze heeft Leon niet gezien, dus hij haar ook niet. Hij denkt vast dat ze nog in de kledingzaak is. Dat geeft haar een voorsprong die ze niet meer uit handen geeft. Als vanzelf gaat ze sneller lopen. Hij zal zo wel teruggaan naar de winkel om aan de verkoopster te vragen waar zijn vrouw is. En dan?

Met een schok blijft ze staan en geeft een schreeuw van schrik omdat iemand tegen haar op botst.

'Hallo. Je leeft nog, hoor. Moet je maar niet zo plotseling stil gaan staan.'

Een slungelige tiener met een koptelefoon op kijkt haar verbolgen aan, doet een stap opzij en loopt dan door.

Je leeft nog, hoor! Haar hart gaat opeens als een bezetene tekeer, ze voelt het zweet in straaltjes onder haar oksels vandaan lopen. De verleiding was te groot, haar impulsieve vrijheidsdrang was sterker dan de dreiging die ze op haar rug meedraagt. Ze vecht tegen de opkomende paniek. Terug! Ze moet terug om hem te vinden!

Haar hakken tikken in hoog tempo over straat, haar ogen zoeken Leon. Hij staat niet voor de kledingzaak, hij is ook niet binnen. De fotozaak dan. Geen Leon. Wanhopig kijkt ze om zich heen. Angst knijpt haar keel dicht, ze voelt zich licht in het hoofd worden. Ze moet terug naar de kledingzaak, nagaan of hij daar is geweest. Ze draait zich om en zwikt daarbij pijnlijk door haar enkel. Met een snik valt ze voorover, de wereld begint te draaien, haar maag komt omhoog. Van de zenuwen moet ze overgeven. Vaag is ze zich bewust van verbaasde en medelijdende blikken van passanten.

'Dat lucht op, hè?'

De stem van Leon. Hij pakt haar arm vast en trekt haar omhoog.

'Gaat het weer een beetje?'

Ze knikt en kijkt hem aan door een waas van tranen. Op zijn gezicht ligt een bezorgde uitdrukking. Zorgzaam slaat hij een arm om haar heen.

'De hormonen, hè,' zegt hij tegen een vrouw die nieuwsgierig is blijven staan. 'Ze is twee maanden zwanger.'

De vrouw knikt begrijpend. Met een 'Zorg dan maar goed voor haar' loopt ze door.

'Dat zal ik zeker doen,' mompelt Leon. 'Zullen we even op een terras wat gaan drinken, Tosca?' stelt hij voor. 'Dan kun je een beetje tot jezelf komen en een toilet opzoeken. Daarna gaan we nog even langs een schoenenwinkel.'

Wat gaat er schuil achter die grijsgroene ogen van hem? Hij leek werkelijk bezorgd. Logisch. Als ze een been had gebroken, dan had hij óók in de problemen gezeten. Blijkbaar heeft hij toch niet alles voorzien, anders was hij nooit zo stom geweest om haar een paniekaanval te bezorgen.

'Weet je, Tosca,' zegt hij terwijl ze verder lopen. 'Dit was even nodig, voor mijn gemoedsrust, begrijp je?'

4

Met een hand boven zijn ogen tuurt Johan Bol naar het hekwerk dat rond het terrein van de kernreactor is geplaatst. Slagbomen bij de toegang en een peloton bewakingscamera's moeten de illusie van veiligheid versterken. Alsof goed georganiseerde en getrainde terroristen zich daardoor zullen laten tegenhouden.

In het duingebied om hem heen wordt de stilte alleen doorbroken door het krijsen van meeuwen en het ruisen van de branding. Hij besluit om nog een stukje over het strand te lopen, tot aan de zeewering die het gat in de duinenrij dicht.

Boven op de duinovergang worden zijn ogen onwillekeurig naar de reactor getrokken. Er gaat een onbestemde dreiging van uit. Hij heeft die voor het eerst gevoeld toen hij met leerlingen op botanisecrexcursie in de duinen was geweest, jaren geleden, lang voordat hij met pensioen ging. In de buurt van de reactor hadden ze klavertjeszes gevonden en nog andere merkwaardige mutaties. Met ontsnapte radioactiviteit kon dat niets te maken hebben, althans volgens autoriteiten en directie, die om het hardst riepen dat optimale veiligheid was gegarandeerd. Bij elk van de lange reeks incidenten die het bestaan van de reactor overschaduwde, begonnen ze harder te schreeuwen, behalve als het ze was gelukt om een calamiteit in de doofpot te stoppen.

Door het mulle zand loopt hij naar het water. Het is de zoveelste warme dag op rij, met een zwak oostenwindje dat het strand niet weet te bereiken. Alleen een paar moeders met kleine kinderen en wat mensen van zijn leeftijd zoeken er verkoeling. De vakanties zijn voorbij, de toeristen vertrokken. Zouden ze daarop hebben gewacht met het opstarten van de reactor, uit angst voor negatieve publiciteit? Toeristen zouden anders wel eens op het idee kunnen komen dat ze hun vakantie vieren naast een tikkende tijdbom, waaruit zomaar een radioactieve wolk hun kant op kan komen drijven.

Johan bukt zich om zijn schoenen en sokken uit te trekken en zijn broekspijpen op te rollen. Hij grinnikt als hij denkt aan het commentaar dat zijn kleindochter gaf toen ze hem een keer zag pootjebaden. 'Geen gezicht, opa. Zo stom! Net of je van een strandfoto uit de vorige eeuw bent gestapt.'

Zijn dochter woont met haar gezin in Zijpe, onder de rook van de reactor. Als het misgaat behoren zij tot de eerste slachtoffers. En nu zijn ze er ook nog eens gaan stunten met de veiligheid. Tot zijn verbijstering hebben ze de reactor een paar dagen geleden in werking gesteld terwijl hij niet aan de geldende veiligheidsvoorschriften voldeed. Maar gevaar voor de omgeving is er niet, roept men in koor, deze keer met een minister voorop. Net een rei uit een klassieke tragedie. Er zitten alleen maar wat luchtbelletjes in de koelwaterleiding. Niets om je druk over te maken. Nadat het euvel de eerste keer was ontdekt, heeft de reactor wel een paar maanden stilgelegen. Maar dat was toen. Nu is het belangrijker dat er medische radio-isotopen worden geproduceerd. Die beginnen schaars te worden omdat andere kernreactoren in Europa voor onderhoud gesloten zijn.

Belletjes of geen belletjes, de reactor zal draaien!

Ze zijn het gevolg van corrosie. Broze, verzwakte leidingen, in een gebied waar aardschokken voorkomen. Maar hoe vaak gebeurt dat nou?

Hij doet snel een stap opzij om een kwal te ontwijken. Dit had een ontspannen wandeling moeten worden en nu loopt hij zich toch weer kwaad te maken. Opnieuw ontwijkt hij een kwal. Oostenwind, kwallenwind. Tijd om naar huis te gaan, om zijn zoveelste ingezonden brief naar de krant te schrijven.

Met zijn kin op zijn hand steunend leest Johan de regels die hij zojuist op papier heeft gezet nog eens over.

De mens blijft altijd de zwakke schakel, ook als de veiligheidsvoorschriften zogenaamd alle risico's uitsluiten. Zo'n papieren garantie voert geen controles uit, kan worden genegeerd als het niet uitkomt. Dat is in het verleden meer dan eens gebeurd. In juni 2004 bijvoorbeeld, toen wateractiviteitsmeters uit hun schaal liepen maar het management weigerde om de kernreactor stil te leggen.

Hij veegt het zweet van zijn voorhoofd. Zijn epistels moeten de aanzet geven tot een massale opstand tegen het onzalige plan een tweede kernreactor op het terrein te bouwen. Daarvoor moet hij de lezers wel bij de strot grijpen. Dit is niet kernachtig genoeg. Hoe vindt hij de juiste woorden, welke feiten spreken het beste aan om de massa ervan te overtuigen dat dat ding daar nooit mag komen? Hij staat op van zijn bureaustoel, rekt zich uit en begint door zijn kamer te ijsberen. Voor een van de aquaria die zijn werkkamer opsieren staat hij stil. Kweken van cycliden is al jaren een hobby van hem. Sinds gisteren zwermt er een wolkje minivisjes rond in het aquarium waar hij voor staat. Hij moet ze er snel uit halen om te voorkomen dat de ouders ze opvreten. Dat is geen wetmatigheid, maar hij wil geen risico's nemen. Die beesten zijn onvoorspelbaar, en als het één keer goed gaat is dat geen garantie voor volgende keren.

Die gedachte brengt hem terug bij zijn epistel. Voor die reactor geldt hetzelfde. Tot nu toe is alles wat er misging goed afgelopen, zelfs een explosie in het reactorvat en een bijna-meltdown als gevolg van een instabiel koelsysteem.

Iemand die op de beurs gaat beleggen wordt beter beveiligd en voorgelicht dan omwonenden van een kernreactor. *In het verleden behaalde resultaten bieden geen garantie voor de toekomst.* Hij zou een parafrase daarvan als kop van zijn betoog kunnen gebruiken. Waarom weigeren mensen toch te geloven dat er met de veiligheid van die reactor wordt gesjoemeld? Zelfs een werknemer, een ingewijde, werd niet geloofd. Hij ziet de koppen in de krant nog voor zich: KLOKKENLUIDER SCHETST ONTHUTSEND BEELD OVER VEILIGHEIDSSITUATIE KERNREACTOR. Dat is alweer jaren geleden. Die man is neergezet als leugenaar en matennaaier, als iemand die misbruik maakte van de situatie om er zelf beter van te worden. Dat heeft hem zelfs zijn baan gekost.

Johan zucht en pakt zijn pen weer op. Iemand moet zulke misstanden toch voor het voetlicht brengen. Wachten tot het een keer echt misgaat is niets voor hem.

5

'Alsjeblieft. Je mag één keer bellen. Hoe laat gaan je kinderen naar je moeder?'

'Tussen half vier en kwart voor vier. Ze moeten er al zijn.'

Als Tosca haar mobieltje wil aanpakken, trekt hij zijn uitgestoken hand terug.

'Onder voorwaarde dat je erbij vertelt wat ik voorzeg.'

Ze zijn zojuist weer in de auto gestapt en ze wilde net de motor starten toen hij haar mobieltje tevoorschijn haalde.

'Ik moet ze zeker iets wijsmaken?' reageert ze wrang.

Laconiek haalt hij zijn schouders op. 'Je hoeft alleen maar te vertellen dat alles goed met je is, dat je op het punt staat om op vakantie te gaan met een goede vriend en dat je hooguit een week wegblijft.'

'Dat geloven ze niet, zeker mijn moeder niet.'

'Als de politie het maar gelooft. Wat doe je? Opbellen en dat verhaaltje afsteken, of wil je verder zonder die stemmetjes te hebben gehoord?'

Ze knijpt haar ogen even dicht. De schijnbare achteloosheid waarmee hij haar manipuleert, waarmee hij haar aanbiedt even te praten met haar dierbaarste bezit, maakt haar moedeloos. Hij weet donders goed dat ze zal doen wat hij haar opdraagt.

'Oké.' Ze kan niet voorkomen dat haar stem benepen klinkt.

'Voor de zekerheid houd ik het ding tegen je oor terwijl je praat, voor het geval je toch een andere boodschap probeert door te geven. Dan haal ik het weg en ga ik er verschrikkelijke dingen in schreeuwen: dat ik hun moeder heb gevangen en haar levend ga villen. Dat wil je je kinderen besparen, toch?'

Ze kan alleen maar knikken. De prop die in haar keel zit kan ze nauwelijks wegslikken.

'Ben je altijd al zo'n wrede klootzak geweest?' Haar stem trilt.

'Zelf geen kinderen zeker?'

'Nee, nooit behoefte aan gehad. Bel nou maar op en steek je verhaal af,' beveelt hij. 'Zit het nummer van je moeder onder een voorkeuzetoets?'

'Twee.'

Hij drukt die in, luistert tot hij de telefoon hoort overgaan en duwt dan het mobieltje tegen haar oor. Haar moeder neemt bijna meteen op.

'Eindelijk, Tosca. Ik heb al een paar keer geprobeerd je te bereiken, maar je telefoon staat steeds uit, toen heb ik maar iets ingesproken. Heb je dat afgeluisterd?'

'Nee. Is er iets?'

'Sofie is gevallen tijdens gym. Het was gelukkig minder erg dan het leek. Haar arm lag uit de kom. Juf Hoekstra heeft haar in de auto naar de dokter gebracht en haar daarna hierheen gereden. Ze heeft zo veel pijn gehad, het arme kind,' ratelt haar moeder. 'En jij was maar niet te bereiken.'

'Geef haar maar even aan de lijn... Dag liever. Gaat het weer een beetje met je?... Het spijt me dat ik er niet was. Oma zorgt toch goed voor je?... Nee, voorlopig kom ik niet naar huis.' Haar stem hapert.

'Vakantie,' sist Leon.

'Nee, je kunt niet opblijven tot ik er ben. Om eerlijk te zijn... Ik kom vanavond niet thuis en morgen ook niet. Ik ga namelijk een paar dagen op vakantie, met een vriend.' De laatste zin krijgt ze er nog net uit.

'Maar je gaat toch niet zonder ons met vakantie, mam?' klinkt het verontwaardigd. 'Je moet naar huis komen, want ik heb heel veel pijn.'

Haar moeder heeft de telefoon weer overgenomen.

'Je gaat met vakantie en je komt niet thuis? Wat is dat nou voor onzin?'

Leon heeft zijn hoofd naar haar toe gebogen en meegeluisterd.

'Zeg het nog een keer,' beveelt hij fluisterend.

Ze kan het niet. Haar keel zit dichtgeschroefd, de tranen lopen over haar wangen en druppelen op haar nieuwe blouse.

Plotseling neemt Leon het gesprek over.

'Sorry, mevrouw. Tosca heeft hier nogal moeite mee, maar dit is echt wat ze wil.' Dan verbreekt hij de verbinding en zet meteen haar mobieltje uit.

'Zo, voorlopig hebben ze genoeg om over na te denken,' zegt hij voldaan. 'Gelukkig dat het goed met je dochtertje is afgelopen.'

'Of jou dat wat kan schelen.' Ongevraagd pakt ze haar tas en zoekt een papieren zakdoek om haar ogen te kunnen drogen en haar neus te snuiten.

'Wat denk je? Ben je in staat om te rijden?'

'Waarom doe je het niet zelf?'

'Ik houd graag mijn handen vrij, en jij rijdt uitstekend.'

'Waar wil je dat ik heen rij?'

'De snelweg op, terug naar Zwolle. Daarna naar Amersfoort. Starten maar.'

Ze kijkt hem stomverbaasd aan. 'Waar slaat het op: me eerst hierheen laten rijden om allerlei spullen te kopen?'

'Ik hou er niet van om iets twee keer te moeten uitleggen.'

Ze rijdt de parkeerplaats af en sluit snel daarna aan bij een rij auto's die voor de spoorbomen staat te wachten. Links van haar ziet ze een trein traag het station uit komen. De zon weerkaatst op de gele neus en de spiegelende ruit van de cockpit. Rood-witte bomen zwaaien omhoog, auto's voor haar komen tergend langzaam op gang, fietsers slingeren als dronkenmannen tussen het voortkruipende verkeer om links af te kunnen slaan. Door hard op haar rem te gaan staan voorkomt ze dat ze er een raakt. Was dit een paar uur geleden gebeurd, dan had ze het een geschenk uit de hemel gevonden. Een geluk bij een bijna-ongeluk, bedenkt ze wrang.

'Ik begin honger te krijgen,' zegt Leon als ze even later invoegt op de snelweg. 'We stoppen ergens bij een wegrestaurant om wat te eten.'

'Ik verheug me erop. Vergeet je er trouwens niet iets bij te zeggen?'

'Ik dacht van niet.'

'Dat ik mag betalen.'

Hij lacht. 'Ik nodig je uit, dus ik betaal.'

Geërgerd kijkt ze hem aan. 'Je kon je niet eens een wegwerpcamera permitteren.'

'Klopt. Ik hebt het niet meer zo breed als vroeger. Maar ik wilde vooral dat je op een paar plaatsen in Steenwijk je betaalpas zou gebruiken, snap je?'

'Glashelder, zoals alles wat je me laat doen geen enkele vraag bij me oproept.'

Leon draait zijn stoel weer naar achteren. 'Een stuk voor Amersfoort is een wegrestaurant. Het wordt met borden aangegeven. Je waarschuwt me wel, hè?'

Hij presteert het opnieuw om zijn ogen dicht te doen, vertrouwt er weer op dat ze naar de opgegeven plek rijdt en hem op tijd wakker maakt. Het maakt haar woest, vooral omdat ze het nog gaat doen ook. Of is er toch een ontsnappingsmogelijkheid die hij over het hoofd heeft gezien? Weer pijnigt ze haar hersens. De aandacht trekken van andere weggebruikers, gebaren maken waaruit ze kunnen opmaken dat ze is gegijzeld? Wat voor gebaren dan? Grote kans trouwens dat Leon het merkt en haar nog dichter op de huid gaat zitten omdat ze blijft proberen anderen te waarschuwen. Iets zogenaamd verliezen dan, haar rijbewijs, een creditcard? Mocht een eerlijke vinder die naar de politie brengen, dan kan die in elk geval haar spoor blijven volgen.

Naast haar passeert een groep motorrijders. Ze geven extra gas om, met de knie vlak boven het asfalt, door een bocht te kunnen scheuren. Twee van hen snijden haar daarbij. Ze verbijt zich. Nog meer intimidatie waar ze geen verweer tegen heeft verdraagt ze nauwelijks.

Twintig minuten later rijdt ze langs Zwolle. Vanaf Steenwijk heeft Leon niets meer van zich laten horen, op wat vage snurkgeluidjes na. Zelfs op de motorrijders heeft hij niet gereageerd. Een restaurant ergens tussen Zwolle en Amersfoort, zei hij. Het moet niet te lang meer duren, want ze begint zo uitgeput te raken dat ze zichzelf niet meer vertrouwt.

Het duurt nog ruim vijfentwintig minuten voordat ze op een bord de aankondiging van het restaurant ziet. Leon is opzij gezakt en snurkt af en toe luid. Ze zet de richtingaanwijzer aan, draait de snelweg af en rijdt even later het terrein van een AC-restaurant op.

Opgelucht parkeert ze haar auto op de eerste vrije plek die ze ziet en zet de motor uit. Leon reageert nog steeds niet, alsof hij een slaappil heeft geslikt. Nu moet ze hem dus braaf wakker maken. Heel haar wezen komt daartegen in opstand. Ze moet hem een klap op zijn kop geven, zijn mobiel uit zijn broekzak grissen en maken dat ze wegkomt. Ze is niet sterk genoeg, daar heeft ze iets zwaars voor nodig. De LifeHammer, flitst het door haar heen, links naast haar stoel! Rustig blijven, niets overhaast doen. Sla je iemand met zo'n ding in één keer bewusteloos? Er zit een scherpe punt aan, daar ram je niet alleen een autoruit mee in, maar ook een hersenpan. Haar hand glijdt naar beneden. Durft ze wel hard genoeg uit te halen, heeft ze het lef om een gat in zijn hoofd te slaan? Leon beweegt onrustig en maakt wat vreemde geluiden, maar lijkt gewoon verder te slapen. Ze heeft de hamer al in haar hand, haar linker hand. Hij zal naar haar rechter hand moeten, want met de linker kan ze niet genoeg kracht zetten. Voorzichtig haalt ze hem omhoog, haar andere hand omklemt de onderkant. Langzaam draait ze haar bovenlichaam naar rechts. Haar ademhaling versnelt. Even is er een aarzeling als ze naar het gezicht van de slapende man naast haar kijkt. Een weerloos mens half doodslaan...

'Hé, zijn we er al?' Hij geeuwt, knippert met zijn ogen tegen het licht en rekt zich uit.

Ze verstijft. Als ze nu toeslaat zal zijn arm in een afweerreflex omhoogschieten en de klap opvangen.

'Ik heb de motor net afgezet. Heb je dat niet gemerkt?' vraagt ze. Goddank, ze heeft haar stem onder controle. Haar linker hand met de LifeHammer zakt en ze legt het ding terug op zijn plek.

'Vaag,' hoort ze Leon zeggen. Hij zet zijn stoel rechtop en kijkt haar uitnodigend aan.

'Ik heb stevige trek. Ga je mee?'

'Dat zal wel moeten, hè?'

'Niet zo zuur kijken, hoor. Ik trakteer.'

Hij produceert een glimlach die innemend bedoeld is.

'Mag ik alsjeblieft mijn oogpotlood en mijn lippenstift terug hebben? Even de boel bijwerken.'

'Ja, je ziet er wat vlekkerig uit.'

Hij lacht spottend. Dan pakt hij zijn colbert en haalt het gevraagde uit een van de zakken.

'Alsjeblieft.'

Hij stapt uit, gooit zijn portier dicht, rekt zich uit en doet een paar stappen in de richting van het restaurant.

Vlug pakt Tosca haar portemonnee uit haar tas en haalt haar rijbewijs eruit. Waar laat ze het zo snel? Ze leunt naar voren, schuift

47

het in de kontzak van haar nieuwe broek, doet haar portemonnee dicht en stopt hem in haar tas. Als Leon terug komt lopen, zit ze in het kleine, langwerpige spiegeltje haar lippen te stiften. Nu nog haar ogen bijwerken en ze kan zich weer vertonen.

'Klaar,' zegt ze terwijl ze uitstapt. Hij houdt zijn hand op. Als ze de lippenstift en het oogpotlood erop heeft gelegd, laat hij ze weer in zijn zak glijden.

Naast elkaar lopen ze naar de ingang van het restaurant, waar een gezelschap van vijf mannen druk pratend naar buiten komt. Zakenlieden zo te zien, die gebruik hebben gemaakt van een van de conferentiezaaltjes. In net zo'n zaaltje heeft ze een cursus voor aspirant-artsenbezoeker gevolgd, het begin van haar nieuwe carrière.

Vlak voor ze naar binnen gaan voelt ze aan haar achterzak. Het rijbewijs steekt een stukje uit. Wat een mazzel dat Leon het niet heeft gezien. Ze trekt het er verder uit en laat het vallen.

Door twee klapdeuren komen ze in een zelfbedieningsrestaurant. Achter een jong stel en twee mannen in werkkleding schuifelen ze langs de vitrines, de dienbladen op ronde, metalen stangen voortschuivend.

'Een glas wijn, Tosca? Of liever niet omdat je nog moet rijden?' Leon heeft een klein flesje rode wijn gepakt.

'Nee, dank je. Ik neem wel water.'

Nadat hij bij een van de kassa's heeft afgerekend, met contant geld, dirigeert hij haar naar een tafeltje in de hoek bij het raam. Hij schenkt een wijnglas vol en heft het naar haar op. 'Op de goede afloop, Tosca. Weet je zeker dat je geen wijn wilt?'

'Ik heb niets te vieren.'

'Ik wel. Het moment dat ik jou ben tegengekomen. Je gaat het redden, Tosca.'

'Wat ga ik redden?'

Een man en een vrouw komen regelrecht op hun tafeltje af lopen. Leon ziet ze niet omdat hij met zijn rug naar de ingang zit.

'Jezelf, mij, en nog veel meer mensen misschien,' antwoordt hij.

'Bent u niet iets kwijt, mevrouw?'

Leon bekijkt de vrouw die de vraag stelt met een mengeling van verbazing en ergernis.

Dit kan niet waar zijn. Die mensen liepen toch niet achter hen toen ze haar rijbewijs dumpte? Dan zouden ze het wel meteen hebben teruggegeven.

Ze haalt haar schouders op. 'Ik zou niet weten wat.'

Leon neemt haar met samengeknepen ogen op. Ze moet het niet in haar hoofd halen om iets verkeerds te zeggen of te doen. Voor de zekerheid trekt ze een vragend gezicht naar hem, zo van: ik weet echt niet waar dit over gaat. Het lijkt hem gerust te stellen.

'Controleert u dan eens of uw rijbewijs nog op z'n plek zit,' zegt de man.

Tosca voelt haar benen slap worden. Ze zet haar tas op schoot, haalt haar portemonnee eruit, klikt hem open en voert een doorzichtig toneelstukje op. 'Hé, hoe kan dat nou?'

Leon houdt zijn kaken op elkaar geklemd en heeft moeite zich te beheersen, ziet ze.

'Weg! Ik snap er werkelijk niets van.'

De vrouw bestudeert haar rijbewijs en geeft het haar terug. 'U hebt geluk dat u zo goed op uw foto lijkt.'

'Dank u wel,' is alles wat Tosca weet uit te brengen. 'Dank u voor de moeite.'

'Ze is wat chaotisch de laatste tijd,' zegt Leon. Hij heeft kans gezien om een vriendelijk gezicht te trekken. 'Ze is een paar maanden zwanger, dan ben je met andere dingen bezig, hè?'

'O, wat leuk, gefeliciteerd.' Meelevende gezichten. Aardige mensen, die ze een drankje zou moeten aanbieden, waar ze zo te zien op rekenen, want ze blijven bij hun tafel staan.

'Nogmaals bedankt,' zegt Leon op een toon die duidelijk maakt dat ze kunnen gaan. De boodschap komt over. Het echtpaar knikt haar nog een keer toe, draait zich om en loopt naar de uitgang.

Leon kijkt over zijn schouder tot ze uit zicht zijn. Dan draait hij zich naar haar toe. Zijn gezicht is rood aangelopen, zijn lippen zijn op elkaar geperst. In zijn ogen ziet ze woede, agressie, haat.

'Dat flik je me niet nog een keer,' bijt hij haar toe. 'Oké, je hebt dit zelf gewild. Opstaan!'

Hij schiet zo onbeheerst overeind dat zijn stoel achterovervalt. De nieuwsgierige blikken van andere gasten negerend zet hij hem weer recht.

'Naar buiten.'

Hij pakt haar hand, rukt haar bij de tafel vandaan.

'Geen scène, want dat betekent einde verhaal,' sist hij.

Ze loopt met hem mee, verbijt de pijn omdat hij veel te hard in haar hand knijpt. Langs verbaasde gasten, langs de kassa's en de receptioniste, die hun vriendelijk een goedenavond wenst, gaan ze door de klapdeuren naar buiten.

De parkeerplaats is verlaten. Leon sleurt haar naar de auto, trekt het portier aan de passagierskant open – ze heeft vergeten de auto af te sluiten, dringt vaag tot haar door – duwt haar ruw naar binnen, smakt het portier dicht, loopt voor de auto langs en gaat achter het stuur zitten.

'Nog één zo'n geintje en je bent er geweest.' Zijn gezicht is vertrokken van woede. 'Ben ik zo duidelijk genoeg?'

Of ze Diederik hoort. Opeens knapt er iets bij haar. De klootzak! Wat verbeeldt hij zich wel?

'Misschien houd je toch niet met alles rekening. Dit liep bijna uit de hand, hè?'

Een blik die ze niet snel zal vergeten. Razernij, moordlust. Dan de klap, recht in haar gezicht, direct gevolgd door een tweede. Bloed druppelt uit haar neus. Zijn handen knellen om haar keel en trekken haar naar voren. Zijn voorhoofd bonkt hard tegen het hare. Dan verliest ze het bewustzijn.

6

Dit was wel het laatste wat hij had verwacht. Johan legt de brief die hij zojuist uit zijn brievenbus heeft gehaald op het bureau en posteert zich voor het aquarium.

Zijn vrouw vond zijn urenlange gestaar naar 'vissen in een bak' stomvervelend. Een groot, wandvullend en decoratief aquarium in de woonkamer was dan ook onbespreekbaar. Na haar dood, bijna vier jaar geleden, heeft hij niet de behoefte gehad het er alsnog te plaatsen, alsof hij rekening hield met afkeurende blikken uit het hiernamaals.

Hij loopt terug naar het bureau en laat zijn ogen nog een keer over de brief glijden.

Geachte heer Bol,

Ik benader u namens de actiegroep MilieuOffensief.
Wij hebben uw brieven aan de krant met veel instemming gelezen. U legt wat andere accenten dan wij, maar we streven hetzelfde doel na: geen nieuwe reactor hier, geen nieuwe kerncentrales in Nederland. De laatste energienota van het kabinet laat ruimte open voor meerdere kerncentrales in de nabije toekomst. Als het politieke landschap niet van kleur verandert, worden de

tegenstanders door de democratische terreur van een minieme meerderheid in een levensbedreigende situatie gemanoeuvreerd.

Dat mag en zal niet gebeuren. We zullen ons daartegen verzetten, met alle middelen die ons ten dienste staan. Voor ons is veiligheid belangrijker dan economisch gewin. Onze actiegroep bestaat voor een groot deel uit jonge mensen, afkomstig uit alle lagen van de bevolking. Helaas hebben milieuactivisten bij het grote publiek een wat negatief imago, een beeld dat de overheid goed uitkomt en dat door politie en justitie wordt versterkt. Goede, welbespraakte, vertrouwenwekkende woordvoerders zouden dat beeld kunnen bijstellen. U bent zo iemand! Ik – nu richt ik me even persoonlijk tot u – heb uw naam al in onze groep laten vallen na uw eerste ingezonden brief. Wellicht herinnert u zich mij nog: ik zat bij u in de klas tussen 1984 en 1987. Als de dag van gisteren herinner ik mij hoe ik onder uw leiding samen met een groepje klasgenoten door de duinen rond het terrein van de kernreactor struinde. We vonden klavertjesvijf en -zes, ontdekten padden (of kikkers, dat weet ik niet precies meer) met vreemde gezwellen. Het maakte indruk, hoewel de werkelijke betekenis toen nog onvoldoende tot ons doordrong.

Namens onze groep nodig ik u van harte uit om onze bijeenkomst van vanavond bij te wonen, aanvang 20.00 uur, in het achterzaaltje van restaurant Het bronzen hert alhier. De tijd dringt. Als de tekenen ons niet bedriegen, zal de eerste steen van de nieuwe reactor Pallas al dit jaar feestelijk worden gelegd. Niet toevallig zijn er de komende weken voorlichtingsbijeenkomsten voor omwonenden gepland. Het zou mij een groot genoegen zijn u de hand weer eens te mogen schudden.

Met hartelijke groet, en hopelijk tot ziens op onze bijeenkomst,
namens MilieuOffensief,
Tjeerd de Boer

Bij het woord milieuactivisten denkt hij vooral aan inbraken in een nertsenfokkerij waarbij honderden beestjes worden losgelaten, of aan bedreiging en intimidatie van ondernemers die de bouw van een proefdierencentrum willen starten. Hij heeft daar weinig affiniteit mee. MilieuOffensief heeft echter voor een deel hetzelfde doel voor ogen als hij. Hij draait zich om naar de boekenkast naast de deur. Op de bovenste plank staan zijn lerarenagenda's, bewaard vanaf het moment dat hij als leraar biologie de middelbare school binnenstapte. Zijn vinger glijdt langs de op jaartal gerangschikte blauwe, groene, rode en witte ruggen. 1984-1985, een donkerrode rug. Hij trekt de agenda eruit en gaat op zoek naar de leerlingenlijsten. Hier: Tjeerd de Boer, klas 3v2. De aanduiding van een klas, cijfers, namen, ze activeren als vanzelf zijn geheugen en laten hem een sprong in de tijd maken. Het was een prettige klas, met een grote groep in zijn vak geïnteresseerde leerlingen, die het vak ook kozen in de bovenbouw.

Hij pakt agenda 1986-1987 van de plank en bladert erin. Opnieuw Tjeerd de Boer, Aranka Franken, zijn vriendinnetje als hij het zich goed herinnert, Juliet Maassen, Tim Overbeek... Een gemotiveerd groepje, jongeren bij wie de energie die je erin stak ook iets opleverde. Juliet was zelfs biologie gaan studeren.

De herinneringen geven hem het laatste duwtje. Wie weet ontmoet hij op die bijeenkomst nog andere oud-leerlingen. Het kan in elk geval geen kwaad om eens te gaan luisteren naar wat de jongelui te zeggen hebben. Jongelui... Hij moet er in zichzelf om grinniken.

7

Tosca ligt in het pikdonker, op een harde, smalle matras, met knetterende hoofdpijn. Op haar voorhoofd zit, net boven haar neus, een plek die schrijnt, met van die venijnige steken, alsof er telkens naalden in worden gestoken. Ze wil er een hand naartoe bewegen om te voelen of er een bult zit. Het gaat moeilijk, haar andere hand komt mee omhoog, haar polsen zijn aan elkaar vastgebonden. Haar enkels ook, voelt ze als ze een been probeert op te tillen.

Ze moet zich concentreren, nadenken, een reconstructie maken. In haar hoofd dreunt een trom, zo hard dat delen van haar hersens ontoegankelijk worden. Heel even pauzeert de trommelaar en lukt het haar om door te dringen in haar geheugen.

Ze herinnert zich een restaurant, en een man en een vrouw die haar rijbewijs kwamen terugbrengen, en dan Leons woedende gezicht, zijn klappen en een kopstoot. Daarna leegte.

Ze ligt op een slaapbank. Die conclusie trekt ze omdat ze met haar linkerschouder tegen iets aanleunt, een rugleuning waarschijnlijk. Vandaar dat de matras zo smal is. Leon heeft haar op de een of andere manier hier gebracht, in haar auto, dat moet haast wel. Een zware klus, om haar te dragen. Ze moet behoorlijk ver heen zijn geweest, want ze heeft er niets van gemerkt, ook niet dat hij haar op de bank legde.

Het is doodstil, op een zacht gesnurk na. Hij slaapt in dezelfde ruimte als zij. Ook op een slaapbank? In een caravan misschien? Zo'n ding heeft ramen en daar zou licht doorheen moeten schemeren.

Voorzichtig schuift ze wat heen en weer op haar rug. Het hinderlijke gevoel van het schijfje is weg. Ze duwt haar schouders steviger in de matras. Nee maar, hij heeft het weggehaald. Opgelucht haalt ze adem.

Nu pas dringt tot haar door hoe vochtig en muf de lucht is en dat er een penetrante zweetgeur hangt. Opeens heeft ze het gevoel te stikken. Ze kokhalst en hapt naar adem. Onbeheerst rolt ze haar lichaam heen en weer, stoot tegen het zijkussen en rolt daarna de andere kant op, raakt pijnlijk een harde rand en belandt op de vloer, boven op haar vastgebonden handen. Ze schreeuwt het uit van de pijn en ziet kans om zich op haar rug te draaien.

Ze hoort Leon vloeken, dan gestommel van voeten, nog een krachtterm, en dan schijnt een lamp fel in haar gezicht.

'Pokkenwijf. Je bent nog hardleerser dan ik dacht. Denk je nu werkelijk dat je hier zo weg kunt komen? Snap je nou niet dat ik het bijna met je heb gehad?'

Hij staat naast haar, ziet ze als haar ogen aan het plotselinge licht gewend zijn, met alleen een slip aan. Dit lijkt toch een caravan, met grote ramen en tegen de wanden slaapbanken. Buiten moet het aardedonker zijn. Alsof het ding midden in een bos staat.

Leon staat nog steeds over haar heen gebogen en kijkt haar aan, schijnbaar wachtend op een antwoord.

'Sorry, wat zei je?'

'Of je zo dacht weg te komen?'

'Wat bedoel je? Ik ben van die smalle rotbank gevallen en heb me flink pijn gedaan. Nog een geluk dat ik niets heb gebroken.'

Hij aarzelt, lijkt de situatie wat redelijker te beoordelen.

'Hoe kom je erbij dat ik probeerde te ontsnappen? Met vastgebonden handen en voeten zeker? Ik heb er bovendien geen flauw idee van waar we zijn. Is dit soms een caravan?'

'Een camper.'

'Die ergens in een bos staat?'

'In een loods, als je het per se wilt weten. Ik had het helemaal met je gehad in dat restaurant. Toch heb ik je hierheen gebracht, in plaats van je in een greppel te dumpen.'

'Ik ben je dankbaar,' zegt ze redelijk onderkoeld. 'Als je me nu eens overeind helpt. Dit ligt nogal hard.'

Hij gaat achter haar staan, trekt haar onder haar oksels omhoog en helpt haar terug op de bank.

'Dit heeft me daarstraks meer moeite gekost.'

Hij stapt naar achteren en gaat op de bank tegenover haar zitten.

'Ik hoop dat je één ding goed beseft, Tosca. Vanaf nu hebben we een wederzijds belang. Jij wilt dit overleven, ik wil iets rechtzetten, met jouw hulp. Het is allebei of geen van beide, zo simpel zit de wereld vanaf nu in elkaar. Zeg maar wat je wilt.'

'Er valt heel wat voor me te kiezen, begrijp ik.'

'Gewoon doen wat ik je opdraag en niet te veel vragen stellen. O ja, ik reageer nogal opvliegend als ik word tegengewerkt en ik garandeer niet dat het altijd goed afloopt.'

'Goed afgelopen? Ik sterf van de hoofdpijn door die kopstoot van je. Heb je toevallig paracetamol?'

'Krijg je van me. Spreken we af dat je meewerkt?'

'Mooie afspraak. Jij hebt iets recht te zetten, en als ik je daarbij wil helpen, plak je uit dankbaarheid dat ding op mijn rug. Heel fijn.'

'Dat zou jij ook doen, in mijn situatie.'

'Die ken ik niet.'

'Morgen begrijp je daar al wat meer van.'

Leon staat op, loopt naar een kastje, rommelt in een laatje en houdt dan een doosje paracetamol omhoog.

'Eén of twee?'

'Twee, alsjeblieft. Hoe laat is het eigenlijk?'

'Ergens tussen twaalf en één uur. We moeten nog wat uurtjes slaap pakken, want morgen wordt een drukke dag.'

Naast de ingang bevindt zich een kleine keuken. Leon pakt een glas en vult het met water.

'Nou, wat doe je? Deal?'

'Waarom vraag je niet of ik mijn hand opsteek en een eed afleg?'

'Als dat zou kunnen. Zal ik de tabletten in water oplossen?'

'Graag.'

Nadat hij ze boven het glas heeft verkruimeld en met een lepeltje heeft doorgeroerd, geeft hij haar het glas.

'Lukt dat, met je handen vastgebonden?'

'Waarom maak je ze niet los? Ik kan toch geen kant op. Trouwens, als je niet wilt dat ik op je bank pies, zul je me wel moeten losmaken. Tenzij je het lekker vindt me op de pot te zetten, maar zo ziek ben je volgens mij niet.'

Hij loopt naar het kastje en haalt er een schaar uit.

'Steek je handen naar voren.'

Met een snelle beweging knipt hij de plastic strip door.

'Benen omhoog.'

Ze masseert haar enkels als die strip ook is doorgeknipt.

'Niet aanstellen, Tosca. Zó strak had ik dat ding niet aangetrokken. Maak je alsjeblieft geen illusies, want de deur zit op slot.'

'Ik had niet anders verwacht. Is hier ook ergens een toilet?'

'Tegenover het keukentje. Het is een chemisch toilet, dus het ruikt niet echt prettig.'

'Als je een raam openzet wordt het hier misschien wat aangenamer.'

Niet prettig ruiken is wel heel eufemistisch uitgedrukt. Ze gaat nog net niet over haar nek van de scherpe stank die uit de pot opstijgt. Happend naar adem komt ze eraf. Leon moet erom grijnzen.

'Hoe kun je zo leven?' zegt ze met een vertrokken gezicht.

'Daar heb ik niet zelf voor gekozen.' Hij houdt een nieuwe plastic strip voor haar op. 'Maak het jezelf niet moeilijk en steek je handen uit.'

Protesteren heeft geen zin.

'Slap, dat je knikkende knieën van me krijgt.'

'Ga maar weer liggen. Benen bij elkaar. Je komt er wel achter hoe slap ik precies ben, dat zou je wel eens vies kunnen tegenvallen. Probeer nog wat te slapen. Welterusten.'

Voor ze een snedig antwoord kan verzinnen, heeft hij het licht al uitgedaan.

De volgende ochtend wordt ze wakker van het licht en van Leon die door de camper stommelt. Kennelijk is ze toch in slaap gevallen, nadat beelden van haar kinderen urenlang door haar hoofd hadden gespookt. Ze voelde zich schuldig omdat ze er niet was toen Sofie zo'n pijn had en Felix heeft vast vreselijk moeten huilen toen hij hoorde dat ze zonder hem op vakantie ging.

Leon heeft zich al aangekleed en probeert de gasbrander onder een ketel aan te steken. Hij draagt dezelfde kleren als gisteren, heeft zich ook niet gewassen waarschijnlijk. Ze gruwt. Voor haar zit er voorlopig ook niet veel anders op dan haar kleren van gisteren aan te trekken. Gelukkig heeft ze nieuw ondergoed, maar waar kan ze dat aantrekken? De enige mogelijkheid is het toilet, vlug, voordat ze gaat kokhalzen.

'Hé, je bent wakker. Goedemorgen. Sorry, dit is helaas geen vijfsterrenaccommodatie. Wil je koffie of thee bij je krentenbol?'

'Heb je niets anders te eten?'

'Crackers.'

'Doe dan die krentenbol maar. En thee graag. Mogen mijn handen los, nu je niet meer bang hoeft te zijn dat ik je in je slaap je ogen uitkrab?'

'Even geduld.'

Nadat hij water in de pot heeft geschonken en er een theezakje in heeft gehangen, haalt hij het rolletje leukoplast uit de zak van zijn jasje, dat aan de deur hangt. Hij knipt strookjes op maat en gebiedt haar om met haar rug naar hem toe te gaan zitten en haar blouse omhoog te schuiven.

In haar betrekkelijke laconisme daarover schuilt gevaar. Misschien kan ze maar beter angstig blijven.

'Je hebt je mobiele telefoon toch wel in de buurt?'

Haar poging om het sarcastisch te laten klinken lukt maar gedeeltelijk.

'Ik zou eerder verwachten dat je vraagt of de draadjes wel goed zitten. Dat is namelijk het linke aan die dingen.'

De angst is terug.

Geroutineerd bouwt hij de bank waarop hij heeft geslapen om tot een dinette. Als hij klaar is pakt hij borden uit een keukenkastje, legt er krentenbollen op en zet ze op de tafel.

'We zijn gisteren vergeten boter te kopen, je zult het zonder moeten doen. Hoe is het met je hoofdpijn?'

'Dat gaat wel weer.'

'Gelukkig. Je moet straks een eind rijden.' Hij leunt achterover en neemt een flinke hap van zijn krentenbol. 'We gaan naar Alkmaar. Ik heb daar een tweekamerappartement gehuurd, nou ja, flatje is een beter woord. Daar woon ik sinds een paar jaar.'

'Alleen?'

Hij staart uit het raam, waardoor een paar gestalde caravans en een motorboot te zien zijn.

'Nu wel. Mijn vriendin is twee weken geleden vertrokken.'

'Je hebt dus een flat voor jou alleen. Waarom hebben we dan in deze stinkende camper geslapen?'

'Omdat het hier veiliger is. We gaan er straks heen.'

'Straks? Was gisteravond niet logischer geweest?'

'Het is daar te gevaarlijk. Ik durf er pas naar binnen als jij de boel hebt verkend.'

Ze kijkt hem verbijsterd aan.

'Als het er veilig is kunnen we er een douche nemen en schone kleren aantrekken. Vannacht slapen we weer hier.'

'Dat meen je niet? Is het daar zo gevaarlijk?'

'Dat kun je gerust van me aannemen, Tosca. Ook jij zou er je leven niet zeker zijn.'

8

Bijna twee uur later rijden ze vanaf de A9 de ring om Alkmaar op. 'Borden voor de richting Bergen en Schagen volgen,' draagt Leon op. Hij is de hele rit zwijgzaam, hij heeft alleen gevraagd of ze benzine moest tanken. Dat kan wel op de terugweg. Haar Twingootje rijdt erg zuinig, zeker nu het vrijwel alleen op snelwegen rijdt. Ze heeft Leon, voordat hij zich in zwijgen hulde, iets kunnen ontfutselen. Zowel de camper als de loods is eigendom van zijn neef, die zijn brood verdient met het onderhoud en de stalling van caravans, campers en boten. Leon heeft een sleutel van de loods en mag de camper gebruiken wanneer hij wil.

Haar auto heeft vannacht in de loods gestaan, uit het zicht. Voor ze vertrokken kwam Leon aanzetten met twee kentekenplaten en gereedschap. In een oogwenk had hij haar auto van een ander kenteken voorzien.

'Voor het geval de politie dat al in het opsporingssyteem heeft staan,' had hij gezegd.

In de achterbak van haar auto lag een koffer met wieltjes, die hij er gisteravond in moet hebben gelegd toen zij buiten westen was. Tot haar verbazing haalde hij er een pruik uit van lang blond haar en wilde dat ze die opzette. Ze heeft niet eens gevraagd hoe hij eraan kwam en gedaan wat hij vroeg. Het gaf haar een sexy uitstraling, beweerde hij.

Op de rondweg is Leon alerter. Bestuurders van andere auto's worden met meer dan gewone belangstelling bekeken, zoals je tijdens de pauze in een theater naar andere bezoekers kijkt als je weet dat je een bekende kunt tegenkomen.

Na een brug moet ze van de rondweg afslaan en bij een T-splitsing moet ze naar rechts. Daarna laat hij haar langs een flatgebouw rijden en wat gas terugnemen.

'Kijk snel naar rechts. Daar is de hoofdingang. Doorrijden nu.' Hij klinkt gespannen.

'Hier keren,' zegt hij bij een zijstraat.

Ze moet langzaam terugrijden en naar links kijken.

'Het flatgebouw heeft aan de achterkant nog een ingang,' zegt Leon. 'Die wordt bijna nooit gebruikt omdat er geen lift is maar een trappenhuis. Hier het winkelplein op. Daar is een parkeerplaats.'

Als ze stilstaan en ze de motor heeft afgezet kijkt ze opzij. Leon heeft zijn bril op en zet een baseballpet op zijn hoofd.

'Het zal ze moeite kosten me te herkennen,' zegt hij. 'Nou, dan moeten we maar.'

'Moeten we maar wat?'

Een vrouw parkeert een volgeladen boodschappenwagentje vlak achter hen en opent de achterklep van haar auto. Ze laat haar blik even over hen heen gaan en begint met uitladen.

'Niet blijven zitten, dat valt te veel op,' zegt Leon. 'Ik vertel je zo wat we gaan doen.'

Langs een visstal met bijbehorende baklucht lopen ze in de richting van het flatgebouw. Leon knikt naar een bankje, vanwaar de oprit naar het gebouw goed te zien is.

'We gaan daar zitten. Luister alsjeblieft goed,' begint hij. 'Ik heb je net aangewezen waar de hoofdingang is. Er gaat nu een vrouw met een kinderwagen naar binnen. Daar zijn ook de brievenbussen. Die kun je van buiten door de ramen zien. Ertegenover staan auto's geparkeerd.'

'Ja, en?'

'Daarvandaan kun je in de gaten houden of er iets uit een bepaalde brievenbus wordt gehaald. Ik wil weten of in een van die auto's iemand heel onopvallend zit te doen.'

'Je vertelt het op een toon alsof er gevaar aan kleeft.'

'Alleen voor degene die mijn brievenbus leegt.'

Ze kijkt hem met grote ogen aan.

Hij haalt een sleutelbos tevoorschijn en peutert er een sleuteltje af. 'Ik geef je hem vast. Nummer 214. Alleen als je zeker weet dat er niemand vanuit een auto de brievenbussen in de gaten houdt, mag je hem openen. Anders loop je door naar de lift en ga je naar de tweede verdieping, nummer 214. Ik kom via de achteringang naar binnen. Jij bent er eerder dan ik, je zult dus even op me moeten wachten.'

'Zit er iets bijzonders of kostbaars in je brievenbus? En moet ik daarvoor gevaar lopen?' Haar stem trilt.

'Zou kunnen. Denk erom, precies doen wat ik heb gezegd. Je kunt zelfs door iemand met een verrekijker in de gaten worden gehouden. Ga er zo breed mogelijk voor staan, met je rug naar de ramen zodat niet te zien is welke brievenbus je openmaakt. Je kunt niet voorzichtig genoeg zijn.'

Leon maakt een nerveuze indruk. Hij lijkt nauwelijks nog op de man die gisteren zo zelfverzekerd bij haar in de auto stapte. Zonder dat bomschijfje op haar rug had ze hem nu teruggepakt. Blijkbaar voelt hij dat aan, want hij haalt zijn mobiel uit zijn zak en houdt hem demonstratief omhoog.

'Geen rottigheid uithalen, Tosca. Je pruik afzetten bijvoorbeeld, om aandacht te trekken. Dat zou echt iets voor jou zijn. Doe je het toch: boem, einde oefening. Kunnen ze wat er van je over is van de stoep of van de brievenbussen schrapen. Als je niet bij mijn flat bent als ik eraan kom, wacht ik vijf minuten. Of je bent zo stom geweest om ervandoor te gaan, of je bent zo onvoorzichtig geweest dat iemand kon zien welke brievenbus je leegde. In beide gevallen heb ik geen keus. Het lijkt me een afgrijselijke rotzooi als je in hun auto uit elkaar spat. Heb ik niet gewild, maar ik heb ze dan wel alvast een deel terugbetaald.'

Ze hoort iets in zijn stem dat geen ruimte laat voor twijfel. Een ijskoude hand glijdt over haar rug en gaat op zoek gaat naar het ding tussen haar schouderbladen. Ze rilt.

'Je bent gestoord, man. Een mensenleven telt zeker niet voor jou,' zegt ze fel. 'Een kliniek voor hopeloze gevallen zonder gevoel, daar hoor je thuis.'

Hij grijpt haar arm en knijpt er hard in. Ze moet zich inhouden om niet om hulp te schreeuwen.

'Kop dicht,' sist hij. 'We vallen op. Verpest het niet. Ik heb je een deal aangeboden, maar je hebt die niet aangenomen. Eigen schuld als ik je moet opofferen.'

Hij laat haar arm weer los. 'Je gaat nu naar de ingang en doet zoals ik heb opgedragen. Haal het niet in je hoofd om iemand aan te spreken.'

'En als iemand mij iets vraagt?'

'Dan negeer je dat en loop je door.'

Vanochtend in de camper en in de auto op de weg hierheen was de spanning wat van haar afgegleden. Ze had ruimte om aan haar kinderen te denken, in de veronderstelling hen snel terug te zien. Daar is ze opeens veel minder zeker van. Met iedere meter die ze dichter bij de ingang van de flat komt neemt de spanning toe. Die maniak hoeft maar op een knopje te drukken of Sofie en Felix zien haar nooit meer terug.

Terwijl ze de straat oversteekt, rollen er opeens tranen over haar wangen. Ze blijft staan om ze weg te vegen en haar neus te snuiten. Een vrouw die haar met een volgeladen boodschappentas passeert neemt haar nieuwsgierig op.

'Gaat het wel met u?'

Het lukt Tosca om een glimlach op haar gezicht te krijgen. Ze knikt, loopt weer verder, langs de geparkeerde auto's.

De plaatsen tegenover de entree zijn allemaal bezet. Eén auto staat achteruit geparkeerd, een zwarte suv, met een raster van glimmend chroom als bumper. De bestuurder heeft een krant op het dashboard uitgevouwen en lijkt daar volledig in op te gaan.

Als er iemand vanuit een auto de ingang observeerde, moest ze de brievenbus niet legen, luidde Leons opdracht. Ze aarzelt, gaat automatisch langzamer lopen en gluurt nog een keer naar de suv. De man kijkt op, zijn ogen ontmoeten de hare, glijden dan over haar lijf. Ze meent iets van goedkeuring van zijn gezicht af te lezen. Ze baalt. Stom om zijn aandacht te trekken.

Zonder nieuwe aarzelingen loopt ze naar de entree en duwt de zware klapdeur open. Links ziet ze de brievenbussen, opgestapeld als blokkendozen met gleuven, sleutelgaten en een nummer erop, rechts twee liften. Die voor de even etages staat beneden. Na een druk op de knop gaat de deur open en schuift weer achter haar dicht. Haar hand trilt een beetje als ze op het knopje voor de tweede etage drukt. Knarsend komt de lift in beweging en remt schokkerig af bij de tweede verdieping. Ze voelt zich ongemakkelijk in liften, ze is ze ook niet gewend. Opgelucht haalt ze adem als ze eruit kan.

Ze staat op een overdekte galerij. Pijlen op de muur met huisnummers eronder wijzen de weg. Nummer 214 zal ongeveer in het midden zijn, schat ze in. Leon ziet ze nergens. Logisch, hij moet een eind omlopen.

210, 212, 214, dezelfde bordjes, dezelfde voordeuren in dezelfde groene kleur, eenvormigheid, behalve bij nummer 214. Het naambordje ontbreekt, de deurpost is op twee plekken gesplinterd, het slot is beschadigd en ernaast zit een diepe moet in de deur. Iemand heeft met geweld iets tussen de deur en de deurlijst gedreven, een koevoet of zoiets. De scharnieren zijn ontzet. De deur sluit alleen omdat er een opgevouwen krant onder is geklemd. Inbrekers die niet wilden dat er meteen alarm werd geslagen misschien?

Als ze ertegenaan duwt, geeft hij een beetje mee en hij zwaait open zodra ze meer kracht zet. Wat nu? Zal ze op Leon wachten of alvast een kijkje nemen in zijn flat? Ze staat al in de gang en opent een deur aan de linkerkant. Het toilet. De deur aan het eind komt uit op de woonkamer. Nieuwsgierig gaat ze naar binnen. Met ingehouden adem en een hand voor haar mond bekijkt ze de ravage. Alles wat er heeft gestaan of gehangen is gesloopt. Een leren tweezitter is aan stukken gesneden, een kast is leeggehaald. Wat erin zat, glaswerk, borden, kommen en potten, alles is verspreid over de vloer. Een tafel ligt ondersteboven.

Ze doet een stap terug de gang in en opent de deur tegenover het toilet. De slaapkamer met een bed waarop een naakte vrouw ligt, met in de leegte starende ogen, en bloed, overal bloed, op het bed, op de muur.

Ze wankelt en moet zich aan de deurlijst vastgrijpen. Haar schreeuw blijft geluidloos, want er wordt een hand over haar mond geslagen. Ruw wordt ze naar achteren gesleurd.

9

'Het klinkt als een cliché, maar u bent nog precies mijn leraar van vroeger.' Een hand wordt naar hem uitgestoken, grijze ogen kijken hem vrolijk en open aan. 'Geweldig dat u bent gekomen. Hoe gaat het met u? Herkent u mij nog na vijfentwintig jaar?'

Johan kijkt wat onwennig naar de man tegenover hem. Vaag herkent hij de trekken van de jongen die hij zich vanmiddag voor de geest probeerde te halen. 'Tjeerd, ja. Als ik je op straat onverwachts was tegengekomen zou ik je niet hebben herkend, maar in deze context... Je hebt nog steeds iets van de jongen van toen, weet je dat?'

'Komt door mijn kleding, denk ik,' zegt hij lachend. 'Had u me een paar jaar geleden moeten zien, strak in het pak, stressbaan...'

Hij draagt een lichtblauwe spijkerbroek en een rood t-shirt. Zijn krullende haar zit nog hetzelfde, hoewel de haargrens wat naar achteren is opgeschoven.

'Een stressbaan?' vraagt Johan.

'Ik werkte in de automatisering. Zestig uur of meer per week de workaholic spelen, veel geld verdienen. Getrouwd, leuke vrouw, mooi huis, twee kinderen, drie keer per jaar op vakantie, tot ik me afvroeg waar ik nu eigenlijk mee bezig was en ik instortte. Maar we zijn hier niet om het over mij te hebben. Loopt u alstublieft met me mee.'

Tjeerd legt een arm om zijn schouder. Door een lange gang wordt Johan meegevoerd naar een zaaltje, waarin ongeveer de helft van de stoelen is bezet, voor een groot deel door jongeren tussen de twintig en dertig jaar. Hij ziet twee vrouwen van ongeveer Tjeerds leeftijd, en een grijsaard. Dat moet híj denken, op zijn zesenzestigste.

Een van de vrouwen komt met uitgestoken hand op hem af.

'Meneer Bol! Wat ontzettend leuk u hier te zien. Weet u nog wie ik ben? Ik zat in dezelfde klas als Tjeerd.'

Hij graaft in zijn geheugen, haalt zich namenlijsten van vanmiddag voor de geest, koppelt namen aan beelden, zoekt naar gelijkenissen.

'Aranka,' zegt hij uiteindelijk.

Een applaus. 'Geweldig. U bent nog net als vroeger, toen u van iedereen in de klas binnen een week de naam kende.'

'Je was toen het vriendinnetje van Tjeerd, als ik me niet vergis.'

'Hoe is het mogelijk. U vergeet werkelijk niets, hè?'

Twee jongens en een meisje vallen met veel lawaai het zaaltje binnen. Ze zijn het ergens over oneens. De ene jongen draagt een wijdvallend fleecejack met capuchon, die hij over zijn hoofd heeft getrokken, de andere een oversized houthakkershemd. Het meisje oogt wat ordinair, in een wel erg bloot, roze topje en een lange, wijdvallende paarse rok. Zulke types had hij voor ogen als hij aan milieuactivisten dacht, niet aan mensen als Aranka en Tjeerd of zijn leeftijdgenoot, die gezelschap heeft gekregen van een vrouw die iets ouder lijkt dan hij.

'Onze meer militante vleugel,' verklaart Aranka.

Het is haar niet ontgaan dat hij naar het drietal staarde.

'Er komen er nog een paar. Ze kunnen flink stampij maken. Zulke lui heb je nodig als je gehoord wilt worden.'

'Een gemêleerde groep,' zegt hij. 'Wie is jullie voorzitter?'

'Tjeerd,' antwoordt Aranka. 'We willen allemaal hetzelfde, of beter gezegd: hetzelfde níét, en dat schept een band die leeftijd, opleiding en maatschappelijke klasse overstijgt. Als je met te weinig bent, tel je niet mee. Wil je iets bereiken, dan ben je min of meer tot elkaar veroordeeld.'

'Ja ja.' Johan kijkt nog steeds wat onwennig om zich heen. Het groepje jongeren is intussen groter geworden, maar zit nu rustig te wachten op wat komen gaat.

'Wie heeft MilieuOffensief opgericht?'

'Tjeerd, samen met mij en Mirjam Stolk. De twee jongens naar wie u net keek waren de eersten die zich aanmeldden.'

Op een klein podium is Tjeerd achter een katheder gaan staan.

'Zullen we daar gaan zitten?' Aranka wijst op een paar lege stoelen. 'Tjeerd wil beginnen.'

Pas tegen middernacht komt hij thuis. Met een beker warme chocolademelk gaat hij naar zijn werkkamer, moe, met een gonzend hoofd vol nog niet-verwerkte indrukken. De ruisende cadans van water dat via filters terug de aquaria in wordt gepompt, brengt de rust terug die hij vanavond heeft gemist.

De avond, die zo kalm begon, kreeg een stormachtiger verloop dan hij voor mogelijk had gehouden. Hij heeft zich erdoor laten overrompelen en zich te gemakkelijk laten verleiden tot toezeggingen waar hij normaal gesproken langer over zou hebben nagedacht.

Hij zal namens MilieuOffensief het woord voeren tijdens een voorlichtingsbijeenkomst in De Watersnip in Zijpe, over twee dagen. Een aantal leden van de groep zal de avond ervoor proberen om via een gat in de omheining bij de kernreactor te komen. Tot zijn ontzetting beschikken ze over gedetailleerde luchtfoto's van het terrein, ze kennen de locatie van de bewakingscamera's en ze

69

hebben zelfs een blauwdruk van de draadloze verbindingen. Met de mobiele telefoon zullen opnamen worden gemaakt van de actie. Die worden rechtstreeks naar de computer van Tjeerd verzonden.

Johan moet zijn toespraak afstemmen op die actie en op wat er wordt aangetroffen. Als de 'onbekende daders' ver genoeg in het reactorgebouw kunnen doordringen, dan zullen terroristen daar ook toe in staat zijn, met veel ernstiger gevolgen.

Hoe langer hij over het plan en zijn rol erin nadenkt, hoe meer het hem gaat tegenstaan. Gewoon morgen Tjeerd opbellen en bedanken voor de eer? Dan had hij dat meteen moeten doen en zich niet moeten laten meeslepen door het jeugdig enthousiasme van de actievoerders, die hem zo vanzelfsprekend in hun midden hadden opgenomen. In zijn hart voelt hij sympathie voor mensen als Tjeerd en de geestdriftige jongeren, die, balancerend op de grenzen van de rechtsorde, zich volledig willen inzetten voor een betere wereld. Maar als ze een inbraak niet schuwen, waar ligt dan de grens? Hij zou die ter discussie kunnen stellen. Dat zou een reden kunnen zijn om zich niet onmiddellijk terug te trekken.

Hij drinkt de beker afgekoelde chocolademelk leeg, staat op en loopt, na een kort inspectierondje langs zijn aquaria, naar de badkamer om een douche te nemen en zijn tanden te poetsen.

10

'Beloof je om niet te schreeuwen?'

Leons stem. Ze knikt. Hij haalt zijn hand weg, grijpt haar bij de schouders, draait haar om en trekt haar mee naar de keuken, waar de puinhoop meevalt. Ze kokhalst, kan nauwelijks denken.

'Heeft iemand je hier naar binnen zien gaan?'

Leon ziet lijkbleek

'Nee.' Haar stem trilt.

'Heb je in de brievenbus gekeken?'

'Nee.'

'Omdat iemand de brievenbussen in de gaten hield?'

'Dat weet ik niet zeker.' Het beeld van de naakte vrouw doemt weer op. De inhoud van haar maag komt omhoog. 'Ik moet overgeven,' zegt ze met verstikte stem.

Hij loopt met haar mee naar de wc en houdt de deur voor haar open. Zodra ze zich over de pot buigt komen de zurige resten van de krentenbollen eruit. Bloed, overal bloed. Een vrouw die haar leek aan te kijken. Ze krijgt het gezicht niet weg. Ze schokt als er opnieuw een golf braaksel omhoogkomt. Hijgend gaat ze rechtop staan. Leon legt een arm om haar schouder en dirigeert haar weer naar de keuken.

'Hier, drink wat water.'

Hij houdt haar een glas voor dat nog heel is.

'Gaat het?'

Ze haalt een keer diep adem en neemt een paar slokken.

'Niet echt. Weet je wie die vrouw is?'

Hij knikt en kijkt snel de andere kant op.

'Ik zei toch dat het hier te gevaarlijk was. Daarom slaap ik in de camper.'

'Je moet de politie waarschuwen. Die vrouw kan zo niet blijven liggen.' Ze neemt nog een slok water als haar benen het dreigen te begeven. 'Voor de ingang staat een suv met een man die een krant zit te lezen, of doet alsof. Kan hij dit op zijn geweten hebben?'

'Geen idee. Hoe zag hij eruit?'

'Een kaalgeschoren hoofd, het haar begint net weer te groeien, stoppelig dus, leren jack, stoer type, past bij zo'n auto.'

Leon schudt zijn hoofd. 'Hij komt me niet bekend voor. Zolang hij mij maar niet ziet als we weggaan. Ik wil nog een keer naar mijn vriendin kijken. Ik begrijp namelijk iets niet.'

'Je vriendin?'

'Ex-vriendin.' Hij draait zijn gezicht weer weg. 'Dit had niet mogen gebeuren. Ik begrijp het niet,' herhaalt hij. 'Blijf jij maar hier. Kan ik er zeker van zijn dat je niet krijsend de straat op rent? Nog meer drama verdraag ik niet.'

'Ga maar.'

Ze leunt tegen het aanrecht en kijkt hem na terwijl hij door de overhoopgegooide kamer loopt. Zijn ex-vriendin… Het was pas twee weken uit, heeft hij gisteren verteld. Diederik is al langer passé, maar ze moet er niet aan denken hem zo aan te treffen, ex of niet. Dan was ze waarschijnlijk wél krijsend de straat op gerend. Het was haar zeker niet gelukt om zo beheerst te reageren als Leon, uiterlijk beheerst dan, want achter die façade moet zich van alles afspelen.

Het duurt lang voordat hij terugkomt. Hij lijkt meer van slag dan zo-even. Voor hij iets kan zeggen moet hij zijn keel schrapen en een glas water drinken.

'Ik heb haar ogen gesloten.'

Hij vult het glas nog eens en drinkt het in een paar teugen leeg. Plotseling luistert hij scherp. Voetstappen op de galerij.

'Bukken.'

Hij duwt haar omlaag en duikt zelf ook weg. 'Het zijn genadeloze klootzakken.'

Als de voetstappen zijn weggestorven, komt hij uit zijn gebogen houding overeind.

'Ik denk dat ze het weer goed kwam maken,' zegt hij schor. 'Ze is in mijn bed gekropen omdat ik niet thuis was. Dat heeft ze al eens eerder gedaan, na een ruzie om niets, achteraf. Haar kleren lagen netjes opgevouwen op een stoel, net als anders. Ze verwachtte mij en heeft hopelijk niet de tijd gehad om te beseffen wat er gebeurde. De klok heeft voor de verkéérde geluid.' Grimmig perst hij zijn lippen op elkaar. 'Nóg iets om recht te zetten.'

Hij praat voor zich heen en kijkt haar niet aan. Ze heeft moeite de neiging om hem te troosten te onderdrukken, legt dan even kort een hand op zijn schouder. Een vermoeide glimlach, een dankbare blik. Waar is ze in hemelsnaam mee bezig? Ze zou van dit moment van zwakte moeten profiteren en hem verder de put in moeten trappen.

'We moeten hier weg. Maar eerst...'

Hij kijkt haar wat onzeker aan. 'Ik ben niet zo slecht als zij, Tosca. Ik dood je alleen als ik echt niet anders kan. Zij had geen enkele kans, jij wel. Als je geen fouten maakt zie je je man en je kinderen binnenkort terug, maar dat hangt niet alleen van mij af. Zodra ze doorkrijgen dat je bij mij hoort, is je leven geen cent meer waard.'

'Wie zijn die ze? Vertel er toch wat meer over,' dringt ze aan. 'Waarom schakel je de politie niet in? Die kan je toch beschermen?'

Hij haalt zijn schouders op en lacht schamper.

'Iedereen heeft me laten vallen. Misschien speel ik te hoog spel en heb ik ze onderschat. Je kunt daar beter niets van weten. Ik kan niet meer terug, heb ook wat jou betreft geen andere keus meer. Doe alsjeblieft wat ik je vraag.'

Ze zucht diep. 'Wat moet ik doen?'

'Dat klinkt alsof je me wilt helpen.'

'*Forget it*. Ik heb toch geen keus?'

In zijn ogen verschijnt dezelfde harde blik weer waarmee hij haar aankeek toen hij bij haar in de auto stapte en een pistool op haar richtte. Emoties hebben maar kort vat op deze man. Hij heeft wel iets van een psychopaat met zijn wisselende stemmingen, die zomaar kunnen omslaan en tot extreem gedrag kunnen leiden, zonder dat er een aanwijsbare oorzaak voor hoeft te zijn. Tussen emotie en stemmingen zit misschien een nuanceverschil, maar dat Leon opvliegend en dus onberekenbaar is past wel in dat plaatje.

Leon staart nadenkend uit het keukenraam. Opeens pakt hij haar schouders vast en kijkt haar aan.

'Waar heb je het sleuteltje van de brievenbus?'

Ze haalt het uit haar broekzak.

'Oké, dan loop je nu naar beneden om dat ding te legen. Ik geef je tien minuten.'

'En die man in de suv dan?'

'Die heeft je een poosje geleden naar binnen zien gaan en denkt waarschijnlijk dat je hier woont en je eigen brievenbus komt legen. Ga zo staan dat hij niet kan zien welke bus je opent en houdt de post voor je als je terugloopt naar de lift. Niet terug naar mijn flat gaan, maar wel naar deze etage, linksaf als je de lift uit komt, via de deur aan het eind van de galerij naar het trappenhuis lopen. Ik wacht bij de uitgang beneden.'

Uit de zak van zijn colbert diept hij haar mobieltje op en houdt het haar voor.

'Als je terug bent moet je 112 bellen om te melden dat hier een dode vrouw ligt. Daarna mag je je kinderen bellen om te vertellen dat het goed met je gaat. En nu wegwezen.'

Hij trekt haar aan een arm door de kamer en de gang en duwt haar nog net de deur niet uit. Ze gaat de galerij over, de gammele lift in, zonder erbij na te denken. Nog even en dan mag ze naar haar kinderen bellen, zal ze hun stemmen horen. Daar draait het om, niet om wat er in die brievenbus zit.

Even later staat ze voor de muur met op elkaar gestapelde brievenbussen. 214 zit iets boven het midden. Ze kan hem openen zonder te bukken. De suv staat er nog, zag ze in een flits, en de bestuurder zit er nog in. Ze draait haar rug naar hem toe en opent het deurtje. Er zitten reclameblaadjes in, met ertussen een bruine envelop, zo'n ding met luchtkussentjes aan de binnenkant. Daar zal het Leon om te doen zijn, vermoedt ze. Snel pakt ze het stapeltje eruit en stopt de envelop onzichtbaar weg tussen de reclame.

Als ze het deurtje gesloten heeft draait ze zich om en bestudeert quasinieuwsgierig iets boven op het stapeltje post. De man in de suv moet haar zo goed kunnen zien. Ze is iemand die niets te verbergen heeft. De envelop steekt er per ongeluk toch niet een stukje uit? Nee, die is onzichtbaar voor spiedende ogen, stelt ze opgelucht vast als ze op de lift staat te wachten. Leon had eens moeten zien wat voor toneelstukje ze opvoerde. Het lijkt wel alsof ze er trots op is dat ze het zo heeft aangepakt, alsof ze het voor hem heeft gedaan.

Gelukkig staat er niemand bij de lift te wachten. Zodra de deur is gesloten pakt ze de envelop. Hij is eerder gebruikt: over een oud adres is een sticker geplakt. 'Aan de bewoner van...' staat erop. Eronder het adres en de postcode. Naast de afgestempelde postzegel is een nieuwe geplakt en opnieuw afgestempeld. Zwaar is hij niet. Er zitten misschien een paar velletjes papier in. Waarom zou iemand daar zo'n envelop voor gebruiken?

Op de tweede verdieping verlaat ze de lift. Uit de lift naar links, heeft Leon gezegd, door een deur aan het eind van de galerij naar het trappenhuis. Voor ze naar beneden loopt schuift ze de envelop terug tussen de reclameblaadjes. Haar voetstappen weerkaatsen in de betonnen ruimte, een naargeestig, hol geluid. Een penetrante urinegeur verraadt dat het trappenhuis minder ongebruikt is dan Leon beweerde. Na vier trappen komt ze in een kleine hal, waar Leon met zichtbaar ongeduld op haar staat te wachten.

'En? Zat er iets in?'

'Reclame, en deze envelop.'

Hij grist hem uit haar hand, scheurt hem open en draait zich om, zodat ze niet kan zien wat hij eruit haalt. Even staat hij onbeweeglijk. Dan recht hij zijn rug, gooit zijn hoofd in zijn nek en schreeuwt van woede. Een stroom vloeken, scheldwoorden en -namen galmt door het trappenhuis.

Tosca deinst achteruit en schuift zover mogelijk bij hem vandaan. Ze heeft nog nooit meegemaakt dat iemand zich zo liet gaan, alsof hij de controle over zichzelf volledig heeft verloren. Het maakt haar doodsbang.

Even onverwachts als de uitbarsting begon is hij voorbij. Leon kijkt haar aan, met een bevreemdende blik in zijn ogen.

'Oké, dat hebben we dan gehad.'

Zijn stem trilt.

'Ze dagen me uit. Eerst Ilona dood, nu dit. Ik laat me door niemand tarten, Tosca, door niemand. Ook niet door jou.'

Waarschuwend steekt hij een vinger op.

'Dat haalt het slechtste bij me naar boven, en dan kun je maar beter vrienden met me zijn.'

Abrupt draait hij zich om naar de uitgang. 'Kom mee.'

Hij loopt achter het flatgebouw langs, steekt de straat over en beent met geagiteerde passen naar de parkeerplaats waar haar auto staat. Het kost haar moeite hem bij te houden.

Dan kun je maar beter vrienden met me zijn. Woorden die zijn woede-uitbarstingen en de kopstoot in herinnering roepen. De volgende keer blijft het daar misschien niet bij, tenzij hij haar als medestander, als vriend, beschouwt. Ze heeft zich al eerder voorgenomen hem in te palmen. Waarom heeft ze dat niet doorgezet en heeft ze zijn voorstel om samen te werken niet geaccepteerd? Er kan zomaar een situatie ontstaan waarin een goede relatie met hem het verschil maakt tussen leven en dood.

'Straks moet je linksaf de rondweg weer op, naar Haarlem. Zodra je borden met Schiphol ziet moet je die volgen, maar dat duurt nog wel even,' zegt hij als ze in de auto zitten.

Zijn stem klinkt kortaf en beheerst. De angst die ze zo-even voor hem voelde ebt wat weg.

'Je hebt beloofd dat ik mijn kinderen mocht bellen.'

'Klopt. Ik heb er alleen niet bij gezegd wanneer en waar. Als we op Schiphol zijn. Je mag nu wel 112 bellen.'

Hij haalt haar mobieltje tevoorschijn, schakelt het in en kijkt afwachtend op het schermpje.

'Contact,' zegt hij en hij wil het haar geven als het signaal van binnenkomende sms'jes klinkt. Hij trekt zijn hand terug en opent het postvak. Ze verbijt zich, maar houdt zich in, uit angst dat hij haar niet meer naar haar kinderen zal laten bellen.

'Toch maar even kijken door wie je wordt gemist. Een zekere Estelle, drie berichtjes, gisteravond twee en vanochtend één. Wie is dat?'

'Een vriendin. We zouden gisteravond gaan squashen en daarna nog wat gaan drinken,' zegt ze met tegenzin.

'Ze heeft je gemist en begrijpt niet waarom je niets van je hebt laten horen. Nou, ik begrijp dat wel.' Hij grijnst. 'Ook een bericht van Ferdie. Het begint met "Lieve Tosca".'

Het lukt haar niet langer om zich in te houden. 'Klootzak! Kick je er soms op om in iemands privéleven te wroeten?'

'Het is vooral voor mijn gemoedsrust,' klinkt het droog. 'Hier,

77

een bericht van Van Erpen. Waar je bleef. Is dat soms die arts naar wie je naar op weg was?'

'Gaat je niet aan. Zal ik nu 112 bellen?' Ze steekt haar hand uit.

'Doe maar. Dat ding staat al veel te lang aan.'

Hij legt het mobieltje in haar hand.

'Alleen zeggen dat er een dode ligt op Muiderwaard 214. Daarna direct afbreken en je mobieltje uitzetten.'

Ze doet wat hij heeft opgedragen en geeft het telefoontje terug. Dan rijdt ze weg.

Gisteren moest ze tegen haar moeder zeggen dat ze op reis ging met een vriend, straks moet ze bellen vanaf Schiphol. Een laatste telefoongesprek voor ze zogenaamd opstijgt, nog even de stemmen van Sofie en Felix horen. Dan haar mobieltje uitschakelen om nooit meer aan te zetten zodat haar bestaan is uitgewist.

Van de zenuwen begint haar maag weer te protesteren. Ze voelt zich zo duizelig worden dat ze haastig de rechterbaan opzoekt om als het nodig is in de berm te kunnen stoppen.

'Hé, wat heb je opeens?'

'Ik ben duizelig en misselijk. Wat een rotstreek om me vanaf Schiphol te laten bellen. Heb je er trouwens al bij stilgestaan dat de politie snel zal weten dat de moord op je vriendin met mijn mobieltje is gemeld?'

'Je onderschat me, Tosca.'

Verdere uitleg blijft achterwege. Ze vraagt er ook niet naar.

'Bij de rotonde verderop is een benzinestation. Sla daar maar af om te tanken, dan kun je in de winkel meteen broodjes kopen. Ik begin trek te krijgen.'

'Nadat je je vriendin zo hebt zien liggen? Vind je het erg dat ik nergens trek in heb? Behalve dan in koffie.'

'Dan haal je die, en voor mij ook. Buig eens een stukje naar voren. Ik wil even controleren of alles nog goed zit.'

'Terwijl we rijden? Doe niet zo idioot.'

'Ik zou niet willen dat je ontploft terwijl je aan het tanken bent. Dat overleef ik zelf ook niet. Buigen dus.'

Ze houdt haar ogen op de weg gericht met haar hoofd vlak boven het stuur. Zijn hand schuift onder haar blouse en glijdt langs haar rug. Zijn vingers betasten het schijfje, drukken de leukoplast aan. Dan gaat zijn hand weer naar beneden, iets langzamer dan nodig is, alsof hij haar rug streelt. Ze huivert.

'Dat zit nog goed en zal niet spontaan afgaan, de grootste angst van mij en mijn collega's toen ik bij het Explosievenopruimingscommando werkte.'

Ze werpt snel een blik opzij. Daar komt zijn kennis van explosieven dus vandaan.

'Ik heb een keer meegemaakt dat een blindganger uit de Tweede Wereldoorlog die we moesten opblazen, te vroeg afging. Een collega heeft dat niet overleefd. Een impact dat zoiets heeft. Daar kun je je geen voorstelling van maken.'

'Jammer dat het jou niet is overkomen, dan was dit me allemaal bespaard gebleven.'

Het is eruit voor ze het beseft. Stom, zulke dingen moet ze voor zich houden als ze hem wil paaien, net zoals ze alert moet blijven op zwakke momenten. Dan is hij te beïnvloeden. In de flat, toen hij van slag was door zijn vermoorde vriendin, heeft ze even de aandrang gevoeld hem te troosten. Ze heeft een heel natuurlijk moment om toenadering te zoeken en een sfeer van intimiteit te creëren, laten liggen. Alleen als hun relatie vertrouwelijker wordt krijgt ze misschien een kans om haar hand in zijn jaszak te laten glijden.

'Ben je altijd zo haatdragend?'

'Meestal niet. Misschien heeft het iets te maken met de manier waarop je mij behandelt?'

'Ik heb je iets voorgesteld wat goed is voor ons allebei, maar jij wilt dat niet. Hier afslaan.'

Opnieuw een opening. Beloftes gedaan onder dreiging van geweld mag je breken. Waarom doet ze daar dan moeilijk over?

Ze rijdt het benzinestation op en parkeert haar auto voor een pomp. 'Goed,' zegt ze voordat ze uitstapt om te tanken. 'Ik zal meewerken, mits je me vertelt waar dit allemaal over gaat.' Zonder op zijn reactie te wachten stapt ze uit, pakt het vulpistool uit de houder, draait haar tankdop los en gaat tanken. Als ze klaar is loopt ze zonder hem een blik waardig te keuren naar binnen. Eerst wat te eten en te drinken halen. Ze zei wel dat ze geen trek had, maar dat was vooral om hem te ergeren.

Met twee koffiebekers in haar handen en twee plastic doosjes tonijnsandwich onder haar arm geklemd gaat ze naar de kassa en rekent af. Ze heeft een pruik op, ziet ze in een spiegel achter de caissière. Nooit gedacht dat je zo'n ding zo snel niet meer voelt.

Uiterlijk kalm zit Leon op haar terugkomst te wachten. Uit niets blijkt dat hij daaraan heeft getwijfeld.

'Lekker,' zegt hij als hij de broodjes ziet. 'Zelf toch ook maar genomen? Of is dit allemaal voor mij?'

'Ik moet toch wat eten,' zegt ze terwijl ze de koffiebekers in een houder plaatst.

'Goed dan, Tosca,' zegt hij als ze vanaf het tankstation de A9 op draait. 'We spreken af dat jij morgenavond een bijeenkomst gaat bezoeken en daar iets geeft aan iemand. Je doet je voor als journaliste, zodat hij niet meteen doorheeft dat je namens mij komt. In de tussentijd probeer je er niet vandoor te gaan of rare dingen uit te halen. Ik beloof je dat ik je dan laat gaan, nadat je me hebt afgezet op een plek waar ik kan verdwijnen. Wat je daarna de politie of de pers gaat vertellen maakt mij niets uit.'

Bevreemd kijkt ze opzij. Merkwaardige opmerking. Het maakt alles uit wat ze aan de politie vertelt. Ze gaat aangifte doen van vrijheidsberoving, ontvoering en mishandeling, en ze zal alle informatie verstrekken die tot zijn arrestatie kan leiden. Hij zal niet anders van haar verwachten en toch zegt hij zoiets ongeloofwaardigs. Kan ze hem sowieso wel geloven? Dat hij haar laat gaan als ze haar opdracht heeft volbracht bijvoorbeeld. Ze perst haar lippen op elkaar en dwingt haar gedachten een andere kant op.

'Waarom vertel je me dan niet wat er zo gevaarlijk is? Ik wil niet net zo eindigen als je vriendin.'

'Juist daarom. Als ze erachter komen dat je op de hoogte bent, is je leven niets meer waard.'

'Waar gaat dit dan over?' Het lukt haar om het bijna wanhopig te laten klinken. 'Vertel dan geen details, alleen de grote lijnen. Is er bijvoorbeeld veel geld mee gemoeid?'

'Heel veel,' zegt hij na een aarzeling.

'Geld dus. En daarvoor houd je mij gevangen en wordt er een vrouw vermoord? Dan moet het wel om miljoenen gaan.'

'Je raadt het. Meer geef ik niet prijs,' zegt Leon korzelig.

'Ik mag toch wel weten waarvoor ik risico's loop. Ik begrijp trouwens nog iets niet. Eerst moest ik iemand voor je bezoeken om te vertellen dat hij geen keus meer had of zoiets, nu moet ik morgenavond opeens naar een bijeenkomst om daar iets aan iemand te geven. Waarom heb je me niet vandaag pas opgepikt? Niet echt logisch.'

'De plannen zijn veranderd,' zegt hij nors. 'Vanwege mijn vriendin, en daarom.'

Hij wijst naar de envelop, die hij op de achterbank heeft gegooid.

'Die ga je namelijk teruggeven aan de afzender.'

11

Zoals wel vaker wanneer hij op de plaats delict arriveert, voelt Erik Bolscher zich als de toeschouwer van een toneelstuk, die pas de zaal in mag nadat het eerste bedrijf al is gespeeld. Deze keer baalt hij daar meer van dan anders. Hij zat midden in het verhoor van een drugsdealertje, zo'n type dat hij verafschuwt als de pest, toen de melding binnenkwam. Was hij toen maar meteen naar de pd gesneld. Een eerste indruk, een korte inspectie voordat de technische recherche en de fotografen de plek in bezit nemen, geeft een indringender beeld dan het beste proces-verbaal van de geüniformeerde politie, die vrijwel altijd als eerste op de pd arriveert.

Evenals Alice staart hij vol afgrijzen naar het op bed uitgestrekte lichaam van een jonge vrouw. De lakens zitten onder het bloed, net als de muur links van haar. Op het eerste gezicht is ze door twee kogels geraakt, waarvan een in de hals. Het bloed moet eruit hebben gespoten.

'Ze lag waarschijnlijk te slapen en is wakker geworden omdat ze iemand de flat binnen hoorde komen,' oppert Alice.

Een paar jaar geleden is Alice van Vliet hem als vaste partner toegewezen. Een jonge moeder – qua leeftijd zou ze zijn dochter kunnen zijn – met een zoontje van twee. Aanvankelijk had hij daar een hard hoofd in. Hij zag het al voor zich: een zaak bijna rond, een moordenaar in het nauw gedreven, wie de langste adem heeft wint... En dan gaat haar telefoon. David blijft maar huilen, of ze onmiddellijk naar huis kan komen. Maar Alice is een betrouwbare partner gebleken. Timo, haar man, werkt parttime en de grootouders staan altijd klaar voor kinderopvang. Ook de gevreesde generatiekloof bleek met wat humor en goede wil prima te overbruggen. Bovendien waren de nieuwste inzichten en technieken die Alice meebracht van de politieacademie regelmatig een welkome aanvulling op zijn ingesleten onderzoekspatronen. Ze heeft wel een werktempo dat hij soms nauwelijks kan bijbenen.

'Daar lijkt het op, ja. Ze is rechtop gaan zitten in afwachting van man, vriend of minnaar, die ze met haar fraaie lichaam wilde verrassen.'

'Laat je seksistische fantasie er maar weer op los,' zegt Alice meewarig. 'Daar ligt een vrouw die op gruwelijke wijze is omgebracht en jij ziet haar voor je in een uitdagende of uitnodigende pose. Een relevante gedachte wel.'

'Jij zegt het,' reageert hij droog. 'Ik probeer me te verplaatsen in de man die binnenkwam. Die was niet ongevoelig voor de aanblik van zo'n bloedmooie meid, anders had hij wel meteen goed raak geschoten en er niet zo'n smeerboel van gemaakt.' Hij doet voorzichtig een stap naar voren en buigt zich over het slachtoffer. 'Schot in de hals, slagader geraakt.'

'De kogel zit nog in de muur, rechts van je. Waarom zouden de technische jongens die hebben laten zitten?'

'Ze konden er domweg niet bij. Zodra het lichaam is weggehaald zullen ze het onderzoek hier wel voortzetten. Kom eens dichterbij kijken.' Hij wacht tot Alice naast hem staat en wijst dan op een wond direct onder de linkerborst. 'Denk jij hetzelfde als ik?'

'Bijna een contactschot,' concludeert ze. 'Hij heeft het vuurwapen niet veel meer dan een centimeter van haar huid gehouden, anders was die tatoeagezoom' – ze maakt met haar vinger een cirkelbeweging boven de zwarte rand om de wond – 'breder en vager geweest. Recht in het hart, een beroeps, lijkt me. Hij heeft haar koelbloedig afgemaakt nadat ze achterover was gevallen. Zijn wapen moet bijna tegen haar borst hebben gedrukt. Ik zou wel eens willen weten wat hij op dat moment heeft gedacht.'

'Dat hij zich daar niet nog een keer door moest laten afleiden.' Erik komt uit zijn gebogen houding overeind en doet een stap achteruit.

'We gaan nog even een wandeling maken langs de rest van de ravage, zodat we ons eigen beeld hebben als we de pd-verslagen binnenkrijgen.'

Achter hen klinken voetstappen. Twee mannen in witte jassen met een brancard kijken vanuit de deuropening met weerzin naar het lichaam op het bed.

'De technische recherche heeft gezegd dat we haar kunnen weghalen. Bent u hier klaar?'

'Wat ons betreft wel. Alice?'

Ze kijkt hem aan en trekt haar wenkbrauwen op. 'Heb je goed naar haar gezicht gekeken, vooral naar haar ogen?'

'Toch nog niet klaar?' vraagt een van de ambulancebroeders.

'Eén moment nog. Snap je wat ik bedoel, Erik?'

'Meestal gaan die niet vanzelf dicht als je met geweld wordt omgebracht.'

'Maar een beroeps blijft niet achter om de ogen te sluiten.'

'Dus?'

'Of een beroeps met compassie, of iemand anders heeft dat gedaan op een later tijdstip. Het laatste lijkt me. Voor de lijkschouwer aan de slag gaat moet er aanvullend dactyloscopisch onderzoek op of rond de ogen worden gedaan,' stelt ze voor.

'Vingerafdrukken op oogleden?' Erik kijkt haar peinzend aan. 'Kleine kans dat je die nog aantreft.'

'Huid waar vocht en veerkracht uit zijn verdwenen, verhardt. Als het niet kort na haar overlijden is gebeurd, zal het een rotklus zijn geweest om haar ogen dicht te krijgen. Er moet zijn gedrukt, getrokken, de vingers kunnen zweterig zijn geweest en vettige afdrukken hebben achtergelaten.'

Waarom heeft hij zelf de link beroepsmoordenaar versus gesloten oogleden niet gelegd? Erik baalt er een beetje van. Alice' observatie is beter dan de zijne en die van de politiearts, die net klaar was toen zij de flat binnenkwamen. Op zijn vraag: 'Nog iets bijzonders?' heeft die 'Op het eerste gezicht niets', geantwoord. Hij had officieel de dood geconstateerd en haar temperatuur gemeten. 23 graden Celcius. Dus was de dood waarschijnlijk tussen 20 en 25 uur geleden ingetreden.

'Misschien levert het wat op. Waarom ook niet?' Hij maakt een uitnodigend gebaar naar het ambulancepersoneel. 'Haal haar maar weg.'

12

'Wat nu?' vraagt Tosca als ze de afslag naar Schiphol heeft genomen.

'Borden KORT PARKEREN volgen en daar een plekje voor je auto zoeken.'

'Gaan we een wandeling over de luchthaven maken? Als we er dan toch zijn: er is vast wel ergens een doucheruimte te vinden. We stinken zo langzamerhand.'

'Stom! We hadden in mijn flat snel even moeten douchen.'

Leons stem klinkt zo onaangedaan, dat ze geschokt opzij kijkt.

'Dat meen je toch niet?'

'Och.' Hij trekt nonchalant zijn schouders op. 'Veel risico zouden we er niet hebben gelopen; ze waren toch al geweest.'

Ze gruwt. Dat emoties maar kort vat hebben op deze man wist ze al, niet dat ze daarna volledig verdwenen zouden zijn.

'Douchen, terwijl op een paar meter afstand het ontzielde lichaam van je vriendin ligt? Had je dat werkelijk gekund?'

Opnieuw haalt hij zijn schouders op. 'Voor haar had het niets meer uitgemaakt. Hier moet je naar rechts.'

'Het was toch je vriendin die daar lag?' houdt ze vol. 'Trouwens, al was het iemand die je niet kende. Zoiets doe je toch niet? Ach, barst ook maar.'

Ze stopt voor een slagboom, trekt een kaartje uit een automaat en rijdt de parkeergarage in naar kort parkeren, voor een in haar ogen onmogelijk tarief. Dat lijkt overigens niemand tegen te houden, want ze heeft moeite om een vrije plek te vinden.

'Oké,' zegt Leon als ze de motor heeft uitgezet. 'Jij gaat eerst alleen wat rondslenteren op Schiphol Plaza, naar kleding kijken, geurtjes proberen, en je informeert alsnog naar een onderwatercamera. Daarna ga je naar de vertrekhal.'

Hij haalt haar telefoontje weer tevoorschijn.

'Alsjeblieft. Je mag pas bellen als je daar bent en als ik binnen gehoorsafstand ben gekomen.'

'Ik ging er toch alleen op uit?'

'Klopt, met mij op gepaste afstand. O ja. Je moet je pruik afzetten. Hier mag je herkend worden.'

Hij grinnikt overdreven, alsof hij een goede grap maakt.

'Zoek maar een rustig plekje, waar ik zonder dat het opvalt bij je in de buurt kan komen staan.'

'Waar slaat die flauwekul op?' vraagt ze verontwaardigd. 'We hebben een afspraak, weet je nog? Ik doe iets voor jou en jij laat mij daarna gaan. Dit soort onzin kunnen we dan toch achterwege laten? Waarom mag ik mijn kinderen hier niet opbellen?'

'Dat heeft een reden, Tosca. Doe gewoon wat ik je zeg, dan krijg je geen problemen,' zegt hij kortaf. 'Je mag je mobiel pas aanzetten vlak voordat je gaat bellen en je moet hem daarna meteen weer uitzetten. Begrepen?'

Ze slikt, blijft stug voor zich uit kijken.

'Heb je ook nog bedacht wat ik wel en niet moet zeggen?'

'Dat ligt voor de hand en je bent niet dom. Je belt om afscheid te nemen omdat je op het punt staat op vakantie te gaan naar een ver land. Verder babbel je maar een eind weg met je kinderen.'

Hij haalt zijn eigen mobiel uit een zak van zijn colbert, de rechter. Ze registreert het. Nu moet ze opletten of hij hem daar ook in terugstopt.

'Mocht je zo stom zijn om verkeerde dingen te zeggen, iemand van de politie of de beveiliging te benaderen of een alarmnummer in te toetsen, dan laat je me geen keus.' Hij tikt op zijn mobieltje. 'Dan stijg je nog één keer op vanaf Schiphol.'

Ze ziet harde, spottende ogen in een arrogant gezicht. Er knapt iets bij haar, net als gisteren, toen ze uit het restaurant kwamen. 'Klootzak, vuile psychopaat,' sist ze. Ongecontroleerd haalt ze naar hem uit.

Hij vangt haar arm op, draait haar pols ruw om en trekt haar arm langs haar rug omhoog.

Zijn hand op haar mond smoort de schreeuw. Ze moet snel vooroverbuigen om de pijn te verlichten. Met haar vrije hand probeert ze zijn arm te pakken. Zinloos.

'Sorry,' zegt hij kalm, 'dat was niet zo'n geslaagde opmerking van me. Ik had niet verwacht dat je zo heftig zou reageren.'

Ze voelt zijn greep verslappen. Als hij haar heeft losgelaten, draait ze haar pols een paar keer. 'Deed je dat ook met je vriendin als jullie ruzie hadden? Kick je daar ook al op?'

Het raakt hem niet, stelt ze glurend door haar wimpers vast, maar het zet hem wel aan het denken.

'Op den duur was het toch niets geworden met haar, ze was getrouwd, al deed dat er volgens haar niet toe,' zegt hij peinzend. 'We cirkelden om elkaar heen als planeten, trokken elkaar aan en stootten elkaar af, tot een botsing ons definitief uit elkaar zou drijven. Zij hoopte nog op een versmelting, of zoiets. Ik wist dat zoiets niet zou gebeuren.'

Hij glimlacht zelfingenomen.

Ze kijkt hem kwaad aan. Of hij een beschrijving geeft van haar relatie met Diederik, het laatste jaar dat ze samen waren. Die had ook al eerder zien aankomen dat het zou stuklopen en alvast zijn maatregelen getroffen.

'Waarom kijk je zo boos?'

'Ik heb een hekel aan mannen die alles zo goed denken te weten.'
Hij barst in lachen uit.
'Weet je, Tosca, ik mag je heus graag. We zouden een goed team vormen, jij en ik. We hebben meer gemeen dan je denkt. O ja, je moet de rolkoffer meenemen. Zwaar is hij niet, want er zitten alleen wat schone kleren in.'

Schiphol staat garant voor een gevoel van lekker op vakantie gaan of van een verre reis maken. Om haar heen dwarrelen andere mensen met rolkoffers, die nog snel wat inkopen doen voor ze inchecken, of nog even iets eten of drinken omdat de kwaliteit van de maaltijden aan boord vaak beroerd is. Stewardessen met trolleys lopen haastig voorbij, mededelingen galmen via luidsprekers door de hal.

Wat ze ook hoort en ziet, vakantiegevoelens blijven achterwege. Werktuiglijk wandelt ze langs winkels met merkkleding, met tassen in alle soorten en maten, en daarna naar een fotozaak. Ze doet weer precies wat Leon wil, alsof hij een chip in haar brein heeft geïmplanteerd. Maakt het trouwens veel uit, een chip of een bomschijfje?

Leon neemt geen risico's en is op een irritante manier op afstand aanwezig, bij de entree van de boekwinkel bijvoorbeeld, waar ze beiden doen alsof ze elkaar niet kennen.

Via een roltrap naar boven komt ze in een van de vertrekhallen. Leon staat vlak achter haar, ziet ze. Aan de andere kant van de roltrap is een rustig plekje, een beetje uit de loop. Ze wandelt erheen en schakelt haar mobiel in. Haar mond wordt droog, haar handen trillen een beetje. Leon staat dicht bij haar in de buurt en kijkt rustig om zich heen. Ze drukt voorkeuzeknopje twee in. Ze wacht even en hoort dan de stem van haar moeder: 'Tosca, ben jij het? Is alles goed met je?'

'Ja, mam,' is alles wat ze weet uit te brengen.

'Waar ben je, zeg het me alsjeblieft.'

Ze moet ontspannen, zo gewoon mogelijk praten, om haar moeder niet ongeruster te maken dan ze al is.

Leon heeft zich naar haar toe gekeerd.

'Vakantie,' hoort ze hem zeggen. 'Ver land.'

'Op Schiphol, mam. Ik sta op het punt om aan boord te gaan. Mag ik Sofie of Felix ook even aan de telefoon?'

Haar moeder reageert niet op wat ze heeft gezegd. Ze staat waarschijnlijk verbijsterd voor zich uit te staren. Op de achtergrond hoort ze Sofie. Dan is haar stem opeens helder en heel dichtbij.

'Mama, waar ben je toch? Ik mis je zo.'

'Hallo, lieverd. Ik…' Verder komt ze niet. Ze knijpt haar ogen dicht, kan een snik niet meer onderdrukken. Haar mobieltje glijdt uit haar handen en valt op de vloer uit elkaar.

'Geweldig, Tosca,' hoort ze Leon zeggen. Naast haar, op ruim een meter afstand, staat hij zijn best te doen om niet bij haar te horen. Hij praat voor zich heen, maar wel zo duidelijk dat ze hem kan verstaan.

'Geen aandacht trekken. Raap je mobiel op en loop terug naar de parkeergarage. Vergeet je koffer niet.'

Ze doet wat hij zegt. In een waas glijden passagiers met koffers, grote gele borden, een roltrap en een informatiebalie door haar blikveld. Terug bij de winkels lukt het haar niet meteen om de uitgang naar de parkeergarage terug te vinden. Leon heeft blijkbaar haast, want hij snelt voor haar uit om de weg te wijzen. Op het parkeerterrein komt hij naast haar lopen.

'Goed gedaan, Tosca. Je had best wat langer mogen praten, hoor.'

'Wat nou goed?' Ze heeft haar emoties weer enigszins onder controle. 'Heb je er enig idee van wat je mij en mijn kinderen aandoet?'

'Ze hebben je stem gehoord en weten dat je nog in leven bent.

Dat moet het toch gemakkelijker voor ze maken.'

'Geloof je werkelijk dat mijn kinderen opgelucht zijn? Je weet niet waar je het over hebt, man.'

Het horen van Sofies stem heeft iets met haar gedaan, heeft haar vooral sterker gemaakt. Ze gaat het redden, ze moet wel, voor haar kinderen, en ze zal die eikel alles betaald zetten.

'Wat denk je? Is het erg riskant om me te vertellen waar deze vertoning voor nodig was?' vraagt ze als ze even later in haar auto zitten.

Hij moet er even over nadenken. Ze wacht met starten tot ze een antwoord heeft.

'Niemand zal nu nog naar je uitkijken op de plek waar je morgenavond heen gaat,' zegt hij uiteindelijk. 'Ook de politie niet.'

'Denk je echt dat iedereen nu gelooft dat ik in een ver vakantieland zit?'

'Alles wijst daar toch op? Wat doe je anders op Schiphol met een koffer, waarom heb je anders gevraagd naar een speciale camera voor onderwaterfotografie?'

'Ja hoor. Mijn moeder weet hier niets van. Ze heeft alleen mijn stem gehoord.'

'Je moeder niet, maar de politie wel. Ze weten nu al dat je hebt gebeld vanaf Schiphol, en het zou me niet verbazen als er op dit moment iemand onderweg is hierheen om de beelden van de bewakingscamera's op te vragen. Tosca, met koffer, in de vertrekhal van Schiphol. Reken er maar op dat het ze een tijdje bezighoudt.'

Om wanhopig van te worden. 'Laat je je nooit eens ergens door verrassen?'

'Bij voorkeur niet. Maar wat we vanochtend in mijn flat hebben aangetroffen had ik niet voorzien.'

'Pech voor je. Je hebt uiteraard allang bedacht waar we nu weer heen gaan?' zegt ze terwijl ze de motor start.

'Terug naar de camper. Tot morgenavond moeten we het daar met elkaar zien uit te houden.'

'Ben je niet goed wijs? In dat stinkhol? Geen fatsoenlijk toilet, geen douche. Heb je je neus daar wel eens opgehaald?' reageert ze kwaad.

'Het is even niet anders, en je gaat er heus niet dood van,' zegt hij luchtig.

'Maar het kán wel anders. Heb je wel eens van een hotel gehoord?'

Het duurt een poosje voor hij antwoord geeft, kennelijk van de wijs gebracht.

'Ik ben bang dat mijn creditcard dat niet meer trekt.'

'Maar die van mij wel.'

'En de politie weet meteen waar je bent. Slim bedacht, Tosca.'

'Hoe kom je erbij? Ze denken toch dat ik in het buitenland ben, dat heb je net zo prachtig geregeld. Waarom zouden ze dus de gastenlijsten van hotels in Nederland natrekken? Trouwens, iemand die wordt gezocht geeft toch een valse naam op.'

'Je creditcard,' houdt hij vol.

'Het is nu eind augustus. De afschrijving is half september. Bovendien betaal ik pas als we vertrekken.'

Hij gaat verzitten, wrijft over zijn kin. Zijn lichaamstaal verraadt dat hij aarzelt.

'Oké, jij betaalt met je creditcard en we checken in onder jouw naam. Mochten ze om een legitimatie vragen, dan laat je je rijbewijs zien. Dat moet voldoende zijn.'

'Hoe weet je dat zo goed?'

'Mijn voormalige vriendin vond afspraakjes in een hotel romantisch.'

'Jij en romantisch? Laat me niet lachen.'

13

'Goed, Tjeerd, dank je wel. Je hebt me nog niet helemaal overtuigd, maar me wel een hart onder de riem gestoken... Nee, daar kun je van uitgaan. Zo heb ik er minder problemen mee.'

Opgelucht zet Johan de telefoon terug in de oplader en loopt naar de keuken om koffie te zetten. Het gesprek is beter verlopen dan hij verwachtte. Tjeerd had aan een half woord genoeg. 'Logisch dat u moeite hebt met een inbraak op het reactorterrein. Ik heb ook moeten wennen aan zulke acties,' bekende hij. 'Maar ze zijn wel nodig, en zolang er niemand iets wordt aangedaan en niemand persoonlijke schade lijdt, kan er veel. U moet zich prettig voelen bij wat u zegt. Waarom richt u zich niet op de milieuaspecten, niet alleen van de reactor, maar van kernenergie in het algemeen? Dat ligt voor de hand, gezien uw vroegere beroep.'

Met een kop koffie gaat Johan aan zijn bureau zitten en legt een blanco vel papier voor zich. Hij moet eerst maar eens een inventarisatie van die milieuaspecten maken. Genoeg onderwerpen.

Frankrijk, medio 2008, veiligheidsproblemen met meerdere kerncentrales, onder andere met lekkend radioactief spoelwater, noteert hij als eerste.

Grimmig neemt hij een paar slokken koffie. Met het spoelwater in deze reactor is het ook niet pluis. Dat moet zijn tweede punt worden.

Pijplijn naar zee, schrijft hij.

De ontslagen klokkenluider heeft in een zwartboek onthuld dat afvalwater, gebruikt voor het schoonspuiten van radioactief schroot, via een pijplijn van vierenhalve kilometer rechtstreeks in de Noordzee wordt geloosd. Een scheurtje in die pijp, vlak bij het strand, en de badgasten zien de branding 's avonds oplichten. De volgende dag graven hun kinderen kuilen in het besmette zand.

Met een peinzende uitdrukking op zijn gezicht drinkt hij zijn kopje leeg. Automatisch is hij bij het probleem van radioactief afval terechtgekomen. Wat doe je ermee? Hoe voorkom je dat het milieu daar generaties lang mee wordt opgezadeld?

Opslag in zoutkoepels, noteert hij als derde punt.

Honderd procent veilig, als je de informatie van de kernenergielobby mag geloven. Larie. Onderzoek naar eerder opgeslagen materiaal heeft al aangetoond dat de zoutkoepels op den duur gaan lekken en de radioactieve rommel alsnog in het milieu belandt.

Wat kan hij nog meer zeggen over afval? Natuurlijk, dat punt had direct na *Pijplijn naar zee* moeten staan omdat het over deze reactor gaat.

Afvalchaos, schrijft hij op.

Een paar jaar geleden werden tijdens een politie-inval op het terrein van de kernreactor lekkende gasflessen aangetroffen naast vaten zwavelzuur en radioactief afval dat onbeschermd lag opgeslagen in gewone zeecontainers. Oost-Europese toestanden, volgens een zegsman, die snel was teruggefloten toen de doofpot wagenwijd openging.

Zijn gedachten worden onderbroken door het gerinkel van de telefoon. Petra, zijn dochter, ziet hij op de nummermelding in de display.

Met 'Hallo, schat, alles goed met jullie?' neemt hij op.

'Gaat wel. Met jou?'

Uit haar stem maakt hij op dat ze iets aan hem kwijt wil.

'Och, z'n gangetje. Er is toch niets mis?'

'Daisy maakt schulden,' klinkt het prompt. 'Ze krijgt rekeningen van honderden euro's voor mobiel telefoneren.'

Zijn kleindochter is dertien. Mag je van een kind van die leeftijd verwachten dat ze de consequenties van haar belgedrag al helemaal overziet, vraagt hij zich af.

'Tja, misschien had je haar geen telefoon met abonnement moeten geven,' oppert hij.

'Hallo, pa! Prepaid bellen is veel duurder, hoor. Ze heeft een eigen verantwoordelijkheid en ze moet leren met zulke dingen om te gaan. Daar moet ze de ruimte voor krijgen. Maar ze moet niet voor een paar honderd euro met vrienden en vriendinnen gaan kletsen.'

'Dat heeft ze misschien niet beseft. Ze is pas dertien.'

'Ik heb haar anders wel gewaarschuwd, ook voor het downloaden van ringtones, waar opeens een abonnement aan vast blijkt te zitten.'

Voor hem is dat al een mistige materie, dus dat zal het voor een kind al helemaal zijn.

'Van zulke dingen heb ik geen verstand,' maakt hij zich ervan af. 'Ik heb ook nieuws. Morgenavond voer ik namens MilieuOffensief het woord tijdens de informatiebijeenkomst in jullie dorpshuis. Kom je luisteren?'

Aan de andere kant van de lijn wordt het onheilspellend stil.

'Zijn die stukjes in de krant al niet genoeg, pa? MilieuOffensief, zeg je? Je gaat me toch niet vertellen dat je je bij zo'n groepje milieufanaten hebt aangesloten, hè?'

'Als je goed hebt geluisterd ken je het antwoord. Kom je naar me luisteren?'

'Dat weet ik nog niet, hoor,' klinkt het bits. 'Jij kunt zo overdrijven. Heel veel mensen hebben werk dankzij die reactor. Weet je wel hoeveel kankerpatiënten worden geholpen door het onderzoek daar en door wat er wordt geproduceerd? Dat zou je ook eens moeten meenemen in je negatieve stukjes. En kernenergie heeft nu eenmaal de toekomst, of jij dat nu wilt of niet. Nou, we zijn weer bijgepraat. Wie weet tot morgen.'

Kernenergie heeft nu eenmaal de toekomst. Petra papegaait de voorlichters van de kernenergielobby na. Managers met een immens bord voor hun kop waardoor hun het zicht op andere oplossingen voor het energieprobleem wordt ontnomen. Welke zot gaat nu nog investeren in gevaarvolle nucleaire energie, met een deels oningevuld kostenplaatje omdat het afvalprobleem nog niet is opgelost? Terwijl alle projecten met zonne-energie uitwijzen dat daar de oplossing ligt. Het staat niet op de agenda, morgenavond, maar hij zal het toch aankaarten als hij de kans krijgt.

14

'Betaalt u met creditcard?' De receptioniste van het hotel kijkt haar aan. Leon houdt zich afzijdig.

'Met Visa.'

'Mag ik dan een print van uw kaart maken?'

'Natuurlijk. Alstublieft.'

De vrouw haalt hem door een apparaatje.

'Wilt u één of twee sleutels?' vraagt ze dan.

'Twee graag.' Ze zegt het zonder erbij na te denken en iets te luid. Leon kijkt met gefronste wenkbrauwen in haar richting.

'Alstublieft. Kamer 246. U kunt tussen zeven en tien uur ontbijten.'

Haar creditcard en een mapje met sleutelkaarten worden op de balie gelegd.

'Dan wens ik u een prettig verblijf toe.'

'Wat ben je van plan met die tweede sleutelkaart, Tosca?' vraagt Leon als ze in de lift staan.

'Niets. Gewoonte eigenlijk, om er twee te vragen. Wat zou ik ermee moeten doen?'

'Even van de kamer glippen terwijl ik onder de douche sta of op de wc zit, snel iemand waarschuwen. Dan is het erg handig om met je eigen sleutel weer naar binnen te kunnen.'

'Daar had ik nog niet aan gedacht.'

De lift vertraagt en houdt stil. De deuren schuiven open. Het tapijt op de gang dempt hun voetstappen en het rollen van de koffer. Een kamermeisje dat hen tegemoet loopt groet vriendelijk.

'U voor 246?' vraagt ze met een Oost-Europees accent.

'Klopt,' antwoordt Leon.

'Kreeg telefoontje van receptie. Kamer net schoon.'

Ze lacht breed naar Leon, iets te breed, stelt Tosca geïrriteerd vast. Zij ziet alleen zijn buitenkant.

'Staan er wel twee bedden?' vraagt ze. 'Met aparte dekbedden of dekens?'

Er verschijnen rimpels in het voorhoofd van het meisje. Ze kijkt vragend naar Leon, alsof hij mag bepalen hoe er geslapen gaat worden.

'Breed bed, erg breed, kingsize. U wilt anders?'

'Nee hoor. Kingsize is prima.'

Leon knipoogt naar het meisje. De eikel. Voor ze kan protesteren is het kamermeisje al doorgelopen.

Met vinnige passen beent ze naar het einde van de gang. Kamer 246 blijkt op een hoek te liggen. Ze steekt het sleutelkaartje in het slot en de deur gaat open. Het is een ruime kamer, met een apart zitje, een groot bureau, waarop een tv staat met WELKOM MR. EN MRS. LAGERWEY op het scherm, en er staat een breed bed. Ze kan er niet naar kijken, zo staat de gedachte haar tegen om daarin met Leon de nacht te moeten doorbrengen. Toch biedt dat haar misschien de laatste kans om weg te komen, al is de manier waarop walgelijk en weerzinwekkend. Als ze zich verleidelijk gedraagt en hem laat merken dat ze seks geen probleem vindt, dan zal hij het bomschijfje toch wel van haar rug halen? Zodra hij er helemaal niet meer op bedacht is, springt ze het bed uit en rent ze de gang op, als het moet in haar blootje. Ze heeft hem zijn pistool niet uit het dashboardkastje van haar auto zien pakken, dus daarvoor hoeft ze niet bang te zijn.

'Mooie kamer,' zegt Leon goedkeurend. Hij zet de koffer neer.

'Moet lukken om het hier tot morgen uit te houden.'

'Het is in elk geval beter dan die camper van je.' Ze doet een poging te glimlachen.

Leon heeft de deur naar de badkamer geopend.

'Jammer, geen ligbad,' merkt hij op.

'Ik dacht dat je niet veel luxe gewend was?'

'Mijn vroegere vriendin kon zich wel luxe veroorloven. Een vijfsterrenhotel was voor haar nooit een probleem.'

Hij loopt door de kamer en neemt plaats op een van de stoelen.

'Meneer Lagerwey wil graag dat je bij hem komt zitten,' zegt hij grinnikend.

Ze verkrampt. Toch gaat ze tegenover hem aan de andere kant van het tafeltje zitten.

'Ja?'

'Ik wil voor de duidelijkheid een aantal huisregels vaststellen.'

'Huisregels?'

Hij grijnst. 'Zie je, Tosca. Die twee sleutelkaarten hebben me aan het denken gezet. Achteraf is het toch niet zo'n goed idee van me geweest om naar een hotel te gaan.'

'Juist wel. Dit is perfect.'

Hij schudt zijn hoofd. 'Voor jou, ja. Niet voor mij.'

'Hoezo voor mij wel?'

'Wat dacht je van vannacht, als ik lig te slapen? Uiteraard probeer je dan om ervandoor te gaan.'

'En dus laat je dat schijfje op mijn rug zitten?'

De spanning die in haar stem is gekropen is hem niet ontgaan. Hij neemt haar onderzoekend op.

'Te gevaarlijk. Als je het eraf schuurt in je slaap, knallen we allebei ons bed uit. Ik kan het op je buik plakken, maar dan doe je misschien geen oog dicht, terwijl je morgen juist fit moet zijn. Het komt me wel goed uit dat we in hetzelfde bed slapen.' Een zelfingenomen lachje. 'Voor de zekerheid bind ik wel onze enkels aan elkaar vast. Ik moet alleen nog bedenken met wat.'

'Heb je nog meer leuke plannetjes bedacht om het hier gezelliger te maken?'

'Je kunt helaas niet douchen met dat ding op je rug.'

'Je zou het eraf kunnen halen. Dan kun je na het douchen meteen mijn rug insmeren met bodylotion. Er staat vast wel een flaconnetje in de badkamer. Dat moet toch een leuk klusje voor je zijn? Anders krijg ik jeuk en ga ik de hele nacht liggen woelen. Dan slaap jij ook niet.'

Hij weet blijkbaar opeens niet wat hij aan haar heeft en kijkt haar peinzend aan. Dan keert zijn berekenende blik terug.

'Je hebt allang bedacht dat je alleen weg kunt komen als je mijn mobiel te pakken krijgt. Als ik onder de douche sta bijvoorbeeld.'

'Waarom bind je me niet stevig vast op bed, met een prop in mijn mond?'

Het is cynisch bedoeld, maar het komt niet over. Er verschijnt een merkwaardig lachje op zijn gezicht.

'Daar geil ik wel op. Jij ook soms? Dan hebben we nog meer gemeen dan ik al dacht.'

Hij lijkt haar opeens met andere ogen te bekijken, alsof hij nu pas beseft dat ze behalve gijzelaar ook vrouw is.

'Je bent toch getrouwd?'

'We leven gescheiden, al bijna twee jaar.'

'Hè? Je vertelde dat je man een eigen zaak had.'

'Klopt. Die heeft hij nog steeds.' Snel stapt ze op iets anders over. 'Ik weet niet hoe het met jou is, maar ik voel me zo langzamerhand meer dan smerig. Heb je er bezwaar tegen als ik nu onder de douche duik?'

'Als je het goedvindt dat ik erbij kom.'

Fuck! Daar had ze nog helemaal niet aan gedacht. Als ze daar al tegen gaat protesteren, kan ze de rest meteen wel vergeten.

'Ook een beetje voor mijn gemoedsrust.'

Een ontwapenend lachje. Zodra er seks gloort worden mannen aardiger en toegeeflijker, onvoorzichtiger ook. Daaruit moet ze de moed putten om het spel tot het einde toe te blijven spelen.

Ze staat op, draait haar rug naar hem toe en trekt voorzichtig haar shirt over haar hoofd.

'Zou je dat ding eraf willen halen?'

Hij komt overeind, legt een hand op haar schouder en draait haar om.

'Geen fratsen, Tosca. Niet in je nakie de gang op rennen. Voor zoiets zie ik je namelijk wel aan.'

Hij kijkt haar doordringend aan, maar wacht vergeefs op het moment waarop ze haar ogen neerslaat.

'Het moet wel een beetje spannend blijven, toch?' Ze lacht verleidelijk. Hoe krijgt ze het voor elkaar?

Het lijkt te werken. Zijn ogen blijven op haar bh rusten. Snel keert ze hem de rug weer toe. Hij friemelt aan de leukoplast. Ze voelt warme adem langs haar nek strijken. Meestal vindt ze dat aangenaam. Nu bezorgt alleen het lostrekken van de leukoplast haar een opgelucht gevoel.

'Hè, dat is fijn.' Ze beweegt haar schouderbladen op en neer en doet een stap opzij, zodat ze voor de grote spiegel komt te staan. Tosca met lang blond haar kijkt haar aan. Tosca, de verleidster. Ze trekt de pruik van haar hoofd en gooit hem op bed. De Tosca met kort haar bevalt haar veel beter.

'Stom, ik heb de plastic tas met kleren in de auto laten liggen.'

'Kijk eens in de koffer.'

Hij heeft haar tas erin geleegd. Haar nieuwe spullen liggen tussen zijn schone ondergoed, schone sokken en een overhemd met korte mouwen, alles flink gekreukeld.

Ze vist er ondergoed tussenuit en loopt om het bed heen naar de badkamer. Drie passen verder en ze is bij de deur naar de gang. Leon staat maar een paar meter bij haar vandaan. Zijn ogen zitten aan haar vastgeplakt. De kamerdeur gaat naar binnen open. Bij een vluchtpoging kost dat extra seconden, en in die tijd heeft ze haar voorsprong alweer verspeeld. Ze krijgt maar één kans en die mag ze niet verknallen.

'Ik ga mijn haar wassen.'

Hij komt haar niet meteen achterna. Ze laat de deur op een kier terwijl ze haar kleren uittrekt. Hij kan het niet laten om naar haar te gluren, ziet ze uit een ooghoek. Oké, ze zal het spel meespelen en doen of ze het niet in de gaten heeft. Zonder zich te haasten bekijkt ze de diverse miniflacons op het planchet boven de wastafel. Shampoo, bodylotion en douchegel. Buik in, borsten vooruit en een beetje met haar billen pronken voordat ze achter het glazen douchescherm verdwijnt. Wat is dit moeilijk. Ze krijgt nog net geen hekel aan zichzelf. Zo voelt een vrouw zich waarschijnlijk die in handen is gevallen van een vrouwenhandelaar en die onder bedreiging van een vuurwapen een striptease moet opvoeren, in de wetenschap dat ze daarna zal worden verkracht.

Een vergelijking die aan alle kanten mank gaat, relativeert ze terwijl ze de douchekraan opendraait. Leon mag zich straks van alles in zijn hoofd halen, maar tot echte seks zal ze het niet laten komen. Ondanks het warme water dat over haar hoofd en haar rug stroomt, huivert ze bij de beelden die haar hoofd binnensluipen. Ze ziet een kans om hem te pakken te nemen, op een intens gemene manier, grenzend aan sadisme.

Dat ze daar nog niet eerder aan gedacht heeft. Het moet voor een man zo onwaarschijnlijk pijnlijk zijn dat hij er direct van buiten westen raakt. Dat moet ze wel zonder aarzelen uitvoeren en met alle kracht die ze in haar handen heeft.

Leon is de badkamer binnengekomen en kleedt zich achter het scherm uit.

'Lekker?'

'Ik kan me niet herinneren ooit zo naar een douche te hebben verlangd.'

'Naar een douche met z'n tweeën?'

Hij begint er zin in te krijgen, vertelt zijn stem. Haar benen trillen een beetje. Het kost haar de grootste moeite om de spanning onder controle te houden.

'Dát zeg ik niet. Wacht nog even. Ik ben bijna klaar met mijn haar.'

'Het heeft iets erotisch, weet je dat, een vrouw die haar haar wast, al dat schuim dat over haar lijf stroomt.'

Hij is al om het scherm heen gestapt en hij neemt haar ongegeneerd op. Een gespierd lijf, geen grammetje vet. Logisch dat hij veel te sterk voor haar was.

O god, nee! Ze windt hem op. Niet in paniek raken, rustig de shampoo uitspoelen.

'Voor een moeder van twee kinderen heb je een mooi strak lijf.'

Hij staat naast haar, slaat een arm om haar heen en legt een hand op haar borst.

'Verrekt stevige borsten ook.'

'Au, je doet me pijn.'

'Sorry.' Zijn hand glijdt over haar rug naar haar billen. 'Je bent ook zo lekker.'

Zijn stem klinkt hees, zijn opwinding is toegenomen. Dit is het moment. Niet aarzelen, met alle kracht die ze heeft. Ze moet zich geweld aandoen om hem in haar hand te nemen. Ze walgt van zichzelf. Hij kreunt. Zijn hand glijdt over haar buik. Ze kokhalst. Hij denkt echt dat zij er ook plezier aan beleeft.

Haar andere hand sluit zich eromheen. Nu! Breken! Alsof het een reep chocola is die je met twee handen doormidden knakt.

'Waar wacht je op, Tosca? Een beetje actie graag.'

Waar wacht ze op, ja. Op zijn ijzingwekkende kreet, op de doffe klap waarmee hij bewusteloos tegen de vloer gaat. Ze trilt van de zenuwen. Ze wil wel, maar ze kan het niet, ze durft het niet. Stel dat ze er niet genoeg kracht voor heeft, of dat het niet blijkt te werken? Hij staat op springen, heeft zichzelf nauwelijks meer in de hand. Ruw duwt hij haar hoofd naar beneden. De smeerlap!

'Nee,' schreeuwt ze terwijl ze zich aan zijn greep probeert te ontworstelen.

'Waarom niet?' Hij hijgt en trekt haar strak tegen zich aan. 'Je maakt mij niet wijs dat je zelf ook niet wilt. Hoe lang sta je al droog? Sinds je bij je man weg bent?'

Ze vecht tegen de tranen. Verlamd van angst biedt ze geen verzet als hij haar onder de douche vandaan trekt, de badkamer uit sleept, haar optilt en op bed gooit. Ze steunt, ze snikt, tranen lopen over haar gezicht. Haar lichaam schokt onder hem, zijn gewicht drukt loodzwaar op haar, hun natte lijven plakken aan elkaar. Haar hoofd draait opzij, haar hand klauwt in het hoofdkussen naast haar en trekt het naar zich toe. Ze kan een kreet niet onderdrukken als ze ziet wat eronder ligt. Zijn pistool, met de geluiddemper erop.

Leon schreeuwt het ook uit en laat zich dan loom op haar zakken.

'Dat doen we straks nog een keer, Tosca. Dan bind ik je vast, om het nog spannender te maken, dan weet ik meteen zeker dat je er niet tussenuit knijpt.' Hij grinnikt. 'Je zult zien dat je dat nog lekkerder vindt.'

Dit is zo weerzinwekkend. Hij denkt werkelijk dat ze ervan heeft genoten. Ze draait haar hoofd van hem weg, vecht tegen de emoties. Nog zo'n marteling verdraagt ze niet.

Hij springt uit bed, loopt naar de badkamer en komt terug met een handdoek.

'Alsjeblieft, droog je af. Ik heb erover nagedacht hoe we het morgen moeten aanpakken. We nemen het nu door.'

Typisch een man. Gaat onmiddellijk over tot de orde van de dag.

'Daarna hebben we alle tijd voor meer spannende spelletjes.'

15

'Bedankt voor je snelle reactie… Nee, er valt nog niets zinnigs over te zeggen, behalve dan dat haar mobiel is gebruikt om de misdaad te melden, door haar of door iemand anders. Zie je kans om een technisch rechercheur naar haar huis te sturen om haar vingerafdrukken ergens vanaf te halen? Dan kunnen wij vaststellen of ze matchen met de vingerafdrukken op de pd. Dan weten we meteen of ze er is geweest… Een merkwaardige zaak, dat ben ik met je eens. We hebben nog contact.'

Alice legt de hoorn op het toestel en blijft even nadenkend voor zich uit zitten staren. Met dit verrassende scenario heeft Erik vast geen rekening gehouden toen hij haar gistermiddag vroeg het nummer na te trekken waarmee naar 112 was gebeld.

Waar is Erik trouwens? Dit is nieuws dat ze kwijt wil. Er glijdt een glimlach over haar gezicht. Ze ziet hem al voor zich als ze hem vertelt dat het een nummer betreft van een vrouw die sinds eergisteren is verdwenen. Zijn gebogen hoofd, gefronste wenkbrauwen, van die borstelige dingen met uitstekende haren, zijn hand die naar zijn kin grijpt voor een peinzende pose. Daarna het rituele: 'Ik weet nog, Alice', gevolgd door een jaartal en de beschrijving van een vrijwel identieke zaak.

Met toenemend ongeduld gaat ze achter haar bureau zitten en neemt een slok van haar lauwe koffie. Wat haar betreft had het proces-verbaal van de geüniformeerde politie nu al op haar bureau moeten liggen. *Niet iedereen werkt in hetzelfde moordende tempo als jij, Alice.* Erik voelt zich regelmatig geroepen om haar dat voor te houden, uit zelfbescherming waarschijnlijk. *Rechercheren is ook geduld oefenen.* Hij moest eens weten hoeveel geduld ze met hém heeft als hij dergelijke wijsheden meent te moeten debiteren.

De deur van het kantoor gaat open. Erik komt binnen, met een kop koffie in zijn hand en een uitdrukking op zijn gezicht die nieuws aankondigt.

'Een heel goedemorgen, Alice.'

'Hetzelfde, Erik.'

Hij zet zijn koffie op het bureau, rolt zijn stoel naar achteren en laat zich erop ploffen. 'Nog achter dat 06-nummer aangegaan?'

'Dat had je toch gevraagd?'

'Prepaid zeker. Niet geregistreerd.'

Hij wacht niet op een bevestiging. Het verbaast haar niet eens. Dat het anders zou kunnen zijn, sluit hij bij voorbaat uit.

'Nou, ik heb wel wat succes geboekt. Ik ben zo-even bij onze uniformcollega's langsgegaan. Hun verslag komt eraan. Ik wilde alvast weten wie het slachtoffer is en wie dat appartement heeft gehuurd. Een verrassing.'

'In elk geval niet de vrouw die 112 heeft gebeld,' zegt ze droog. Erik wil er bijna overheen praten als de boodschap doordringt. Zijn wenkbrauwen schieten omhoog.

'Wat zeg je nou? Geen prepaid?'

'Nee. Een abonneenummer, van een vrouw uit Nunspeet die eergisteren is verdwenen. Ik heb net telefonisch contact gehad met de plaatselijke politie.'

Erik kijkt haar wat wrevelig aan.

'Ik dacht dat ik degene was met nieuws,' zegt hij dan. 'De flat staat op naam van een zekere Van Ulvenhout, een naam die je misschien iets zegt?'

Hij kijkt haar uitnodigend aan. In razend tempo scrolt Alice door haar namensysteem, maar er komt geen Van Ulvenhout bovendrijven.

'Een jaar of zeven geleden,' helpt Erik. 'De kernreactor. Het *Noordhollands Dagblad* publiceert er met grote regelmaat over.'

'Nee, sorry. Zegt me niets.'

'Een klokkenluider.'

Hij kijkt nog net niet triomfantelijk. 'Ik heb destijds zijdelings met hem te maken gehad omdat hij zich bedreigd voelde en om politiebescherming vroeg.'

Ver weg begint iets te dagen. 'Was dat soms de man die iedereen wilde laten geloven dat die kernreactor bloedlink was?'

'Precies. Hij had wel een punt. Achteraf bezien bleek er van alles mis met die reactor: slechte beveiliging, slordige opslag van radioactief afval, het niet melden van ongelukken, allemaal zaken die in de doofpot verdwenen.'

'En daarom werd hij bedreigd?'

'Geïntimideerd is een beter woord. 's Nachts stonden soms auto's voor zijn huis te posten. Hij kreeg telefoontjes van onbekenden die er geen twijfel over lieten bestaan dat hij zijn mond moest houden. Collega's durfden hem niet meer openlijk te ontmoeten, bang om, net als hij, hun baan te verliezen, zulke dingen. Van Ulvenhout had het over "nucleaire maffia".'

'Die man had volgens jou dan wel een punt, maar hij is toch ontslagen. Dat lijkt me wat tegenstrijdig.'

'Andere klokkenluiders die achteraf gelijk bleken te hebben zijn ook ontslagen.'

'Wacht eens… Ik herinner me een tv-uitzending over een man die aan het licht had gebracht dat aannemers fraudeerden met aanbestedingen en daardoor miljoenen aan overheidsgeld in hun zak staken. Hij zat volledig aan de grond en woonde in een camper. Is met Van Ulvenhout net zoiets aan de hand?'

Erik knikt instemmend. 'Je bedoelt Bos. Van Ulvenhout kreeg alleen niet meteen de zak. Ze hebben eerst geprobeerd om hem weg te promoveren, naar een controlefunctie die hem verantwoordelijk zou maken voor alles wat er bij die reactor misging. Een baan die bovendien boven zijn opleidingsniveau lag. Nogal doorzichtig. Hij is daar niet ingetuind, heeft de baan geweigerd en is vervolgens toch ontslagen wegens werkweigering of zo. Het meest trieste is dat de rechter hem uiteindelijk in het ongelijk heeft gesteld. Exit Van Ulvenhout. Kwam nergens meer aan de bak, alsof hij op een zwarte lijst stond. Hij zou volgens een psychiater geestelijk instabiel zijn. Daar houdt de informatie over hem op, behalve dan dat hij geregistreerd staat als huurder van de flat waarin het lijk is gevonden van een vrouw van wie de identiteit overigens nog niet is vastgesteld.'

'Ik heb nog aan de mogelijkheid gedacht dat die verdwenen vrouw – ze heet Tosca Lagerwey – degene is die vermoord in de flat lag. Dat is echter uitgesloten. Ze heeft gisteren en vandaag met haar familie gebeld.'

'Ik neem aan dat de collega's in Nunspeet al een foto hebben opgestuurd,' zegt Erik. 'Daarmee sluiten we alle onzekerheid uit.'

'Die komt eraan. We moeten er ook honderd procent zeker van zijn dat Van Ulvenhout zelf in die flat woonde. Van Ulvenhout een moordenaar... Dat zal iedereen die hem het zwijgen wilde opleggen erg goed uitkomen. Het zou trouwens niet voor het eerst zijn dat een gefrustreerde werknemer doordraait en gekke dingen gaat doen.'

Erik fronst zijn wenkbrauwen, zijn hoofd buigt licht naar voren, zijn hand gaat naar zijn kin. 'Je bedoelt dat we niet mogen uitsluiten dat Van Ulvenhout gewelddadig en onberekenbaar is geworden. Voor de zekerheid zullen we meteen een opsporings- en arrestatiebevel laten uitgaan.'

'Voorlopig is hij dus net zo onvindbaar als de vrouw wier mobiel is gebruikt om de moord te melden.'

'Zijn onze collega's in Nunspeet naar haar op zoek?'

'Nu wel. Bij de eerste melding leek het hun niet urgent genoeg om meteen in actie te komen. Ik word op de hoogte gehouden. Met haar foto kunnen we langsgaan bij omwonenden van Van Ulvenhout.'

'Doen we. Daarna zijn het pd-verslag en het sectierapport hopelijk binnen. Wat een zaak opeens. Lijk van onbekende vrouw in huis van onvindbare klokkenluider, die wellicht iets te maken heeft met een andere vrouw die ook al is verdwenen.'

Aan het begin van de middag is het al plakkerig warm in het kantoor. Alle ramen staan open. Buiten is het windstil. Volgens het KNMI gaat de temperatuur oplopen tot boven de dertig graden. Vanavond zullen onweersbuien met donderend geweld een einde maken aan de tropische temperatuur, luidt de voorspelling.

'De politie in Nunspeet is met een inhaalslag begonnen,' zegt Alice als Erik terugkomt van zijn lunchpauze. 'Ze hebben net gebeld.' Ze rolt haar stoel naar haar bureau en zet het glas water dat ze na haar telefoongesprek heeft gehaald naast een vel papier met aantekeningen. 'Degene die ik heb gesproken had nogal wat te vertellen. Ik hoefde nauwelijks iets te vragen, alleen maar te noteren.'

Erik kijkt naar het vel vol hanenpoten waar Alice naar wijst.

'Vertel maar snel wat erop staat. Straks kun je het niet meer ontcijferen.'

'Ik heb alles in mijn geheugen opgeslagen,' zegt ze op haar hoofd tikkend.

Een spottend lachje van Erik.

'Natuurlijk. Dit waren alleen wat schrijfoefeningetjes.'

Demonstratief schuift Alice haar aantekeningen opzij. Ze heeft die uit routine gemaakt, niet uit noodzaak, maar dat gaat ze Erik niet uitleggen. Bovendien krijgt ze het hele verhaal straks gemaild.

'Die vrouw is eergisteren als vermist opgegeven,' begint ze.

'Door haar moeder, die op haar kinderen paste, even na half vier 's middags. Volgens haar moeder was Tosca Lagerwey ontvoerd. Dat maakte ze op uit een telefoontje dat ze kreeg. Ze beweerde dat ze op vakantie ging, met een vriend, maar kon niet goed uit haar woorden komen. Die vriend nam het gesprek over en bevestigde het verhaal.'

'Belde ze met haar mobiel?'

'Ja. Ze hebben het al nagegaan. Het gesprek kwam uit Steenwijk.'

'Steenwijk?'

Erik kijkt haar verbaasd aan. 'Een behoorlijk eind uit de slinger. Eergisteren in Steenwijk, gisteren in Alkmaar. Moet dat op een stedentripje lijken soms?'

'Dat denk ik niet. Gisteren belde ze opnieuw naar huis, vanaf Schiphol. Ze wilde met haar kinderen praten voordat ze op reis ging. Haar stem klonk heel gespannen, wederom volgens haar moeder, en ze werd emotioneel toen ze haar dochtertje aan de lijn kreeg.'

'Belde ze werkelijk van Schiphol?'

'Ja. Dat hebben ze meteen laten uitzoeken. De passagierslijsten op Schiphol zijn ook al gecheckt. Haar naam komt nergens voor.'

Erik kijkt op zijn horloge. 'Het is nu bijna twee uur, en jij had de collega's uit Nunspeet vanochtend om negen uur voor het eerst aan de lijn? Snelle werkers. Heb je de naam Van Ulvenhout ook laten checken?'

Ze slaat met haar handpalm tegen haar voorhoofd. 'Stom, daar had ik ze op moeten wijzen. Toch zou het wel toevallig zijn als dat de man is met wie ze op vakantie zegt te gaan.'

'Je weet maar nooit. Ergens moet toch een verband tussen die twee zijn.'

'Dat ze beiden onvindbaar zijn bijvoorbeeld?'

'Er wordt naar Van Ulvenhout gezocht. En ik heb inmiddels een van onze mensen opdracht gegeven om zijn doopceel te lichten. Als het meezit krijg ik aan het eind van de middag een eerste verslag. Staat er verder nog iets van belang tussen die krabbels van je?'

'Moeder en dochter hebben een gezamenlijke bankrekening, voor het geval er iets met Tosca gebeurt.'

'Hè? Is ze niet getrouwd dan?'

'Gescheiden, maar niet officieel. Ze woont apart van haar man. Dat heeft iets te maken met een extra hypotheek op hun huis waar de zaak van is gekocht, begreep ik.'

'Misschien waren financiële problemen haar motief om te verdwijnen.'

'Zonder haar kinderen zeker,' zegt Alice gemelijk. 'Je kunt wel merken dat jij geen kinderen hebt. Dat haalt geen ouder in het hoofd, zeker niet voor geld.'

'Rustig maar, mama. Die gezamenlijke bankrekening, wat is daarmee?'

'Moeder en dochter doen aan internetbankieren. Mutaties kun je direct opvragen. Tosca blijkt in Steenwijk in meerdere winkels te hebben betaald met haar pinpas. Ook daar is al een rechercheur op gezet.'

'Loopt gesmeerd, zo te horen. Hebben ze Tosca's foto al doorgemaild?'

'Ze moesten hem nog scannen. Even kijken of hij al in mijn mailbox zit.'

Ze tikt op haar toetsenbord. 'Haar vingerafdrukken hebben we helaas niet voor morgen.'

'Net als het sectierapport en de rapportage van het lab,' moppert Erik. 'Druk druk druk, daar. Als ik ze mag geloven krijgt onze zaak nog voorrang ook.'

'Kijk eens. Haar foto komt net binnen. Een aantrekkelijke vrouw.'

Erik staat op en buigt over haar schouder. 'Hm, met dat korte haar? Te jongensachtig. Niet mijn smaak,' kan hij niet nalaten op te merken.

'Ik zal een print maken, dan kunnen we ermee naar het flatgebouw waar Van Ulvenhout woont. Het levert vast iets op, dat voel ik.'

'Ik wilde dat ík vooraf voelde dat iets wat oplevert,' bromt Erik.

'Toch zou je deze keer wel eens gelijk kunnen hebben.'

Zijn stem verraadt dat hij dat niet zomaar zegt.

'Is er soms iets wat jij al weet en ik nog niet?'

'Sorry, ik denk er nu pas aan.' Erik diept een papiertje op uit zijn broekzak. 'Op nummer 121, daar woont ze.'

'Daar woont wie?'

'Een vrouw die zich gisteren heeft gemeld toen wij net weg waren. Ze zou een onbekende, overspannen vrouw naar de flat hebben zien lopen. Die gaan we opzoeken.'

16

'Doe jij het woord maar, Alice.'

Erik drukt op de bel. Het gaat om een vrouw van een jaar of dertig, is hem verteld, meer Alice' leeftijd dan de zijne. Een vrouw zal niet snel ontdooien van zijn belegen uitstraling, een handicap waar hij zich van bewust is geworden sinds Alice zijn partner is. De deur gaat open. Een Surinaamse vrouw, in wijdvallende jurk met spaghettibandjes en ontkroest halflang haar, kijkt hen vragend aan.

'Ja?' klinkt het behoedzaam.

'Mevrouw Couthino?'

Ze knikt. Ergens in huis roept een kind iets onverstaanbaars.

'Recherche.' Alice toont haar legitimatie. 'U hebt gisteren al met onze collega's gesproken, maar wij willen u ook graag een paar vragen stellen. Komt dat gelegen?'

Het kind roept opnieuw, luider.

Op Alice' gezicht verschijnt een begrijpend, ontwapenend lachje. Hem was dat nooit gelukt, stelt Erik ietwat jaloers vast.

'Uw dochtertje of zoontje?'

'Dochtertje.'

'Hoe oud?'

'Anderhalf.'

'Dan heeft ze nog veel aandacht nodig. Ik heb er een van bijna vijf. Mogen we even binnenkomen, dan kun je onze vragen beant-woorden en tegelijk op je dochter letten.'

Erik slikt een verzuchting in om het 'je' van Alice en de manier waarop die vrouw haar aankijkt, dankbaar voor haar begrip. Hij blijft 'u' zeggen, onder alle omstandigheden.

'Natuurlijk, kom binnen.'

Ze gaat hun voor naar een onopgeruimde, benauwde woon-kamer, met een box waarin een peuter met alleen een luier aan rondkruipt. Hij ruikt een doordringende poepgeur, ziet overal rondslingerende speeltjes. Erik voelt zich er ongemakkelijk door en kijkt uit het raam dat uitzicht biedt op een winkelcentrum.

De vrouw verontschuldigt zich voor de rommel. Ze komt net thuis van haar werk.

Uiteraard voelt Alice zich hier beter op haar gemak dan hij. Er ontvouwt zich een kort gesprek over doorkomende tandjes en vaccinaties. Als het naar zijn zin lang genoeg heeft geduurd, draait Erik zich om.

'Waar wij voor komen, mevrouw Couthino, is iets dat van groot belang zou kunnen zijn in een onderzoek. U hebt gisteren ver-klaard dat u een onbekende vrouw hebt gezien die nogal overstuur was.'

'Klopt.'

Ze kijkt Alice aan, niet hem.

'Weet je. Ze stak de weg over, ik had net boodschappen gedaan. Ik woon hier bijna zes jaar, dus de meeste flatbewoners heb ik wel een keer gezien. Ze liep te huilen, zomaar op straat. Dat vond ik zielig en ik heb haar gevraagd of het wel ging.'

'Aardig van je,' zegt Alice. 'En hoe reageerde ze?'

'Een beetje geschrokken. Ik vond dat vreemd. Ze is snel doorge-lopen naar de ingang van de flat, zo snel dat ze al weg was toen ik de hal binnenkwam.'

'Heb je ook een man bij haar gezien?'

'Ze was alleen.'

'Zou je haar herkennen van een foto, denk je?'

'Misschien. Heeft ze iets met die moord te maken, heb ik met een moordenares gesproken?'

Ze kijkt Alice geschrokken aan. Híj lijkt niet te bestaan.

'Daar kunnen we nog niets over zeggen.'

Alice haalt de foto uit haar schoudertas.

'Was dit de vrouw?'

Mevrouw Couthino bestudeert de foto opmerkelijk lang. Ze kijkt naar Alice en laat dan haar blik even over hem heen gaan. Het moment om ook wat te zeggen.

'U kunt het gerust zeggen als u aarzelt, mevrouw. Foto's geven soms een vertekend beeld van de werkelijkheid, en mensen kunnen hun uiterlijk snel veranderen, hun haar laten knippen bijvoorbeeld, of het een andere kleur geven.'

'Dat is het! Haar haar. Dat was lang en blond, maar het was wel dit gezicht, dat weet ik zeker.'

'Honderd procent?'

'Vijfennegentig.'

'Dank u wel. U hebt ons goed geholpen. Kunt u zich ook herinneren wat voor kleren ze droeg?'

'Een lichte spijkerbroek en een witte blouse. Ze had geen handtas bij zich, dat heb ik onthouden.'

'Daar moet je vrouw voor zijn.'

Alice lacht vriendelijk. 'Je hebt ons erg geholpen.'

Ze schenkt haar een even hartelijke lach. 'Graag gedaan.'

'Het heeft er alle schijn van dat Tosca Lagerwey hier is geweest en zelf de moord heeft gemeld,' stelt Alice vast als ze even later weer buiten lopen. 'Waarom laat dat sectierapport toch zo lang op zich wachten?'

'Volgens de politiearts was die vrouw al een etmaal dood. We gaan er dus van uit dat het slachtoffer 's nachts is omgebracht, in elk geval niet op het tijdstip dat Tosca Lagerwey in de buurt was.'

'Tosca Lagerwey als verdachte van moord. Heb je daaraan gedacht?'

'Ik sluit niets uit, hoewel ze geen voor de hand liggende verdachte is.'

'Gaan we met haar foto nog langs andere buren van Van Ulvenhout?'

Erik haalt zijn schouders op. 'Ik vraag me af of het iets nieuws oplevert. Als ze in Van Ulvenhouts flat is geweest, heeft ze er ongetwijfeld vingerafdrukken achtergelaten. Dat geeft meer zekerheid dan wat verklaringen van getuigen.'

'Dan zit het er wat mij betreft op voor vandaag. Ik vind het veel te warm om nog uren door te werken. Ga jij terug naar het bureau?'

'Ja. Ik ben benieuwd of dat antecedentenonderzoek naar Van Ulvenhout iets heeft opgeleverd. Tegen het eind van de middag zou het er liggen, is me beloofd.'

'Wie heb je daarmee belast?'

'Lidia. Ze was blij met de opdracht en is enthousiast aan de slag gegaan.'

'Vind je het gek. Ze komt net van de academie.'

'... en mag zichzelf Bachelor of Police noemen,' zegt hij grinnikend. 'Geen idee wat het betekent, maar het klinkt gaaf – zo zeg je dat toch tegenwoordig?'

Alice schudt meewarig haar hoofd. 'Zo zeggen pubers dat, Erik, of zeiden, want dat soort taal is sterk aan mode onderhevig. Ik zou me tegenover Lidia maar niet laatdunkend uitlaten, want dan heeft ze het zo met je gehad. Niet iedereen heeft zo veel geduld met je als ik.' Haar typische lachje. 'Wil je me thuis afzetten voordat je teruggaat?'

'Omdat je het zo aardig vraagt,' zegt hij enigszins verbolgen.

Het beloofde rapport ligt inderdaad op zijn bureau te wachten. Lidia heeft het er voor ze naar huis ging neergelegd, staat op het begeleidende briefje. Voordat hij het leest trekt hij zijn jasje uit en hangt het aan een haak naast de deur. Zijn overhemd plakt aan zijn lijf, zweet loopt over zijn rug en onder zijn oksels vandaan. Anna verklaart hem ongetwijfeld voor gek dat hij met deze hitte doorwerkt. 'Moordenaars houden ook geen rekening met de temperatuur,' zal zijn verweer zijn.

Staand begint hij te lezen. Er was veel over Van Ulvenhout te vinden in kranten en tijdschriften, interessante informatie, maar niet te controleren op betrouwbaarheid, volgens Lidia. Ze heeft verder veel gehaald uit rechtbankverslagen en uit een dossier van het Explosievenopruimingscommando.

Een prima meid! Zo'n dossier krijg je niet zomaar ter inzage. Dat zou zelfs hem moeite en tijd hebben gekost.

Zijn maag knort als hij erbij wil gaan zitten. Vijf uur geweest, ziet hij op zijn horloge. Wil hij het knagende gevoel de baas kunnen, dan ontkomt hij niet aan een uitstapje naar de soepautomaat op de eerste verdieping. Anna moet maar een half uurtje geduld hebben, ook al wordt ze daar misschien niet vrolijk van. Heeft ze vanavond niet een nascholingscursus? Hij zal haar maar even bellen om te zeggen dat hij zelf zijn eten opwarmt in de magnetron.

Tijdens de wandeling naar de soepautomaat komt hij een collega tegen voor wie recherchewerk ook geen negen-tot-vijfbaan is, hoewel hun salaris anders suggereert. Hij maakt een kort praatje en informeert naar de toestand van zijn gezin.

Slurpend aan de in heet water opgeloste geur-, kleur- en smaakstoffen, met een enkel verdwaald stukje champignon om er een naam aan te kunnen geven, slaat hij even later de map weer open. Lidia is systematisch te werk gegaan, stelt hij tevreden vast, met een overzichtelijk rapport als resultaat.

Van Ulvenhouts studie, technische opleiding, hbo. Specialisatie: vacuümtechnologie. Heeft iets te maken met kernfysica, volgens een aantekening van Lidia. Als hij wil zal ze dat verder uitzoeken.

Na zijn studie solliciteerde hij bij de NRG, de Nuclear Research and Consultancy Group, maar werd niet aangenomen. Te jong, geen ervaring. Lidia noteert erbij dat ze dit te weten is gekomen uit een rechtbankverslag van de zaak die Van Ulvenhout later tegen de NRG heeft gevoerd. Defensie nam hem wel aan. Hij is daar opgeleid tot specialist geleide wapensystemen. Na een paar jaar belandde Van Ulvenhout bij het Explosievenopruimingscommando, vervolgt het rapport. Waarom wordt niet vermeld. Wel dat hij een grote fascinatie had voor wapensystemen en explosieven. Zijn perfectionisme, in zijn eerste functie erg gewaardeerd, ging zich toen tegen hem keren. Hij kreeg ruzie met collega's, die naar zijn oordeel te nonchalant waren en daaroor risico's namen. Een ongeluk, waarbij een collega om het leven kwam, leek zijn mening te staven. Toch was het Van Ulvenhout die het veld moest ruimen. Volgens een psychologisch onderzoek zou zijn perfectionisme samenwerking in de weg staan. Hij manifesteerde zich meer en meer als een einzelgänger en raakte gefrustreerd omdat hij niet werd begrepen en werd tegengewerkt. Instabiel, luidde het eindoordeel; rancuneus ook, ongeschikt voor zijn werk.

Hij kreeg eervol ontslag en solliciteerde voor de tweede keer bij de NRG, waar hij dit keer wel werd aangenomen, als assistentoperator van de reactor. Na enige tijd ontstonden er weer conflicten met collega's, die volgens hem de veiligheidsvoorschriften niet strikt genoeg in acht namen.

Opnieuw stond zijn perfectionisme dus zijn relatie met collega's in de weg, terwijl hij – afgaande op alle publiciteit rond die reactor – opnieuw gelijk had. Deze keer uitte hij zijn frustratie door de rol van klokkenluider aan te nemen.

Er volgt een samenvatting van krantenartikelen en verslagen

van het proces dat Van Ulvenhout tegen de NRG voerde. Erik bladert er snel doorheen, op zoek naar meer persoonlijke gegevens.

Hier, nog een aantal punten uit het psychologisch onderzoek, die ook tijdens het proces tegen hem zijn gebruikt: problemen met sociale contacten, kan zich moeilijk inleven in anderen, zeer doelgericht, hoge technische intelligentie, uit zelden emoties. 'Emotionele armoede' staat erachter, met een vraagteken. Onduidelijk of dat een toevoeging is van Lidia of dat het zo in het officiële rapport staat.

Grenst aan autisme, lijkt hem. Daar zou hij zich eens in moeten verdiepen. Nergens staat of Van Ulvenhout zo is geworden of altijd al zo is geweest. Niet getrouwd, weinig informatie over zijn privéleven te vinden, heeft Lidia opgeschreven.

Erik slaat het rapport dicht en kijkt op zijn horloge. Als hij zich haast kan hij nog bij de slijter langsgaan om een fles wijn te kopen en is hij toch op tijd thuis om samen met Anna te eten.

Met zijn jasje over zijn schouder loopt hij naar buiten en sluit zijn kantoor af. De persoon Van Ulvenhout laat hem niet los. Raar eigenlijk, want hij wordt nog nergens van verdacht. Vanwege zijn instabiele persoonlijkheid misschien? Van Ulvenhout als potentiële moordenaar?

In gedachten loopt hij via de achteruitgang van het gebouw naar de parkeerplaats. Hij kan die man voorlopig beter uit zijn hoofd zetten. Morgen is alles wat hij nu bedenkt misschien alweer achterhaald. Hoewel? Hij wordt ook rancuneus genoemd. Dat is niet zomaar in dat rapport gekomen. Instabiel en rancuneus, een explosieve combinatie, die gemakkelijk tot geweldsuitbarstingen kan leiden.

17

Het zweet van zijn gezicht vegend en zijn hoofd brekend over de vraag hoe hij met het materiaal dat hij bij zich heeft een optimaal effect kan sorteren, loopt Johan naar de ingang van buurthuis De Watersnip. Misschien had hij toch beter geen colbert kunnen aantrekken. Een officiële toespraak houd je echter niet in hemdsmouwen, dat zit er nu eenmaal bij hem in gebakken.

Zal het hem lukken om zijn toehoorders te overtuigen? Kan hij nog steeds goed uit zijn woorden komen? Het is tenslotte al jaren geleden dat hij voor het laatst voor een groep het woord heeft gevoerd, tijdens zijn afscheidsreceptie ter gelegenheid van zijn pensionering.

Als hij eraan terugdenkt glijdt er een glimlach over zijn gezicht. Nadat collega's en een directielid zijn onderwijskwaliteiten omstandig hadden geprezen kreeg hij het woord. Hij heeft een parabel verteld waarin hij zijn collega's een spiegel voorhield, niet voor iedereen een feestelijke ervaring. Hij had het weer eens niet kunnen laten aan anderen duidelijk te maken hoe de wereld er volgens hem zou moeten uitzien. Typisch Johan, volgens zijn vrouw, die het een gedenkwaardig afscheid had gevonden.

Het was waar, en hij is nog geen steek veranderd. Waarom gaat hij anders straks een toespraak houden in een benauwd, overvol zaaltje, waar de emoties wel eens hoog kunnen gaan oplopen?

Voor de gesloten deuren staan al mensen te wachten. Ze nemen hem nieuwsgierig op als hij langs hen glipt en op de bel drukt. De oude, leren tas die hij bij zich heeft verschaft hem blijkbaar het voordeel van de twijfel. Geen toehoorder, een journalist misschien, een spreker of iemand van de organisatie.

Normaal gesproken zou het niet bij hem zijn opgekomen om zijn oude schooltas te ontstoffen. Dat ding maakte deel uit van een afgesloten hoofdstuk, net als zijn oude lerarenagenda's. Twee daarvan heeft hij deze week toch opengeslagen, dus waarom zou hij die tas dan niet gebruiken? Hij had toch iets nodig om de envelop met foto's in mee te kunnen nemen.

Het duurt wel erg lang voordat er iemand komt opendoen. Nogmaals drukt hij op de bel.

Er is hem gevraagd om wat eerder aanwezig te zijn zodat hij kan kennismaken met de andere forumleden. De organisatie van de voorlichtingsavond heeft uit voor- en tegenstanders een forum gevormd. Ieder lid krijgt een kwartier spreektijd. Daarna zal een bekende journalist de discussie tussen de forumleden en het publiek in goede banen leiden. Tjeerd heeft hem dat vanochtend allemaal verteld. Hij had foto's bij zich van de actie van de nacht ervoor. De inbraak op het terrein van de reactor is volgens plan verlopen. De drie mo-jonkies, zoals hij ze in gedachten noemt, hebben kans gezien zich na het afgaan van een alarm uit de voeten te maken voordat de politie arriveerde. Ze hebben meerdere foto's naar Tjeerds computer kunnen sturen. Of hij die toch niet wilde gebruiken, vroeg Tjeerd. Zodra hij had gezien om wat voor foto's het ging, is hij overstag gegaan. Hij heeft de vergrotingen, uitgedraaid op Tjeerds printer, een voor een teruggestopt in de bruine jiffy en alleen maar geknikt. Munitie om op een strategisch moment in te zetten in de discussie, niet al tijdens zijn toespraak.

Voor de derde keer drukt Johan op de bel. Door een ruit ziet hij halverwege de gang erachter eindelijk een deur opengaan. Als dit maar niet exemplanisch is voor de rest van de avond. Dan zal er toch wel beter naar hem worden geluisterd.

Enigszins verbaasd kijkt Tosca om zich heen. Wat een belangstelling! Dat gedoe met die reactor blijkt hier zo te leven dat er bijna geen zitplaats meer te krijgen is.

Leon heeft voorspeld dat het druk kon worden, maar niet dat het overvol zou zijn. Ze heeft zich nooit zorgen gemaakt over mogelijke risico's van kernreactoren. Daar zijn immers wetenschappers en veiligheidsmensen voor, die hebben zelf ook gezinnen met kinderen. Als het te riskant was zouden ze er niet werken en er niet in de buurt gaan wonen. Dat het bomschijfje op haar rug zou kunnen ontploffen is een veel groter risico dan dat er iets misgaat met een kernreactor, daar is ze van overtuigd.

Voor in het zaaltje is een klein podium. Achter twee tafels hebben vier mannen en een vrouw plaatsgenomen. De man in het midden, die het gesprek zal gaan leiden, moet Henri Kleiwegt zijn. Ze kan zich hem vaag herinneren van een tv-interview.

Aan zijn linkerzijde, voor haar rechts, zit een grijze, kalende heer, die de pensioengerechtigde leeftijd gepasseerd moet zijn. Hij heeft een open blik, een goedmoedige uitstraling en is gekleed in een slordig zittend confectiepak, dat nogal contrasteert met het strak gesneden maatkostuum van zijn buurman, een man van midden veertig, met lichtblond, achterovergekamd haar, in een donkerblauw kostuum en met een goudgele stropdas, hoog opgeknoopt. Die gaat het benauwd krijgen straks, in dubbele betekenis. Ze neemt tenminste aan dat het Lodewijk de Wit is, de hoogste baas van de reactor.

Aan de andere kant van Henri Kleiwegt zit een vrouw van ongeveer haar leeftijd bezorgd de zaal in te kijken. Die zal wel een comité van ongeruste omwonenden vertegenwoordigen. Naast haar zit een kloon van Lodewijk de Wit, maar veel jonger, nog geen dertig, schat ze, in een identiek pak, met dezelfde 'vertel ons niets, we regelen dit wel even'-blik in zijn ogen.

Met de menigte mee schuifelt ze naar voren. *Zo ver mogelijk voorin gaan zitten, op een hoek, zodat je gemakkelijk kunt weglopen,* luidde Leons instructie. Op de derde rij is nog een vrije hoekplek. Ze ploft op het plastic stoeltje, naast een vrouw die al net zo bezorgd kijkt als de vrouw op het podium. Ze knikt haar vriendelijk toe, wat meteen een reactie uitlokt.

'Woont u hier ook in de buurt?' klinkt het nieuwsgierig.

'Nee. Ik ben journaliste, niet belanghebbend, wel belangstellend.'

'Professionele belangstelling dus.' Het klinkt wat zuinig. 'Onze kinderen moeten hier opgroeien, en ik zou wel eens willen weten welke risico's ze nu werkelijk lopen.'

De man naast haar buigt zich voorover en draait zijn hoofd naar Alice toe.

'Er wordt zo veel tegenstrijdige informatie gegeven, afhankelijk van wie er aan het woord is,' zegt hij. 'Iedereen denkt vooral aan zijn eigenbelang, terwijl je toch zou zeggen: kinderen zijn de toekomst. Die laat je toch geen enkel risico lopen?'

'Dat lijkt me ook, ja.' Ze haalt het notitieblok dat Leon haar heeft gegeven en een balpen uit haar tas. Als hij wil dat ze voor journaliste speelt om haar aanwezigheid te verklaren, dan zal ze dat goed doen ook.

'Mag ik uw naam noteren? Uw opmerking over kinderen en hun toekomst wil ik in mijn artikel opnemen, met uw naam erbij, als u het goedvindt.'

Ze vinden het prima, vergeten bijna hun bezorgde blik. Hun naam in de krant...

'Voor welk blad schrijft u?' wil de vrouw weten.

'Het AD, regio Zeeland. Daar staat een kerncentrale, bij Borssele. Wat hier aan de orde komt, is daar ook actueel geworden.'

Ze zegt het geroutineerd, alsof zij, Tosca Lagerwey, zelf gelooft dat ze, door een pruik op te zetten, is getransformeerd tot journaliste van een regionaal blad. Toen haar geest geen verzet meer bood, heeft Leon haar volgestouwd met informatie en instructies: *Vraag hem of je hem een aantal korte vragen mag stellen. Sta klaar met pen en blocnote en zeg hem wie je bent. Vrijwel zeker vraagt hij niet om een legitimatie. Timing is belangrijk. Het einde van de pauze is het beste. Dan is hij met zijn gedachten al bij het vervolg van de discussie en minder geconcentreerd op jou. De klap zal des te harder aankomen.*

Het geroezemoes in de zaal verstomt. Hier en daar wordt om stilte verzocht. Henri Kleiwegt heeft een microfoon in zijn hand en kijkt afwachtend de zaal in.

Buiten is het zo donker geworden van een naderende onweersbui, dat het zaallicht moet worden ontstoken. In de verte rommelt het.

Tosca buigt een beetje naar voren om niet tegen het schijfje te hoeven leunen. Het zit meer in de weg dan anders, lijkt ook anders aan te voelen. Het zal wel verbeelding zijn en te maken hebben met de hitte en de transpiratie. Leukoplast houdt toch wel op een bezwete huid?

'Dames en heren, goedenavond en hartelijk welkom,' zegt Kleiwegt.

Iedere spreker krijgt om te beginnen maximaal een kwartier het woord. Daarna is er een korte pauze. Hoe houdt ze het uit? Buiten weerlicht het, de bui komt eraan, maar verkoeling in het broeierig warme zaaltje zal hij niet brengen. Ze moet ontspannen blijven, net doen of ze aantekeningen maakt, of nee, echte notities maken, want de vrouw naast haar kijkt regelmatig opzij.

'Wat een gladjakker, hè?' fluistert ze opeens in haar oor.

Onberispelijk gekleed houdt De Wit een betoog over de economische voordelen van de reactor voor de regio en de werkgelegenheid die hij creëert. Om al dat moois kracht bij te zetten komt zijn kloon daarna met een verhaal over de zegeningen van radio-isotopen voor de medische wetenschap, de geneeskunde en de zorg, in feite voor iedereen in de zaal, want iedereen kan op een kwade dag worden overmeesterd door kanker. Stelt u zich eens voor dat er dan geen reactor is die radio-isotopen kan produceren.

De gepensioneerde goedzak blijkt zich over alles wat is gezegd te hebben opgewonden. Er is helemaal geen kernreactor nodig om radio-isotopen te kunnen produceren. Zijn opmerking wordt kracht bijgezet door een daverende donderslag die Kleiwegt verontrust omhoog laat kijken. De zaal wordt onrustig. De man vervolgt zijn betoog met een verhaal over de gevaren van kernsplitsing voor het milieu, gelardeerd met praktische voorbeelden. Terwijl buiten het gerommel wat afneemt, begint de zaal zich te roeren. Overal zijn instemmende geluiden te horen. De vrouw die als laatste het woord krijgt wordt erdoor over haar onzekerheid heen getild. Als ze de gevaren voor de kinderen van omwonenden ter sprake brengt, krijgt ze applaus.

Genoeg om over te schrijven. Tosca pent er lustig op los. Haar buurvrouw stoot haar aan.

'Zie je wel, dat bedoel ik, en ik ben niet de enige.'

Ze voelt zich bijna of ze deel uitmaakt van een complot.

Dan is er pauze. Er ontstaat een stormloop op het buffet met koffie, thee en frisdrank. Eerst naar het toilet dan maar. Helaas, ook hier staat een lange rij. Tijd om nog iets te drinken te halen krijgt ze niet. Snel drinkt ze wat water uit het fonteintje, anders droogt ze uit.

Daarna gaat ze terug naar de zaal, waar het bloedheet is. Overal om haar heen ziet ze verhitte gezichten en hoort ze al even verhitte discussies. De sprekers en de voorzitter zitten alle vijf nog op het podium, waar iemand ze van water en koffie heeft voorzien. De man van het radio-isotopenverhaal wordt geïnterviewd door een camerateam van TV Noord, bij Lodewijk de Wit staat een journalist met een microfoon en een opnameapparaat in een schoudertas. RADIO NOORD-HOLLAND, staat erop.

Timing is belangrijk heeft Leon haar op het hart gedrukt. Dit kan bijna niet beter. Met haar opschrijfblokje en balpen in de aanslag loopt ze naar voren. Niet storen, gewoon belangstellend ernaast gaan staan. Ze lacht kort naar de journalist die vraagt of het waar is dat er honderden banen in de regio bij komen als de reactor mag uitbreiden. Lodewijk de Wit bevestigt het.

Ze schrijft het ijverig op, maakt oogcontact met hem terwijl hij in de microfoon praat. Hoe denkt hij de omwonenden dan gerust te stellen over het risico van bijvoorbeeld een meltdown? In 1987 is de reactor daar toch heel dichtbij geweest? De Wit ontkent het, terwijl zijn lichaamstaal iets anders vertelt. Jammer dat ze zich niet eerder in zulke zaken heeft verdiept. Ze heeft tenslotte zelf ook twee kinderen. Er gaat een steek door haar heen. Wanneer ziet ze haar schatjes weer? Geluidloos vervloekt ze Leon.

Buiten begint het opnieuw te bliksemen en te donderen. De bui draait rondjes boven het buurthuis, alsof hij geen genoeg kan krijgen van de heftige discussies.

'Dank u wel,' zegt de journalist. Hij zet de recorder uit en keert zich om.

'Anja de Vreede,' stelt Tosca zich voor. 'Journaliste voor het AD, regio Zeeland. Mag ik u nog een paar korte vragen stellen?'

'Ja zeker.'

Felblauwe ogen, een zelfverzekerde, aan arrogantie grenzende uitstraling, een zware, welluidende stem, maar ook naar buiten groeiende neusharen. Ze probeert er niet naar te kijken terwijl ze haar vragen stelt.

'In het verleden zijn er nogal wat incidenten geweest met uw reactor,' begint ze. 'Uw buurman had het daar ook al over. Weet u wat er is gebeurd met de man die alles aan de grote klok heeft gehangen?'

Zijn ogen schieten weg, zijn kaken klemmen op elkaar. Zijn lichaamstaal zegt dat hij niet van plan is antwoord te geven.

'Dat doet nu niet ter zake. Andere vraag alstublieft.'

'Toch wel,' houdt ze vol. Leon had deze reactie verwacht en meteen een vervolgvraag geformuleerd. 'U zou kort geleden nog contact met hem hebben gehad, over een bankrekening, als ik goed ben geïnformeerd.'

Abrupt legt hij zijn hand op tafel, alsof hij zich geweld moet aandoen om niet op te staan en weg te lopen. Ze ziet een adertje boven zijn slaap kloppen. Zijn arrogantie maakt plaats voor woede, die hij nog net in toom weet te houden.

'Als u verstandig bent vergeet u de informatie die u hebt gekregen,' zegt hij op verbeten toon. 'En als u mij nu wilt excuseren.'

'Als u dat wilt.' Ze produceert een minzaam lachje. Dat ze in korte tijd zo heeft leren toneelspelen. 'Maar ik wil u nog wel iets geven van mijn informant. U zou dit graag terugkrijgen, zei hij erbij.'

Ze maakt haar tas open, pakt er de envelop uit die ze gisteren uit Leons brievenbus heeft gehaald en legt hem voor De Wit op tafel. 'Alstublieft. En een prettige avond nog.'

Ze keert hem de rug toe. De meeste mensen hebben hun plaats alweer opgezocht, ziet ze. Terwijl ze haar blocnote in haar tas stopt loopt ze terug naar haar stoel.

'U had een interview met Lodewijk de Wit, zag ik,' zegt haar buurvrouw. 'Had hij nog iets zinnigs te zeggen?'

Tosca haalt haar schouders op. 'Er kwam weinig uit. Typisch een mannetje dat alles beter denkt te weten.'

'En daar zijn wij van afhankelijk,' verzucht de vrouw.

Henri Kleiwegt tikt op de microfoon en vraagt om stilte. De leden van het forum zitten allemaal op hun plek.

Tot nu toe gaat alles volgens plan. Nog even wachten tot ieders aandacht weer op het forum is gericht en dan moet ze onopvallend zien weg te komen.

Nee, shit! Hoe kan dat nou? Geschrokken staart ze naar het podium. De envelop die ze aan De Wit heeft gegeven ligt nu voor de oudere man naast hem. Die zit er wat aan te friemelen, een beetje zenuwachtig zo te zien.

Leon ging ervan uit dat Lodewijk de Wit dat ding meteen in zijn aktetas zou wegstoppen. Zodra dat was gebeurd zat haar taak erop. Mocht ze zo stom zijn om die envelop zomaar ergens te dumpen, dan was hij daar snel achter, in elk geval voordat ze zou worden vrijgelaten. Leon zou geen risico nemen. En nu dit, een scenario waarvoor hij haar geen instructies heeft gegeven. Hoe is die envelop in hemelsnaam bij de milieuman terechtgekomen? Wat moet ze doen? Meteen naar buiten lopen, besluit ze, en Leon bellen.

'Nog even naar het toilet, nogal druk in de pauze,' fluistert ze tegen haar buurvrouw. Terwijl ze door de zaal naar achteren loopt haalt ze het mobieltje dat Leon haar heeft gegeven tevoorschijn en drukt de voorkeuzetoets in waaronder hij te bereiken is. Ze brengt het naar haar oor en wacht tot hij opneemt. Het duurt even. Ze wil net de zaaldeur openen om in de hal erachter te gaan staan, als er een daverende explosie klinkt. Ze duikt in elkaar, schreeuwt van angst en ontzetting als ze zich heeft omgedraaid en de ravage ziet. Op het podium staat nog één tafel overeind. Alle sprekers liggen op het podium, als kegels die door een bowlingbal zijn geveld. Eén staat er nog overeind, de man van het radio-isotopenverhaal. Hij lijkt in shock en staart naar de lichamen zonder zich te bewegen.

In de zaal breekt paniek uit. Schreeuwende en gillende mensen, sommige besmeurd met bloed, rennen naar de uitgang en proberen zich tegelijk door de klapdeuren te persen. Tosca wordt opzij geduwd, struikelt en verliest haar pruik. Met moeite ziet ze kans om in het gedrang overeind te krabbelen en zich uit de stroom vluchtende mensen los te maken.

In een hoek achter in de zaal lukt het haar om op adem te komen. Ontzet staart ze naar het podium. Een vrouw zit op haar knieën naast Lodewijk de Wit. Kleiwegt is overeind gekomen en maakt een wanhoopsgebaar.

Ze slaat haar handen voor haar gezicht, vecht tegen de tranen en de twijfels. In haar hoofd speelt een geluidsbandje delen af van het gesprek dat ze met Leon voerde toen hij haar de envelop gaf. *Houd er rekening mee dat De Wit ontploft als hij die envelop terugkrijgt, Tosca, en jou de volle laag geeft.*

Je bent toch niet zo gestoord dat je me een bombrief laat bezorgen, hè? Dat weiger ik.

Hoe kom je erbij? Stel je voor dat de verkeerde hem openmaakt. Dat risico neem ik toch niet.

Ze heeft hem maar wat graag geloofd. Wat kon ze anders? En misschien hééft de explosie wel niets met de envelop te maken. Dat ding voelde nauwelijks zwaarder aan dan toen ze hem uit de brievenbus haalde. Alsof er een dun boekje in zat, of een stapeltje foto's.

De zaal is grotendeels leeggestroomd. Hier en daar staat nog iemand verdwaasd om zich heen te kijken. Politieagenten komen binnen en haasten zich naar de slachtoffers. Eén agent roept dat iedereen naar buiten moet en daar zal worden opgevangen. Daar zullen ook verklaringen worden opgenomen.

Haar benen weigeren dienst. Ze is moedwillig naïef geweest om snel naar huis en naar haar kinderen te kunnen. Leon heeft haar staalhard voorgelogen. Een deal is voor hem helemaal geen deal. In een flits beseft ze de consequentie hiervan. Zij is de enige die tegen hem kan getuigen, en het bomschijfje zit nog op haar rug. Hij kan haar elk moment uit elkaar laten spatten. Doodsbang laat ze zich op de vloer zakken. Dan slaat de paniek toe en begint ze te huilen met hysterische uithalen.

18

'Jullie beseffen toch wel dat dit vanaf nu onze zaak is? Voor jullie is ze niet meer dan een mogelijke getuige, voor ons is ze de dader van een aanslag.'

'Ze is verdachte van een aanslag,' corrigeert Alice fijntjes.

Ze kijkt haar collega van de speciale terreurunit strak aan. Toen hij zich zo-even aan haar voorstelde – Verdonk, aangenaam – kneep hij onaangenaam hard in haar hand. Om haar ervan bewust te maken dat ze tot het zwakke geslacht behoort, om zijn iele gestalte te compenseren of domweg om daadkracht te suggereren? Hij draait zijn loensende ogen, die iets uitstralen wat haar helemaal niet bevalt, als eerste weg.

'En dat "mogelijke" kun je wel weglaten,' valt Erik haar bij. 'Wij moeten de moord op een nog onbekende vrouw oplossen. Dat is ónze zaak. In de flat waar haar lichaam is gevonden wemelt het van de vingerafdrukken van jullie verdachte. Alle reden dus om haar wat vragen te stellen.'

'Ik dacht dat jullie informatie over haar konden geven.' Verdonk trekt een verongelijkt gezicht. 'Nu blijkt dat jullie haar willen ondervragen in verband met jullie moordzaak. Als ik dat had geweten…'

'We zijn al meer dan een dag met haar bezig, dus we hebben de nodige informatie verzameld. Die willen we graag uitwisselen. Als jij dat ook wilt, zit je goed. Niet als je alleen bent gekomen om ons te vertellen dat Tosca Lagerwey vanaf nu jullie zaak is,' zegt Alice scherp. Ze schenkt hem een meewarige glimlach.

'Al goed, al goed.' Verdonk steekt verslagen zijn handen in de lucht en gaat op een lege bureaustoel zitten. 'Je vat het te zwaar op, denk ik. Realiseer je dat wij ons bezighouden met een aanslag die nogal wat impact heeft op de samenleving. De woordvoerder van een milieuorganisatie dood, een zwaargewonde en veel mensen in shock of gewond. Tosca Lagerwey kan onmogelijk alles alleen hebben gedaan. Wij willen weten wie er nog meer achter die aanslag zitten. Jullie willen je moordenaar. Wie weet zitten er raakpunten tussen beide zaken.'

'Ja, wie weet,' zegt Erik droog. 'Zullen we om te beginnen de feiten eens op een rijtje zetten? Jullie zijn ervan overtuigd dat ze de dader is van de aanslag gisteren in Zijpe. Ik heb er wel het een en ander over in de pers gelezen en de tv-beelden gezien, maar die zeggen me niet genoeg.'

'Ik heb een vrouw gezien die volkomen overstuur werd afgevoerd door de politie, terwijl de tv-camera's erbovenop stonden,' zegt Alice. '*Vermoedelijke dader van de aanslag*, luidde het commentaar. Over privacy gesproken. Ze hadden op z'n minst haar gezicht kunnen afschermen.'

'Slordig,' geeft Verdonk toe. 'Maar dat valt ons niet aan te rekenen. De feiten, zeg je.'

Hij kijkt eerst naar Erik, daarna naar Alice.

'Die liegen er niet om. We kunnen heel correct over "verdachte" blijven spreken, maar we weten wel beter. Alles wijst namelijk in haar richting. En als enig verweer heeft ze een ongeloofwaardig verhaal dat ze gegijzeld is geweest, dat iemand een bomschijfje op haar rug zou hebben geplakt en nog meer van zulke onzin.'

'Ze is in dat buurthuis aangehouden omdat ze schreeuwde dat er nog een bom zou kunnen ontploffen. Klopt dat?' vraagt Erik.

'Helemaal.'

Ze ziet iets ontwijkends in de ogen van Verdonk. Dat is waarschijnlijk wat haar irriteert, denkt Alice.

'Ik neem aan dat ze daar een verklaring voor had?' vervolgt Erik.

'Tja... Op haar rug zat dus een schijfje dat op afstand tot ontploffing kon worden gebracht, beweerde ze. Paniek dus. Tot een agente de moeite nam om ernaar te kijken.'

'Een vrouw? Dapper van haar.' Alice grijnst naar hem.

'Het bleek om een stukje zeep te gaan, plat en rond, zorgvuldig uit een groter stuk zeep gesneden, met dunne, gekleurde draadjes erin gedrukt. Je zag meteen dat het nep was, zei die agente. Als je je neus er dichtbij hield, rook je dat het zeep was. Ze heeft de leukoplast waarmee het vastzat, losgetrokken. Die vrouw, Tosca Lagerwey, speelde haar rol overigens perfect. Ze kreeg zowat een beroerte van angst.'

'Waarom denk je dat haar angst was gespeeld?' vraagt Alice.

'Het was ingestudeerd, om een uitvlucht te hebben voor het geval er iets misliep en ze niet weg kon komen.'

'Ik vind dat nogal vergezocht.'

'Wacht maar tot je haar hebt gezien en gehoord.'

Verdonk kijkt haar voor het eerst recht in de ogen, voor zover hij dat kan.

'Het is een felle tante, goedgebekt, weet wat ze doet. Er is iets misgegaan. We vermoeden dat de bom te vroeg afging. Ze stond op dat moment namelijk bij de klapdeuren. Een minuut later en ze was gevlogen.'

'Waarom is ze er dan niet alsnog tussenuit geknepen? Ik vind het allesbehalve logisch klinken,' zegt Erik. 'En dat geschreeuw over een tweede bom past niet in het plaatje van een aanslagpleger.'

Verdonk haalt zijn schouders op. 'Wij begrijpen daar ook niets van. De andere feiten zijn echter zo belastend, dat alles wijst op haar medeplichtigheid.'

'De pers is nog niet van dat zogenaamde bomschijfje op de hoogte, neem ik aan?' zegt Alice.

'Klopt.'

Hij kijkt haar opnieuw recht aan, niet alsof hij opzettelijk feiten achterhoudt. Misschien is haar eerste indruk van hem toch te negatief geweest.

'We hebben een getuige, een vrouw die in het zaaltje naast haar zat. Tosca Lagerwey deed zich voor als journaliste van een regionaal dagblad. Ze droeg op dat moment een pruik. Die hebben we teruggevonden, vertrapt door vluchtende mensen. Ze is in de pauze naar voren gelopen om Lodewijk de Wit te interviewen, volgens onze getuige. En nu komt het. Ze heeft hem iets gegeven, wat De Wit vervolgens in zijn aktetas heeft weggestopt. De getuige is daar heel stellig over. Ze heeft alleen niet kunnen zien wat het was omdat Tosca te veel in haar blikveld stond. Die tas is een paar minuten later uit elkaar gespat door een bom die op afstand tot ontploffing werd gebracht, vrijwel zeker met de mobiele telefoon die Tosca Lagerwey tijdens haar arrestatie bij zich had. Experts zijn nog bezig met het onderzoek om een honderd procent technisch bewijs rond te krijgen. Een getuigenis van de heer De Wit zou veel duidelijk kunnen maken. Hij ligt echter zwaargewond op intensive care en is voorlopig niet aanspreekbaar. Intussen wijst alles erop dat mevrouw Lagerwey hem een bompakketje heeft gegeven en het vervolgens zelf tot ontploffing heeft gebracht.'

'Dat is niet misselijk,' zegt Alice onder de indruk. 'Wat voor ongeloofwaardig verhaal had ze verder?'

'Ze zou zijn ontvoerd, door een zekere Leon, een achternaam wist ze niet. Die zou dat schijfje op haar rug hebben geplakt en haar tot van alles hebben gedwongen. Ze ontkende trouwens niet dat ze iets aan De Wit heeft gegeven, een Jiffy, zo'n bruine envelop, zo een met luchtkussentjes. We hebben zo'n geval teruggevonden, ergens voor in de zaal, weggeblazen door de explosie, nemen we aan. Er zaten foto's in van een ons onbekende inbraak op het terrein van de kernreactor waar het die avond om draaide, gemaakt door leden van een milieubeweging. Geheimgehouden, nemen we aan, om opschudding te voorkomen. Wel opnieuw een bewijs dat Tosca Lagerwey banden met een dergelijke organisatie heeft. We hebben geluk dat onze getuige heeft gezien dat De Wit iets wegstopte in zijn tas toen Tosca Lagerwey bij hem wegliep na haar zogenaamde interview.'

'Ze heeft hem dus niet alleen een envelop overhandigd?'

'We gaan ervan uit dat ze hem nóg iets heeft gegeven. Dat heeft De Wit in zijn aktetas gestopt. Waarom hij de envelop op tafel heeft laten liggen, begrijpen we ook niet.' Verdonk heeft een zakdoek uit zijn broekzak gehaald en veegt ermee over zijn voorhoofd. 'Benauwd hier.'

'De warmte blijft nog wel even hangen, vrees ik,' zegt Erik. Hij staat op en zet de ramen wijd open. 'Vanavond gaat het weer onweren. Hopelijk koelt het deze keer wel af.'

'Heeft Tosca Lagerwey nog meer gezegd over de man die haar zou hebben ontvoerd, behalve dat hij Leon heet?' vraagt Alice.

'Niet zo veel. Hij zou haar auto van andere kentekenplaten hebben voorzien en haar een keer een kopstoot hebben gegeven.'

'Niet moeilijk te controleren, lijkt me.'

'Het bleek gelogen. Haar auto stond vlak bij het buurthuis, fout geparkeerd overigens, met haar eigen kenteken. Voor de zekerheid hebben we haar auto nagetrokken op vingerafdrukken. Alleen die van haar zijn gevonden. De rest was geveegd. Er hebben ongetwijfeld vriendjes van haar in die auto gezeten, maar die wilden onbekend blijven. We hebben namelijk al aardig wat vingerafdrukken van milieuactivisten verzameld, van eerdere acties, en dat weten ze.'

Hij haalt de zakdoek weer langs zijn gezicht en hals, en kijkt haar dan vragend aan.

'Tevreden zo, collega? Heb ik nu genoeg informatie uitgewisseld?'

Voor het eerst verschijnt er een lachje op zijn gezicht. Het werkt ontwapenend. Hij heeft een valse start gemaakt omdat hij helemaal gefocust was op zijn eigen, superbelangrijke zaak en nog niet wist dat zij met een moordonderzoek bezig waren.

Alice lacht terug, onbevangen deze keer.

'Dat ze is ontvoerd zou kunnen kloppen. Ze is namelijk drie dagen geleden als vermist opgegeven door haar moeder, in Nunspeet.'

Afwisselend brengen Erik en zij Verdonk op de hoogte van wat ze over Tosca Lagerwey weten.

'Die ontvoering moet in scène zijn gezet,' concludeert die als hij is bijgepraat. 'Voor mij bevestigt jullie verhaal onze visie. Wel een gecompliceerd verhaal overigens. Van Ulvenhout brengt misstanden in die reactor aan het licht; in zijn flat wordt het lijk van een onbekende vrouw gevonden; mevrouw Lagerwey meldt dat bij de politie en pleegt de volgende dag een aanslag op de baas van die reactor. Ik zie op dit moment geen enkele logica. Jullie?'

'Jij denkt dat ze lid is van een militante milieuorganisatie,' zegt Alice peinzend. 'Ik heb begrepen dat de man die is omgekomen net een toespraak had gehouden namens zo'n milieuorganisatie. Hij zat naast Lodewijk de Wit. Tosca wist dus dat hij zwaargewond zou kunnen raken als ze een bom tot ontploffing bracht in een tas die tussen beide mannen in stond. Een medestander offer je toch niet op zo'n manier op? Als je het over logica hebt: dit vind ik niet logisch. Ik zou in die situatie hebben gewacht tot die milieuman was opgestaan en weggelopen.'

'Zit wat in,' geeft Verdonk toe. 'Maar het blijven speculaties. De feiten, daar gaat het om, daar komt ze niet onderuit, wat voor verhalen ze nog voor ons in petto heeft. Wat jij net vertelde, die Schiphol-act van haar, met koffer op Schiphol Plaza en via de roltrap naar de vertrekhal, prachtig geregistreerd allemaal door de bewakingscamera's, had haar een alibi moeten verschaffen, maar nu werkt het in haar nadeel. Die beelden hadden jullie trouwens snel te pakken.'

'Ik zei toch dat we al eerder met haar bezig waren dan jullie.' Erik trekt een tevreden gezicht. 'Ik denk dat we allebei een stuk wijzer zijn geworden. Wat spreken we af?'

'Doorgaan met ons eigen onderzoek en contact houden,' stelt Verdonk voor.

'En nieuwe informatie uitwisselen,' vult Alice aan.

'Voor zover relevant voor jullie zaak, zeker.'

Verdonk geeft eerst Erik, daarna haar een hand, minder stevig dan de eerste keer.

'We spreken elkaar binnenkort vast weer.'

'Ik weet niet goed wat ik aan hem heb,' bekent Erik als zijn voetstappen op de gang zijn weggestorven. 'Hij maakte toch weer een voorbehoud om niet alles aan ons te hoeven vertellen.'

Alice haalt haar schouders op. 'Verschillende zaken, verschillende competenties. Wie het eerst de zaak rond heeft, krijgt de eer. Zo gaat het toch?'

Ze pakt de telefoon op, die al enige tijd rinkelt. 'Recherche, met Alice van Vliet. Wat zeg je?' Ze luistert enige tijd. 'Nee, dat had ik niet kunnen bedenken. Het opent wel een heel nieuw licht op de zaak. Bedankt.'

Ze zet het toestel terug in zijn houder en kijkt Erik aan.

'Dit geloof je niet. De onbekende vrouw in de flat van Van Ulvenhout is geïdentificeerd. Ze heet Ilona de Wit, de vrouw van Lodewijk de Wit.'

19

Tosca ligt op haar bed, niet meer dan een dunne matras op een stalen brits, die aan de grond zit vastgeschroefd. Verder is haar cel opgesierd met een kraan, een kleine stalen wasbak, een toiletpot met deksel, een stoel en een uitklaptafeltje. Haar avondeten – een stukje kipfilet, patat en verpieterde boontjes – staat er onaangeroerd op.

Haar hele wezen schreeuwt om rust, om een paar uur slaap, even een onderbreking van de uitputtende maalstroom van gedachten, die als ongeleide projectielen rondrazen in haar hoofd. Sofie en Felix hebben haar arrestatie op tv gezien. Ze geloven dat hun moeder een moordenares is, hebben haar ondervragers gezegd.

Voor de zoveelste keer onderdrukt ze de opkomende tranen. Het laatste wat ze moet doen is zich overgeven aan emoties en zelfbeklag, een bovenmenselijke opgave, omdat de beelden van haar kinderen opduiken zodra ze haar ogen sluit.

Denk je nu werkelijk dat je met zo'n verhaal wegkomt?

Haar ontvoering, Leon, het bomschijfje, het is allemaal verzonnen om haar vrij te kunnen pleiten voor het geval er bij die aanslag iets zou misgaan en ze zou worden gearresteerd. Wat voor zieke geest moeten haar ondervragers hebben om zoiets te bedenken? Ze zou een militante milieuactivist zijn. Terrorist vinden ze een beter woord. Of ze heeft meegedaan aan een inbraak in een kernreactor, vlak bij Zijpe. Beseft ze wel hoe gevaarlijk haar vriendjes zijn? Met een kleine hoeveelheid gestolen radioactief afval kan al een vuile bom in elkaar worden geflanst. Ze wil toch niet nóg een aanslag op haar geweten hebben, met veel meer slachtoffers? Zo niet, dan moet ze namen geven van degenen die de bom in elkaar hebben gezet en die haar in feite hebben misbruikt, want zelf blijven ze buiten schot.

Hun eindeloos herhaalde veronderstellingen en verdenkingen kregen op den duur iets van een refrein, in een doodvermoeiend, traag ritme, in telkens andere toonsoorten, soms snerpend en agressief, dan weer vleiend en toegeeflijk wanneer ze strafvermindering voorstelden in ruil voor namen.

Weer draait ze zich om zodat haar gezicht naar de kale muur is gericht. Haar arrestatie, de eerste, korte ondervraging, een slapeloze nacht waarin het licht bleef branden, daarna urenlange ondervragingen met korte pauzes, steeds door dezelfde twee mannen, blijven door haar hoofd spoken.

Morgen zal ze worden voorgeleid aan de rechter-commissaris om haar voorlopige hechtenis te verlengen. Dat woordje 'voorlopig' moet ze niet al te letterlijk nemen, want dat ze definitief gevangen blijft zitten staat al vast. Ze zal helemaal alleen opdraaien voor de dood van een van de forumleden, de oudere man, en voor de blijvende invaliditeit van Lodewijk de Wit, die in elk geval een been zal moeten missen. Tenzij ze bereid is om mee te werken en namen te noemen. Ook dit refrein hebben ze telkens herhaald en ze zullen het morgen ongetwijfeld opnieuw op hun repertoire zetten.

Ik ben Tosca Lagerwey, moeder van Sofie en Felix, een hardwerkende artsenbezoeker, die nog nooit een vlieg kwaad heeft gedaan. Ik ben ontvoerd en kreeg onder bedreiging van een pistool een bomschijfje op mijn rug geplakt. Als ik niet deed wat mijn ontvoerder me opdroeg, zou hij me opblazen. Zolang het mogelijk was heb ik hem ge-

hoorzaamd. Wel heb ik geprobeerd om weg te komen, onder andere door opzettelijk mijn rijbewijs te verliezen.

Met een ruk gaat ze rechtop zitten. Zo luidde hááaar refrein. Vooral dat laatste zinnetje mocht ze morgen niet vergeten. Dat aardige echtpaar moet te vinden zijn. Het moet hun toch opgevallen zijn dat Leon zich vreemd gedroeg? Moedeloos gaat ze op haar rug liggen. Waarschijnlijk zijn ze er niet in geïnteresseerd. Haar ontvoeringsverhaal is volkomen onlogisch. Ze heeft het helemaal zelf in scène gezet, samen met haar vrienden, die ze nu eindelijk eens een naam moet geven.

Hoe laat zou het zijn? Ze moet de tijd schatten, want ze zijn zo vriendelijk geweest om haar horloge voor haar in bewaring te nemen. Ergens tussen zeven en acht uur 's avonds, vermoedt ze. Nog een paar uur en dan gaat dat felle licht hopelijk een tijdje uit.

Ze heeft haar ogen nog niet gesloten of op het beeldscherm in haar hoofd begint weer een film te draaien. Terwijl ze in een politiewagen stapt wordt haar hoofd naar beneden gedrukt. Een tv-camera filmt haar door de autoruit. Daarna een snelle rit naar het politiebureau, met loeiende sirene, alsof het levensgevaarlijk is om haar maar een minuut langer op vrije voeten te laten. Een afschuwelijk angstaanjagende misvatting. Ze draait zich met een ruk om teneinde een ontspannen houding op de dunne matras te vinden.

Voetstappen op de gang, een sleutel wordt in het slot gestoken, de deur zwaait open. De agente die haar gisteravond in verzekering heeft gesteld kijkt haar aan, met ogen die haar weerzin tegen deze arrestante, een terrorist die dood en verderf heeft gezaaid, weerspiegelen.

'Wil je meekomen?'

Tosca gaat overeind zitten. 'Waarvoor?' vraagt ze vermoeid. 'Ik mag toch wel even tijd hebben om tot mezelf te komen? Hoe laat is het eigenlijk?'

'Bijna half acht. Ze willen je nog wat vragen.'

'Ik heb alles al verteld.'

'Daar denken ze blijkbaar anders over. Nou, wat doe je? Moet ik je een handje helpen?'

'Nee, dank je. Ga jij over het licht in mijn cel?'

Ze haalt haar schouders op. 'Waarom?'

'Ik heb er vannacht niet door kunnen slapen. Wil je het straks alsjeblieft uitdoen?'

'Misschien. Ik beslis daar niet over.'

Voor de agente uit loopt ze door een gang met aan weerszijden cellen, een trap op, weer een gang en dan de verhoorkamer, met veel glas aan de gangkant, waar ze de hele ochtend en een deel van de middag heeft doorgebracht. Haar twee kwelgeesten zitten al te wachten.

'Dag, mevrouw Lagerwey,' zegt de grootste van de twee, degene die stinkt en met consumptie praat. Er zitten weer – of nog steeds – grote zweetplekken onder zijn oksels en er parelen druppeltjes op zijn voorhoofd. Hij heeft zich voorgesteld als Stienstra en haar een warme, zweterige hand gegeven. Zijn collega zit haar met één oog nauwlettend te observeren. Ze heeft er geen idee van wat het andere waarneemt. Loensoog. Verdonk, heet hij.

'We hebben nieuwe informatie,' vervolgt Verdonk. 'Hoe erg haatte je Ilona en Lodewijk de Wit eigenlijk? En waarom?'

Ze kijkt de mannen beurtelings aan, stomverbaasd. 'Ik ken die mensen niet.'

'Hou nou eens op de vermoorde onschuld te spelen,' valt Verdonk uit. 'Dat gaat zich tegen je keren. Je hebt zelf gemeld dat Ilona de Wit dood in de flat van Van Ulvenhout lag, en je hebt Lodewijk de Wit persoonlijk de bom overhandigd die een eind aan zijn leven had moeten maken. "Ik ken die mensen niet",' imiteert hij haar.

'Wie is Van Ulvenhout?'

De twee mannen kijken elkaar aan en schudden hun hoofd.

'Hopeloos.' De zwetende kleerkast staat op, loopt om de tafel en gaat achter haar stoel staan. Heel intimiderend.

'Ik ben Tosca Lagerwey, moeder van Felix en Sofie,' begint ze. De man achter haar ontploft. Met zijn vlakke hand slaat hij op tafel en stoot met opzet hard tegen haar stoel. 'Eigenwijs rotwijf,' sist hij. 'Je gaat praten, reken maar, je gaat ons precies vertellen wie hierachter zitten en wat we nog meer kunnen verwachten. Je kunt beter meteen meewerken, dat scheelt je een heleboel ellende.'

'Ik wíl ook meewerken. Jullie geloven me alleen niet. Ik heb er geen idee van wie die Van Ulvenhout is. Of het moet Leon zijn...'

'Wacht even.' Verdonk komt overeind en loopt de kamer uit. Stienstra gaat tegenover haar zitten. Zonder iets te zeggen blijft hij haar opnemen. Dat kan zij ook, stommetje spelen.

De deur gaat weer open. Verdonk, met foto. Die wordt voor haar neergelegd. Ze moet er even goed naar kijken. Een andere Leon, met blond haar, gebruind gezicht, zonder bril. Als ze hem onverwachts op straat zou tegenkomen, dan zou ze hem niet herkend hebben.

'Dat is Leon. Hij heeft nu alleen donker haar en draagt meestal een bril. Dit is de man die me heeft ontvoerd. Hebben jullie hem opgepakt?'

Stienstra knikt haar toe. 'Ad van Ulvenhout, alias Leon – voor jou dan. Ben je er zeker van?'

'Ja, tenzij hij een tweelingbroer heeft.'

'Dat is tenminste iets.' Verdonk trekt de foto naar zich toe. 'Hoe lang ken je hem al?'

'Dat heb ik toch gezegd. Hij heeft me ontvoerd en...'

'Meegenomen naar Steenwijk, waar je van alles hebt ingekocht om samen op vakantie te kunnen gaan als de missie was volbracht.'

'Jullie geloven nu in elk geval dat ik in Steenwijk ben geweest.'

'En in de flat van Van Ulvenhout, en op Schiphol, en in Zijpe, en daarna weer naar Schiphol, of nee, dat ging even niet door.'

'Recherche Alkmaar deed al onderzoek naar je in verband met de moord op Ilona de Wit. Dat heeft ons flink wat speurwerk gescheeld, flink wat tijd dus. Alleen zit jij die nu weer te verspillen door te ontkennen dat je mevrouw en meneer De Wit kent.'

Ze is moe, zo vreselijk moe.

'Ik had tot gisteren nog nooit van die mensen gehoord.' Een diepe zucht. 'Ik geef toe dat ik een envelop aan Lodewijk de Wit heb gegeven. Die lag even later op de tafel van de man naast hem. Hoe die daar kwam, weet ik niet. Als er inderdaad een bom in die envelop zat, dan wist ik dat niet. Zoiets vreselijks zou ik nooit doen. Jullie kunnen me verwijten dat ik goedgelovig ben geweest, kortzichtig, naïef, wat jullie maar willen, maar ik ben geen terrorist, geen moordenaar.'

'Nee, jij bent Tosca Lagerwey, is het niet?' zegt Verdonk met een grijns. 'Moeder van Felix en Sofie, een hardwerkende artsenbezoeker…'

'Klootzak, ellendige klootzak.' Ze merkt dat ze niet meer op haar stoel zit en om de tafel heen rent. Voordat ze die ellendeling met zijn zelfingenomen smoel kan aanvliegen, grijpen sterke handen haar beet, wordt ze beentje gelicht en tegen de grond gedrukt. Ze hebben haar precies waar ze haar hebben willen, beseft ze te laat.

Ze kreunt en hapt naar adem. '*Fuck you*,' krijgt ze er gesmoord uit. Ze worstelt om los te komen, probeert naar hem te trappen. Hij is te sterk, ze heeft geen schijn van kans.

'We zullen aardig voor je zijn,' zegt Stienstra vriendelijk. 'Als je belooft dat je rustig blijft, laat ik je los en zullen we dit incidentje vergeten.'

'Arrestante valt tijdens verhoor rechercheur aan,' zegt Verdonk smalend. 'Dat maakt op je rechter een onvergetelijke indruk. We zijn dus heel aardig voor je.'

'Klootzak,' weet ze uit te brengen als Stienstra's greep wat verslapt. 'Je verwacht zeker dat ik nu zal bekennen, hè? *Forget it*.'

20

Ze wordt wakker door het metalige geluid van een sleutel die in het slot wordt gestoken. De deur van haar cel gaat piepend open.

'Wakker worden, douchen en ontbijten.'

De stem van de agente die haar gisteren begeleidde. Goddank, ik heb geslapen, is het eerste wat ze denkt. Ze is gisteravond door maar liefst twee man afgevoerd naar haar cel, zo'n gevaarlijke vrouw is ze opeens geworden. In de cel is ze ingestort en heeft ze zich overgegeven aan een lange, hysterische huilbui. Van pure uitputting moet ze daarna in slaap zijn gevallen.

De agente, in een smetteloos, lichtblauw overhemd en een donkerblauwe broek, heeft een stap in haar richting gezet, omdat ze niet reageert waarschijnlijk. Wat zou ze doen als ze onbeweeglijk blijft liggen? Haar heen en weer schudden?

'Wakker worden, mevrouw Lagerwey.'

Een hand tikt tegen haar schouder. Ze draait zich om op haar harde matras, opent haar ogen en geeuwt.

'Goed geslapen? Dat zul je nodig hebben. Je hebt een druk programma vandaag.'

Het klinkt niet eens onvriendelijk, in elk geval minder snauwerig dan gisteren.

'O ja? Verhoord worden, opnieuw verhoord worden en voor de zekerheid nog maar een keer?'

143

'Om negen uur krijg je bezoek van een advocaat. Daar heb je om gevraagd. Daarna word je voorgeleid voor de rechter-commissaris. Een formaliteit, vermoed ik. Standaard twee weken voorlopige hechtenis, en dat was het. Vanmiddag opnieuw een verhoor, door rechercheurs van dit bureau. Daarna word je misschien overgeplaatst naar de Bijlmerbajes in Amsterdam. Terreurverdachten laten ze nooit lang in een politiecel zitten.'

De schrik slaat haar om het hart: de Bijlmerbajes. Die naam heeft zo'n onheilspellende klank, en daar moet zij naartoe?

'Je bent goed op de hoogte.'

'Ik moet je overal naartoe brengen, met assistentie, want je schijnt een kort lontje te hebben.'

'Ja, ik ben levensgevaarlijk,' zegt ze overdreven berustend. 'Zie ik er echt zo uit?'

'Ik heb daar geen mening over.'

'Over hoe ik eruitzie niet? Kom nou. Ben je bang dat ik je aanvlieg als je antwoord me niet bevalt?' vraagt ze terwijl ze overeind gaat zitten.

'Nee, maar ik heb mijn instructies, en eigenlijk mag ik dit soort gesprekken niet voeren.'

'Mag je wel je naam noemen? Dan weet ik wie je bent. Dat praat makkelijker.'

Er verschijnt zowaar een glimlach op haar gezicht.

'Dat wordt me niet vaak gevraagd. Zeg maar Trudy.'

'Oké, Trudy. Kun je me ook vertellen hoe laat het is en waar ik ben?'

'Het is half acht in de ochtend en je zit in het cellencomplex van het politiebureau in Alkmaar. Ik geef je twintig minuten om te douchen, je tanden te poetsen en schone kleren aan te trekken.'

'Die heb ik niet.'

'Toch wel. Iemand heeft gisteren een weekendtas afgegeven. Je moeder, geloof ik. Zou dat kunnen?'

O nee! Gisteren hebben ze haar gevraagd of ze iemand ervan op de hoogte moesten stellen dat ze was gearresteerd, iemand die schone kleren en toiletspullen voor haar zou kunnen brengen. Ze heeft het telefoonnummer van haar moeder gegeven, zonder dat de consequentie daarvan tot haar doordrong.

Ze slaat haar handen voor haar gezicht. In een poging haar tranen tegen te houden, ziet ze haar moeder voor zich die een tas met kleren komt brengen voor haar gearresteerde dochter… Wat zal er door haar heen zijn gegaan? Ze heeft haar moeder niet mogen bellen van haar ondervragers, dus ze heeft niets kunnen uitleggen. Ze hebben haar natuurlijk ook verboden om haar op te zoeken. Welke rechten heeft ze eigenlijk, wat dat betreft? Dat moet ze direct aan haar advocaat vragen.

'Oké, genoeg getreuzeld, meekomen nu.'

Twintig minuten later is ze terug in haar cel, haren gewassen, lichamelijk opgefrist en daardoor kennelijk ook geestelijk. Ze heeft de eerste klap opgevangen en verwerkt. Vanaf nu mag ze zich niet meer laten gaan en moet ze geduldig antwoord geven op wat die mannen vragen, moet ze hen ervan zien te overtuigen dat ze onschuldig is en de waarheid vertelt.

Op het uitklaptafeltje staat een wit plastic dienblad met een plastic bordje, plastic bestek, een paar boterhammen, een kuipje halvarine, een potje jam, een doosje hagelslag en een kop koffie. Gisteren heeft ze vrijwel niets gegeten en dat gaat ze nu merken. Ze zal het voorlopig met dit gevangeniseten moeten doen, zoals ze zich helemaal aan haar nieuwe situatie zal moeten aanpassen, aan douchen in een grote ruimte met meerdere douches naast elkaar bijvoorbeeld. Naast haar stond een vrouw net als zij haar haren te wassen, een meisje bijna nog, ze schatte haar niet ouder dan een jaar of achttien. In de deuropening hield Trudy hen in de gaten. Leve de privacy.

Als ze alle boterhammen en de naar slootwater smakende koffie naar binnen heeft gewerkt, gaat ze op bed naar het plafond liggen staren. Nog even en ze kan met haar advocaat praten. Precies op tijd om niet de moed te verliezen. Een advocaat kiest onvoorwaardelijk de kant van zijn cliënt, althans in advocatenseries op tv, zelfs als hij ervan overtuigd is dat de cliënt wel degelijk schuldig is.

Eerder dan ze verwachtte wordt haar celdeur geopend. Het is Trudy in gezelschap van een agent in uniform.

'Net kon je het wel alleen af,' kan ze niet nalaten te zeggen. 'Wees maar niet bang. Ik loop heel rustig met jullie mee.'

'Dat is je geraden. We komen nu buiten het cellencomplex, vandaar,' licht Trudy toe. De agent loopt zwijgend achter hen. Trudy houdt haar vast bij de arm zodra ze via een sluisdeur het cellencomplex hebben verlaten.

Ze wordt naar een spreekkamertje gebracht, niet ver van de verhoorruimte. Ook hier staat een tafel met twee stoelen tegenover elkaar. Op een ervan zit een man van middelbare leeftijd. Zodra ze binnen is, komt hij overeind en steekt zijn hand uit.

'Roelof Hartog,' stelt hij zich voor. 'Advocatenkantoor Boersma en Hartog.'

Blauwe ogen, grijzend haar, iets te lange bakkebaarden, net geen vierkante kaken. Ze registreert het, zoals ze het uiterlijk van een huisarts altijd in zich opneemt en inschat hoe ze hem moet benaderen. Hij heeft een vriendelijke, open blik. Zo te zien een prettige persoon om zaken mee te doen.

'Wij wachten buiten,' deelt Trudy mee. 'Als u ons nodig hebt…'

Roelof Hartog steekt glimlachend zijn hand op. 'Ik weet het, dank je wel. Ga zitten,' zegt hij dan tegen haar. Hij tikt op een map die voor hem ligt. 'Ik heb, voor ik hierheen kwam, uw dossier doorgenomen, voor zover het compleet is althans. U bent nog nooit met justitie in aanraking geweest, als ik het goed heb?'

Ze schudt haar hoofd. 'Ik ben moeder en parttime artsenbezoeker. Hoe zou ik met justitie in aanraking moeten komen?'

'Vanwege uw activiteiten voor de milieubeweging.'

Ze kijkt hem geschokt aan. Bijna verliest ze haar zelfbeheersing en wil ze hem toeschreeuwen dat hij al net zo gestoord is als de rest, met al die ongefundeerde veronderstellingen. Op tijd realiseert ze zich dat hij haar gegevens uit het dossier heeft gehaald.

'Dat staat wel in mijn dossier, maar het klopt niet.'

'U bent geen milieuactivist – of milieu-idealist, dat klinkt sympathieker.'

'Nee. Ik heb een te druk bestaan om me met zulke onderwerpen bezig te houden.'

'Maar u hebt tijdens de hoorzitting in Zijpe eergisteravond wel een bompakketje aan de heer De Wit overhandigd?'

'Opnieuw nee. Ik heb hem een envelop gegeven, maar daar zat naar mijn beste weten geen bom in.'

Roelof schuift zijn stoel naar achteren, neemt haar peinzend op en schraapt zijn keel. 'Goed,' zegt hij. 'Ik ben uw advocaat en ik zal mijn best doen om u zo goed mogelijk bij te staan. Daarvoor moet ik u kunnen vertrouwen, zoals u mij moet kunnen vertrouwen.'

'Ik begrijp u niet.'

'Alleen als ik de volledige waarheid ken ben ik in staat u optimaal te verdedigen, bedoel ik. Houdt u dingen voor me achter, dan kan dat in uw nadeel werken, bijvoorbeeld als een officier van justitie ergens mee op de proppen komt en mij daarmee verrast of voor het blok zet.'

'Ik wil niets liever dan de waarheid vertellen, en ik ben niet van plan ook maar iets achter te houden.'

'Uitstekend.'

Hij schuift zijn stoel weer naar voren, legt zijn armen op tafel, buigt zich naar haar toe en kijkt haar aan. Een open, prettige blik, zoals haar meteen opviel.

'U bent dus geen milieuactivist en u hebt ook geen contacten in die beweging?'

'Nee. Ik ken daar absoluut niemand.'

'Hoe is het dan in hemelsnaam mogelijk dat u in deze situatie terecht bent gekomen?' Hij slaat het dossier open. '"Bompakketje afgegeven, zich voorgedaan als journaliste, bom met mobieltje tot ontploffing gebracht."' Hij kijkt verbaasd op. 'U had toch een mobiele telefoon bij u tijdens uw arrestatie? Aan het technische bewijs wordt nog gesleuteld, maar dat is een kwestie van tijd, staat hier. Hoe verklaart u dat dan?'

'Ik heb een voorkeuzetoets ingedrukt om naar Leon, mijn ontvoerder, te bellen. Hij zou me komen ophalen als ik de envelop aan Lodewijk de Wit had overhandigd.'

'U dacht hem op te bellen, maar bracht zonder het te weten de bom tot ontploffing. Een belangrijk punt voor uw verdediging.'

Ze kijkt hem aan met een mengeling van verbazing en opkomende woede. Het begint tot haar door te dringen dat ze ervan uitgaan dat zij die bom heel bewust zelf tot ontploffing heeft gebracht.

'U kijkt geschokt,' stelt hij vast.

'Vindt u het gek? Dit had ik nog niet bedacht.'

'Ik zou er ook niet op rekenen dat justitie u zal geloven. Om eerlijk te zijn, mevrouw Lagerwey, alles wat ik hierin heb gelezen, getuigt tegen u. Tenzij er ontlastend bewijsmateriaal wordt gevonden, zult u zich erop moeten voorbereiden dat u de eerste jaren niet meer op vrije voeten komt. Uiteraard zal ik mijn uiterste best doen om dat te voorkomen.'

'Mag ik u een vraag stellen?'

'Natuurlijk. Ga uw gang.'

'Gelooft u mij?'

Ze blijft hem strak aankijken, terwijl hij zijn stoel weer naar achteren schuift en zijn benen over elkaar slaat. Hij ontwijkt haar blik niet.

'Laat ik het zo zeggen: mijn eerste indruk is dat ik hier niet met een militante milieuactivist of terrorist zit te praten. Ik sluit dus allerminst uit dat u het slachtoffer bent van ontvoering, bedrog, misleiding of wat het ook is. Het voordeel van de twijfel, laat ik het zo omschrijven.'

'Daar ben ik blij om. Ik heb íemand nodig die ik kan vertrouwen.'

Hij steekt zijn handen naar voren en draait ze met de palmen naar boven, een ontwapenend gebaar. 'Ik dus, al kan ik geen recherchewerk verrichten. Ik ben en blijf afhankelijk van het materiaal dat mij wordt toegespeeld.' ·

'En van wat ik u vertel.'

'Klopt.'

'Kunt u zo nodig ook van dingen nagaan of ze kloppen?'

'Zoals?'

Ze vertelt wat er in het restaurant is gebeurd, de eerste avond van haar ontvoering, haar verloren rijbewijs, het aardige echtpaar...

'Op zoek gaan dus naar getuigen. Dat is niet uitgesloten als het iets aan mijn verdediging kan toevoegen.'

'Dan wil ik graag nog iets weten, over mijn rechten.'

'Vraag maar.'

'Mogen rechercheurs je urenlang ondervragen tot je volkomen uitgeput bent; mogen ze verbieden om 's nachts het cellicht uit te doen zodat je niet in slaap kunt komen? Mag ik trouwens eisen om alleen in aanwezigheid van mijn advocaat te worden verhoord?'

Hij lacht innemend. 'Dat zijn meer vragen tegelijk en ze zijn niet allemaal eenduidig te beantwoorden. Verhoren zonder dat de verdachte wordt bijgestaan door een advocaat gebeurt op dit moment nog in Nederland, hoewel er een nieuwe regelgeving in de maak is. In de vs is dat anders geregeld, beter, als je het mij vraagt. Wanneer is een verdachte uitgeput? Dat valt moeilijk objectief te meten. We weten dat er soms ontoelaatbare druk op verdachten wordt uitgeoefend, met zelfs valse verklaringen als gevolg. Een misstand, net zoals het laten branden van de verlichting in uw cel. Als u erop staat, zal ik een officiële klacht indienen.'

'Hoezo, erop staat?'

'Ik kan het ook op een andere manier aan de orde stellen, de rechercheurs die zich met uw zaak bezighouden verkapt waarschuwen dat er een klacht aankomt als ze op dezelfde voet verder gaan. Dat is voor uw zaak beter, is mijn ervaring. Houdt u mij alstublieft op de hoogte. Straks, bij de rechtercommissaris, ben ik er overigens wel bij. Ik adviseer u dringend om alleen te verklaren dat u er geen flauw idee van had dat u een bom aan De Wit hebt gegeven en alles verder aan mij over te laten.'

'Graag.' Hij lijkt haar iemand op wie ze kan rekenen.

'Nog meer vragen?'

'Hoe staat het met bezoekregelingen? Mag ik telefoneren?'

'Dat beslissen de rechercheurs die met uw zaak bezig zijn. Als zij vinden dat u in het belang van het onderzoek een paar dagen geen contact met de buitenwereld mag hebben, dan kunnen ze dat verbieden. Dat bedoelde ik zojuist met die aanklacht in verband met hun verhoormethode. Jaag ze niet te veel tegen u in het harnas, daar kunt u op worden afgerekend.'

'Er gaat een heel nieuwe wereld voor me open.'

'Een wereld waar u zich het beste maar aan kunt aanpassen, dat maakt alles eenvoudiger. Houd er rekening mee dat die wereld zich niet aan u aanpast, dat voorkomt nog meer teleurstellingen.'

21

Alice werpt een blik op haar horloge en trommelt ongeduldig met haar vingers op haar bureau. Erik kijkt op van zijn computerscherm en zegt: 'Bel háár dan,' en gaat verder met typen.

'Ik wil haar niet storen of opjagen. Hoe lang is het nou rijden, van hier naar hotel Wieringermeer?'

'Ruim een half uur, schat ik. Dan moet ze nog de juiste personen zoeken en de goede vragen stellen.'

Alice kijkt weer op haar horloge. Kwart voor vier. Om vier uur wordt Tosca Lagerwey naar een verhoorkamer gebracht, met de welwillende medewerking van Verdonk.

Even na half twee kreeg ze een verrassend telefoontje van een collega uit Wieringerwerf. Daar was een melding binnengekomen uit een hotel in de buurt, van een receptioniste, die beweerde dat mevrouw Lagerwey samen met haar man in het hotel had overnacht, op de dag voor de aanslag. Ze had haar herkend van de tv-beelden en vroeg zich af of haar informatie van belang kon zijn. Ja dus!

Het liefst was ze zelf naar dat hotel gereden om het personeel te ondervragen. Dan was ze echter niet op tijd terug geweest voor het geplande verhoor van Tosca Lagerwey. Dat gaat voor, want het is niet uitgesloten dat ze haar morgen al naar elders overbrengen. Dus heeft ze Lidia op pad gestuurd met de uitdrukkelijke opdracht om haar vóór vier uur telefonisch en een kort verslag uit te brengen.

Ze wil net opstaan als de telefoon overgaat.

'Zie je wel?' zegt Erik met een grijns.

Ze grijnst breed terug. 'Ja, hallo Lidia. Vertel het eens.' Ze luistert een tijdje, de nieuwsgierige blik van Erik, die gestopt is met typen, negerend.

'Dat is nogal wat. Hoe kwamen die twee vrouwen op je over? Toch een beetje belust op sensatie, vanwege die seks bedoel ik, of redelijk objectief?'

Ze trekt een gek gezicht naar Erik en houdt haar duim omhoog.

'Nee, dat is goed. Zou je alles meteen op papier willen zetten als je terug bent? Goed, tot straks.'

Ze zet de telefoon terug en ziet op haar horloge dat het vijf voor vier is. Nauwelijks genoeg tijd dus om Erik op de hoogte te brengen.

'Tosca Lagerwey heeft inderdaad in dat hotel gelogeerd, met iemand die zich voordeed als haar echtgenoot. Lidia heeft aan twee vrouwen, een receptioniste en een kamermeisje, een foto van Van Ulvenhout laten zien. Hij leek erg op de man met wie Tosca daar had gelogeerd. Meneer Lagerwey had alleen donker haar en droeg een bril. Tosca en Van Ulvenhout – daar ga ik van uit – zijn daar meer opgevallen dan ze hebben gewild, vermoed ik. In hotels wordt nogal snel over de gasten geroddeld. Dus als je 's middags aankomt en je de volgende ochtend pas weer samen laat zien om bij de receptie te informeren of de kamer ook als dagkamer wordt verhuurd, dan val je op. Ze wilden pas tegen de avond vertrekken. Diner, ontbijt, lunch en drankjes, alles hebben ze door roomservice op hun kamer laten brengen. 's Avonds hebben ze naar een pornofilm gekeken, via het hotelnetwerk. Gasten denken misschien dat zoiets discreet wordt behandeld, maar degene die de rekening opmaakt ziet op de computer precies welke gast naar welke betaalfilm heeft gekeken. Iemand van het personeel heeft ook niet mis te verstane geluiden uit hun kamer horen komen.'

'Conclusie?' vraagt Erik.

'Tosca's verhaal over haar gijzeling klopt niet. Het kamermeisje heeft verklaard dat mevrouw vroeg of er een of twee bedden in de kamer stonden. Van Ulvenhout, alias meneer Lagerwey, zou toen veelbetekenend naar haar hebben geknipoogd.'

'Verdonk heeft dus gelijk, het ontvoeringsverhaal is *fake*. Voor ons is ze slechts een getuige, voor hen een dader.' Erik staat op van zijn stoel. 'Meer hun zaak dus dan de onze.'

'Zou kunnen. Ik wil haar toch eerst zelf hebben gezien en gehoord.'

Iets later dan de afgesproken tijd melden ze zich bij de verhoorruimte. Tosca Lagerwey zit binnen al te wachten. Voor de deur staan twee bewakers. Het verbaast Alice een beetje.

'Is dat nodig, twee bewakers?' vraagt ze aan de agente. 'Is ze vluchtgevaarlijk of zo?'

'Opvliegend, kort lontje. Gisteren is ze Verdonk aangevlogen, ook in deze ruimte. Dus als je assistentie nodig hebt, we staan buiten.'

'Lijkt me niet nodig,' zegt Alice. Ze opent de deur en gaat naar binnen, gevolgd door Erik.

'Hallo, ik ben Alice van Vliet.' Ze steekt Tosca haar hand toe. 'En dit is Erik Bolscher. Recherche Alkmaar. We komen je wat vragen stellen.'

Tosca drukt licht haar hand. Ze kijkt vermoeid, onder haar ogen zijn zich zwarte kringen aan het vormen. Dat krijg je als je nachten doorhaalt op een hotelkamer, denkt Alice cynisch. Verder ziet ze een vrouw van achter in de dertig, op een zakelijke manier aantrekkelijk, die zich ondanks haar gevangenschap de moeite heeft getroost om er verzorgd uit te zien.

'Ik heb alles al zo'n tien keer verteld. Moet het echt nog een keer?'

'Wij gaan je andere vragen stellen omdat we ons niet bezighouden met de aanslag die je hebt gepleegd.'

Erik knikt bevestigend. Hij laat het initiatief in eerste instantie aan Alice.

Tosca Lagerwey zucht, kijkt nog vermoeider dan zo-even. 'Ik héb geen aanslag gepleegd. Hoe vaak moet ik dat nog zeggen?'

'Zo vaak als het je wordt gevraagd,' zegt Alice droog.

Tosca reageert gelaten, een vrouw wier verzet al is gebroken. 'Als ik het maar vaak genoeg herhaal, word ik dan uiteindelijk geloofd, denk je?'

'Weet ik niet.' Ze draait zich om naar Erik. 'Waar zullen we beginnen?'

'Bij het moment dat u de flat van Van Ulvenhout binnenkomt,' zegt hij, zich op Tosca richtend.

'Van Ulvenout... Leon dus, voor mij.'

'Ad van Ulvenhout,' verbetert Erik.

'Dat is me vanochtend verteld. Maar aan mij stelde hij zich voor als Leon.'

'Goed. Je bent zijn flat binnengegaan, hebt daar het lichaam van een dode vrouw aangetroffen en hebt vervolgens naar 112 gebeld. Is dat juist?' vraagt Alice.

'Helemaal. Waarom vraag je daar eigenlijk naar? Tot nu toe ging het over heel andere dingen.'

'Wij onderzoeken de moord op Ilona de Wit, de vrouw van Lodewijk de Wit, de man aan wie u een bompakketje hebt overhandigd,' zegt Erik.

'Correctie. Aan wie ik een envelop heb gegeven. Van een bom weet ik niets af.'

Tosca houdt zich in, stelt Alice vast. Als ze de vermoorde onschuld speelt, dan doet ze dat werkelijk perfect.

'Kende u de familie De Wit?'

'Nee, tot voor kort nog nooit van gehoord zelfs.'

'Maar u kende Ad van Ulvenhout wel?'

'Ook niet, tot hij bij een benzinestation bij me in de auto stapte, een pistool op me richtte en me daarna dwong om van alles voor hem te doen.'

Alice blijft Tosca observeren terwijl ze, af en toe onderbroken door een vraag van Erik, het verhaal vertelt over haar gijzeling, haar nacht in een camper, de rit naar Alkmaar en het vinden van het lichaam van de vermoorde vrouw. Ze praat snel, maakt een gehaaste indruk, maar lijkt niet alert te zijn op versprekingen of iets achter te willen houden. *Wacht maar tot je haar hebt gezien en gehoord*, zei Verdonk gisteren suggestief. Zij ziet een vrouw die bereid is mee te werken, te helpen de waarheid te achterhalen.

'Als jullie alles precies willen weten, dan moeten jullie Leon te pakken zien te krijgen. Dat heb ik ook tegen de rechercheurs gezegd die me gisteren uren achter elkaar hebben ondervraagd. Dan heb je ook meteen de werkelijke dader. Zoals die hufter me erin heeft geluisd...'

'Eén ding begrijp ik niet, Tosca,' zegt Alice. 'Om wat je ons allemaal vertelt moet je die man toch hartgrondig haten?'

'Dat is zacht uitgedrukt.'

'En dat klinkt op z'n zachtst gezegd weer vreemd uit de mond van een vrouw die een nacht en een dag met diezelfde man op een hotelkamer heeft gebivakkeerd en daar, volgens het hotelpersoneel – hoe zal ik het netjes omschrijven – actiever is geweest dan alleen maar kijken naar een pornofilm.'

Het gezicht van Tosca verkrampt. Verbijstering, verontwaardiging, wanhoop. Schaamte ook.

'Hoe komen ze daarbij?'

Tosca staart voor zich uit. Er wellen tranen in haar ogen op. Dit is niet gespeeld. Als het wel zo zou zijn, dan heeft Alice een groot gebrek aan mensenkennis. Erik zit Tosca ook verwonderd op te nemen, ziet ze.

'Geen idee. Dat kun jij beter beantwoorden dan wij, Tosca. Ze hebben verklaard dat jullie niet van je kamer af zijn geweest, behalve om samen te gaan vragen of de kamer ook als dagkamer werd verhuurd.'

'Waarom willen jullie zulke dingen weten?'

Tosca kijkt gepijnigd.

'We proberen erachter te komen wat jouw relatie is met Van Ulvenhout en met de vrouw die in zijn flat is vermoord.'

'Een paar dagen geleden kende ik die namen niet en had ik geen van tweeën ooit gezien. Vonden die mensen in het hotel het trouwens logisch dat we samen van onze kamer af kwamen om te vragen of we langer konden blijven?'

'Hoezo?'

'Nou, een van ons tweeën was toch voldoende geweest.'

'Wat probeert u ons duidelijk te maken, mevrouw Lagerwey?' vraagt Erik wat ongeduldig.

'Dat Leon me geen moment uit het oog wilde verliezen. Als hij me op de kamer had achtergelaten, had ik met de hoteltelefoon om hulp gevraagd en naar mijn moeder en kinderen gebeld.'

Haar stem trilt, hoort Alice. Praten over haar moeder en haar kinderen roept heftige emoties op.

'En om dezelfde reden kon hij je ook niet alleen naar beneden laten gaan,' vult ze aan. 'Maar wat ik nog steeds niet begrijp: jullie hebben naar een pornofilm gekeken en hebben, sorry dat ik het nog directer zeg, volgens het hotelpersoneel seks gehad.'

Tosca slaat beide handen voor haar gezicht. 'Alsof ze erbij zijn geweest,' fluistert ze dan. 'Ik kon niet tegen Leon op, wat ik ook probeerde. Er lag een pistool met geluiddemper onder zijn kussen. Hij heeft inderdaad naar een pornofilm gekeken, twee keer zelfs, en hij is daarna zo tekeergegaan dat het hotelpersoneel het gehoord moet hebben. Ik lag vastgebonden op bed.'

Erik schraapt zijn keel. Alice kan alleen maar naar Tosca staren.

Die lijkt haar handen niet meer voor haar gezicht weg te willen halen.

'Zouden jullie me alsjeblieft even alleen willen laten?' zegt ze gesmoord.

Alice kijkt Erik aan, woorden zijn niet nodig. Tegelijk staan ze op en lopen de verhoorruimte uit.

'Klaar?' vraagt de postende agente.

'Nog niet. Ze is nogal van streek. We geven haar een moment om tot zichzelf te komen,' zegt Erik.

'Ik haal intussen een bekertje water voor haar.'

'Doe ik wel, Alice. Ga jij eerst alleen verder, dan kom ik er later weer bij. Ik vermoed dat ze zich daar prettiger bij voelt.'

Tosca heeft haar handen voor haar gezicht weggehaald en zit wezenloos voor zich uit te staren, ziet ze door de ruit.

'Wil je nog dat ik een speciale vraag stel?'

'Er knapte iets toen je over die seks begon. Maar ze werd ook emotioneel toen ze uit zichzelf iets over haar kinderen zei. Daar zou je misschien op kunnen doorgaan.'

'Wat heeft dat met ons onderzoek te maken?'

'En dat zeg jij, Alice? Het zou wat meer inzicht in de persoon van de verdachte kunnen opleveren, lijkt mij.'

'Getuige, voor ons.'

'Wellicht, al kunnen we nog steeds niet uitsluiten dat ze die moord heeft gepleegd en al eerder in de flat was. Probeer er ook achter te komen waar ze de avond ervoor was, toen Ilona de Wit werd doodgeschoten.'

'Een beroeps, hadden we toch vastgesteld?'

'Of iemand met compassie, die de ogen van het slachtoffer heeft gesloten.'

Alice zucht. 'Zo heb ik het nog niet bekeken. Een crime passionel, afrekening met een rivale? Nee, dan zou ze net niet zo hebben gereageerd.'

'Tenzij niet Van Ulvenhout, maar een andere man in het spel was. Van Ulvenhout kent de toedracht, weet dus dat Tosca die vrouw heeft vermoord en maakt op misselijke wijze misbruik van de situatie. Een vorm van chantage, om het simpel te zeggen.'

'Daar zou ik niet opgekomen zijn, Erik. Volgens mij zit je totaal verkeerd. Oké, ik ga het proberen uit te zoeken.'

Tosca heeft zichzelf weer enigszins bij elkaar geraapt. Alice gaat tegenover haar zitten en kijkt haar strak aan. Ze mag niet laten merken dat ze medelijden met die vrouw aan het krijgen is. Daar zou ze op uit kunnen zijn om in haar voordeel te gebruiken.

'Van Ulvenhout heeft je daar dus gevangen gehouden en heeft je meerdere keren verkracht,' zegt ze onomwonden. 'En toch heb je de volgende dag precies gedaan wat hij van je verlangde. Je had in dat zaaltje toch om hulp kunnen vragen? Daar was nota bene politie aanwezig. Maar nee, jij geeft braaf een bompakketje af.'

'Ik heb aan Lodewijk de Wit een envelop gegeven. Hoe kon ik weten dat daar een bom in zat? Ik was zo verschrikkelijk bang voor Leon. Hij zou me opblazen als ik niet precies deed wat hij me opdroeg. Daar twijfelde ik niet meer aan, na wat hij in die hotelkamer met me had gedaan. Hij leek alle gevoel te hebben verloren en hij was ook nog eens heel opvliegend. Ik was echt doodsbang dat ik mijn kinderen nooit meer zou zien. Ik had er geen idee van wat er in die envelop zat. Het voelde als een dun boekje of een stapeltje foto's. Je bent toch niet zo gestoord om me een bombrief af te laten geven, heb ik nog gevraagd. Hoe kwam ik erbij? Stel dat de verkeerde dat ding openmaakte. Zoiets deed hij toch niet!'

'En dat geloofde je?'

'Kon ik anders? Ik wilde hem ook geloven. Zodra ik de envelop had afgegeven en zeker wist dat De Wit hem bij zich had gestoken of in zijn tas had gestopt, zat mijn werk erop. Als ik Leon opbelde zou hij me voor het buurthuis komen oppikken. Het vervelende was dat ik de envelop opeens op de tafel van de man naast hem zag liggen.'

'Waarom zou hij je komen oppikken?'

'Dat was sneller. De auto stond nogal ver weg geparkeerd. Ik zou hem daarna ergens afzetten. Hij had beloofd om dan het schijfje van mijn rug te halen.'

'En jij zou vrij zijn?'

Tosca kijkt haar met een treurige blik aan, die Alice door de ziel snijdt.

'Ja. Ik zou terug kunnen naar mijn kinderen. Voor mij was dat het enige wat telde, daar had ik alles voor willen doen.'

'Ook een bom laten ontploffen?' laat ze zich ontvallen.

Het duurt even voor Toca antwoord geeft.

'Heb jij kinderen?' vraagt ze dan.

'Ja, een zoontje van vijf.'

Erik verschijnt voor het raam, ziet ze. Verkeerd moment om binnen te komen. Ze steekt afwerend een hand op. Hij begrijpt het.

'En als jij wordt gedwongen te kiezen tussen je zoontje nooit meer zien of een bom laten ontploffen, wat zou jij dan doen?'

Ja, hoe zou ze zelf in zo'n situatie reageren? David zou vóór alles gaan, punt. Maar een bom laten exploderen? Dat niet.

'Mijn zoontje gaat voor alles.'

'Eerlijk van je. Jij zou dus die bom laten ontploffen.'

'Nee. Ik zou tot het uiterste gaan om een uitweg te vinden.'

'Net als ik dus. Ik heb alles geprobeerd om bij hem weg te komen. Maar op het laatst zat ik echt helemaal stuk en deed ik precies wat hij me opdroeg.'

'Je hebt de rol van journaliste anders wel heel overtuigend gespeeld, als ik het goed heb begrepen, terwijl je wist wat je ging doen.'

'Ik wist alleen dat ik een envelop moest afgeven waarop de ontvanger agressief zou kunnen reageren.'

'Je vermoedde zelfs niet dat het een bom kon zijn?'

'Ik schrok me een ongeluk toen ik die explosie hoorde,' zegt ze na enig nadenken.

Tosca blijft haar aankijken, wekt geen moment de indruk dat ze aan het draaien is geslagen.

'Ilona de Wit is in de nacht voordat je haar dood meldde doodgeschoten. Waar was jij toen?'

Tosca lachte even wrang. 'Of ik een alibi heb, bedoel je? Ik was ontvoerd, of gegijzeld, hoe je het wilt noemen. Leon heeft me aan het begin van die avond bewusteloos geslagen omdat ik iets had gedaan wat hem niet beviel.'

Ze veegt een pluk haar van haar voorhoofd. Er zit een lichte zwelling, een beetje paarsgeel gekleurd. Daarna vertelt ze waarom Leon zo kwaad werd. Alice luistert ernaar zonder haar in de rede te vallen.

'Die mensen uit dat restaurant moeten te traceren zijn,' merkt Alice op.

'Dat zei mijn advocaat ook. Hoe moet ik in hemelsnaam bewijzen dat ik alles heb geprobeerd om bij die afschuwelijke kerel weg te komen? Probeer hem te vinden, arresteer hem en ondervraag hem net zoals ze mij gisteren hebben ondervraagd.'

'Als laatste, Tosca. Kun je beschrijven waar die loods staat? Je zat toch zelf achter het stuur toen jullie er wegreden?'

'Moeilijk. Links, rechts, links, rechts, een paar landweggetjes, daarna een woonwijk. Ik heb geprobeerd het bij te houden, maar ik ben de draad helemaal kwijtgeraakt. Wat ik wel weet is dat we de A1 op reden en dat we niet lang daarna de afslag naar Baarn passeerden.'

'Daar kunnen we misschien iets mee. Een loods met wat boten en caravans, zei je. Zo veel zullen er niet staan in die omgeving. Kun je er een beschrijving van geven?'

'Ik weet niet goed hoe ik dat moet uitleggen. De binnenwanden waren van gips of zoiets, in elk geval niet van baksteen. Aan de buitenkant zaten van die platen met gekleurde grindsteentjes erop.'

'Ik weet wat je bedoelt. Stonden er meer boten of meer caravans gestald?'

'Vooral caravans, maar ook een paar boten. De hal was voor de helft vol. Eén boot viel me op, een luxe motorboot, nogal hoog, met een soort zwemplatform aan de achterkant. Hij heette Maximus.'

'Die moet terug te vinden zijn,' zegt Alice. 'Herinner je je nog iets over die camper?'

'Niet veel, alleen dat hij erg oud was. Er lagen gore, donkerblauwe kussens op de banken, met een streepje erin, dat waarschijnlijk eens wit is geweest. O ja: de gordijnen waren ook donkerblauw. Wacht even, die camper en de loods waren van een neef van hem, zei Leon.'

'Dat is alles bij elkaar toch flink wat informatie.' Alice maakt een laat-maar-zittengebaar naar Erik, die een plastic bekertje ophoudt. Dan staat ze op. 'Ik zal alles laten uitzoeken, Tosca.' Ze steekt haar hand uit. 'Ik vermoed dat we elkaar binnenkort wel weer spreken. Hoe dan ook: veel sterkte gewenst.'

'Jij bent de eerste die dat zegt.'

Een dankbare blik. Met zoiets kleins is die vrouw al gelukkig te maken.

'We doen gewoon ons werk. Je hebt werkelijk alles tegen wat je maar tegen kunt hebben.'

'En?' is het eerste wat Erik vraagt als ze buiten is en de deur achter zich heeft gesloten. 'Kwam ze los?'

'Dat kun je wel zeggen, ja. Geef dat bekertje water maar aan mij.' Ze drinkt het met een paar slokken leeg.

'Even naar het toilet, Erik. Zie je zo op kantoor.'

Ze heeft tijd nodig om voor zichzelf alles op een rijtje te zetten, om een antwoord te zoeken op de prangende vraag die haar bezighoudt sinds Tosca's reactie na haar verkrachtingsverhaal. Kan deze vrouw, die zich zo kwetsbaar toonde en die een open en eerlijke indruk maakte, een gewetenloze terroriste zijn? Het lijkt haar vrijwel uitgesloten. Daar staat tegenover dat ze, als haar verhaal klopt, wel heel erg goedgelovig en naïef is geweest. Hoe zou ze zelf hebben gereageerd en gehandeld? Misschien wel net zo, omdat ze alles wilde geloven en doen om naar David terug te kunnen, en naar Timo.

Erik zit weer in het dossier te lezen als ze hun kantoor binnenkomt. Hij kijkt vragend naar haar op.

'Van één ding ben ik overtuigd, Erik,' zegt ze. 'Die vrouw speelt geen toneel, zoals Verdonk beweerde, en ze liegt niet, althans niet bewust.'

'Ik vind dat moeilijk te geloven,' werpt hij tegen. 'Ze heeft een bompakketje afgegeven, dat ontkent ze niet.'

'Ze zegt dat ze een envelop heeft afgegeven, Erik, dat is iets anders. Die is inmiddels teruggevonden, vrijwel intact.'

'Volgens een getuige heeft De Wit iets in zijn tas gestopt dat Tosca hem moet hebben gegeven. Een bompakketje dus, want die tas explodeerde daarna. Ze heeft daar in Zijpe voor journaliste gespeeld om niet herkend te worden, ze was in de flat waar een vrouw is vermoord. Dat lijkt me niet iets voor een doorsneemoeder of huisartsenbezoeker. Bewijzen te over. Zonder dat het tegendeel is bewezen weiger ik in haar onschuld te geloven, sluit ik zelfs niet uit dat ze Ilona de Wit heeft vermoord. Heb je nog gevraagd waar ze was, die nacht?'

'Ze is door Van Ulvenhout bewusteloos geslagen en door hem meegenomen naar een camper die in een loods met caravans en boten stond. Een lichtpuntje is dat ze ongeveer weet aan te geven in welke omgeving we die loods moeten zoeken. Hij zou van een neef van Van Ulvenhout zijn. Dat kunnen we uitzoeken.'

'En dat ga je serieus doen?'

'Uiteraard. Het kan het bewijs leveren dat ze niet onze dader is. En als het meezit nog wel meer.'

'Zoals?'

'De bevestiging dat haar gijzelingsverhaal klopt, waardoor ook haar gedrag tijdens de hoorzitting in Zijpe in een ander licht komt te staan.'

'Hm…' zegt Erik. 'Ik ben bang dat je op zoek wilt gaan naar dingen die er niet zijn.'

'En ik ben bang dat, als ik dat niet doe, die vrouw opdraait voor iets waar ze niet of slechts zijdelings schuldig aan is, afhankelijk van het perspectief van waaruit je haar gedrag interpreteert.'

'Je gelooft toch niet dat je daarmee bij een rechtlijnig type als Verdonk kunt aankomen?'

'Die wil bewijzen hebben, en daar ga ik naar op zoek. Om te beginnen wil ik haar auto zien. Hij staat op ons terrein. Denk je dat ik daar toestemming voor nodig heb van Verdonk?'

'Als hij achteraf te horen krijgt dat je in die auto hebt zitten neuzen, wordt hij woest. Waarom eigenlijk?'

'Een ideetje. Ik zal kijken of ik morgenochtend Frans van de technische recherche kan strikken.'

'Je maakt me nieuwsgierig.'

'Ik vertel het je zodra ik hem heb gezien. Vertrouw me maar. Volgens mij moet er iets zijn vast te stellen waar ik Verdonk niet over heb gehoord.'

22

Alice kijkt Frans Gijssens nadenkend aan. Hij heeft haar toch aan het twijfelen gebracht. De technisch rechercheur draagt zo'n tien jaar meer ervaring met zich mee dan zij, dus ze moet zijn bedenkingen heel serieus nemen.

'Ik wil alleen je mening. Als jij bevestigt wat ik vermoed, dan wil ik er een officieel rapport van laten maken.'

Op Frans' door zon en wind verweerde gezicht – hij doet aan wedstrijdzeilen – blijft de twijfel zichtbaar.

'Besef je wel dat je me in een moeilijk parket manoeuvreert, Alice? Ik heb nog geen idee waar het over gaat, maar stel dat ik iets vaststel wat collega's over het hoofd hebben gezien, daar zullen ze niet vrolijk van worden.'

'Wordt een nummerbord van een auto aan een uitvoerige inspectie onderworpen als daar niet specifiek naar wordt gevraagd?'

Hij kijkt haar met toenemende nieuwsgierigheid aan. De rimpels op zijn voorhoofd verdiepen zich.

'Normaal gesproken wordt er weinig aandacht aan besteed.'

'Ik vrees dat dat ook nu niet is gebeurd, terwijl het wel van groot belang kan zijn.'

'Het zijn anders geroutineerde jongens die zich met die zaak bezighouden. Als het belangrijk is, dan hadden ze daar toch opdracht voor gegeven?'

Hij kijkt bedenkelijk. Toch leest ze ook aarzeling op zijn gezicht.

'Die auto heeft niets met jullie zaak te maken. Dat maakt het formeel voor mij nog lastiger, omdat ik buiten mijn boekje ga, bedoel ik.'

'Die auto heeft misschien wél met ons onderzoek te maken. Tosca Lagerwey is voor ons nog een getuige, maar volgens Erik is het niet uitgesloten dat ze onze verdachte wordt.'

'Dan moet er een officieel verzoek door jullie worden ingediend,' herhaalt hij.

Alice zucht. 'Regeltjes, regeltjes, morgen pas aan de beurt. Ik wil vanmiddag verder met die zaak. Je hoeft alleen maar te kijken.'

'Wat ben jij fanatiek, zeg. Die vrouw is toch zo schuldig als maar kan?'

'Daar ben ik niet van overtuigd.'

Hij werpt een blik op zijn horloge. 'Oké, nu meteen dan, want ik moet over een kwartier weg, naar een officiële klus.'

'Je bent een schat. Jij bent de enige aan wie ik zoiets durf te vragen.'

'O ja? Waarom dan wel?' wil hij meteen weten.

'Gewoon, omdat je de beroerdste niet bent, en omdat je altijd de lastigste zaken hier op je bordje krijgt. Dat is niet zomaar.'

'Ja ja, een beetje geslijm en Frans laat zich wel voor je karretje spannen.' Zijn ogen verraden dat hij het vermakelijk vindt. 'Straks gaat dit geintje me nog mijn reputatie kosten.'

Hij loopt voor haar uit naar het trappenhuis.

'We hebben de autosleutel niet nodig, hè?'

'Nee, je hoeft echt alleen maar naar de nummerplaten te kijken, en nergens anders naar.'

De groene Twingo springt er op het parkeerterrein onmiddellijk uit. Hij staat op een hoek, naast een rode sportwagon

'Te hard gereden of in beslag genomen in het kader van de "pluk ze"-regeling,' gokt Frans met een likkebaardende blik op de Ferrari. 'Een raspaardje. Maar nu de nummerplaten van jouw Twingootje. Moet ik op iets speciaals letten?'

'Ik zeg niets. Kijk alleen of jou iets opvalt.'

Gespannen slaat ze Frans gade. Hij gaat voor de auto op zijn hurken zitten en bekijkt aandachtig de nummerplaat, de zijkanten ervan en de onderkant.

'Even de achterste bekijken,' zegt hij.

Dezelfde procedure. Dan verdwijnt zijn hand in zijn zak, haalt er een mes uit, zo'n Zwitsers geval met allerlei extra's, van schaartje tot tandenstoker, en klapt er een kruiskopschroevendraaier uit.

'Dit heb je niet gezien, Alice.'

Voorzichtig draait hij een van de schroeven los waarmee de nummerplaat vastzit.

'Kijk,' zegt hij, wijzend op de ring rond het schroefgat. 'Daar was het al gecorrodeerd, maar omdat de schroef eruit is geweest en opnieuw is aangedraaid, is de corrosie verdwenen.'

Hij loopt om de auto heen en draait ook een schroef uit de nummerplaat aan de voorkant.

'Precies hetzelfde,' zegt hij. 'Die nummerplaten zijn er kort geleden afgehaald en er later weer opgezet.'

'Dat is precies wat Tosca Lagerwey beweert. Ik ben blij met je, Frans, en Tosca nog meer, als ze dit hoort.'

'Dit hadden mijn collega's toch ook kunnen vaststellen?'

'Niet als niemand ze heeft gevraagd om erop te letten. Dat zei je net zelf.'

Hij schudt zijn hoofd. 'Toch slordig. Je kunt het zo zien aan de onderkant, hier.'

Hij wijst op een minieme spleet tussen de plaat en de houder.

'Daar hoort overal aangekoekt vuil te zitten, tenzij die plaat los is geweest of is vervangen.'

Hij kijkt weer op zijn horloge. 'Ik heb nog maar vier minuten. Sorry, ik moet me haasten.'

'Nogmaals bedankt, Frans. We zullen een officieel verzoek indienen bij de technische recherche voor een onderzoek waarvan we de uitkomst al kennen.'

'Ik zal proberen het eruit te vissen, dat scheelt anderen weer werk.'

'Ik had gelijk,' zegt ze triomfantelijk als ze terug is in hun kamer.

'Vertel.'

'Ik ken je, Erik. Je hebt je intussen suf gepiekerd over de vraag wat ik met die auto van plan was.'

Hij lacht hardop. 'Verdonk heeft ons over die auto alleen verteld dat alle sporen waren gewist, behalve Tosca's vingerafdrukken. Over de kentekenplaten geen woord, terwijl die volgens Tosca door Van Ulvenhout waren vervangen. Jij hebt dat zojuist met Frans gecontroleerd. Klopt, hè?'

'Ze zijn eraf geweest, Erik, kort geleden. Geen twijfel mogelijk.'

'Dan kan ze de waarheid hebben verteld.'

'Ik zou zeggen: dan moeten we er in ons onderzoek van uitgaan dat Tosca de waarheid heeft verteld.'

'Ook over haar relatie met Van Ulvenhout, in dat hotel?'

'Relatie? Waar praat je over, Erik? Een vrouw vertelt niet voor de lol dat ze is verkracht. Dat houdt ze liever voor zich, uit schaamte.'

'Ik ken ook gevallen van vrouwen die zoiets verzinnen en aangifte doen om een man te grazen te nemen.'

'Tosca Lagerwey niet. Dat voel ik. Wil je alsjeblieft een keer op mijn intuïtie vertrouwen? Dan wil ik me nu op de loods en de camper richten.'

'Hadden Van Ulvenhout en Tosca Lagerwey een alibi in de nacht van de moord op Ilona de Wit? Dat zal problematisch worden. Twee mogelijke daders die elkaar een alibi geven... Geen sterk bewijs.'

'Laat me eerst die camper maar vinden. Ik ga dat onderzoek samen met collega's uit Amersfoort doen. Het is hun regio. Weet je, Erik, ik heb een beetje een naar gevoel over de manier waarop Verdonk en zijn collega… hoe heet die ook weer?'

'Stienstra. Heb ik nooit ontmoet, maar zijn reputatie is deze kant opgeblazen. Wordt ook wel "the Bull" genoemd. Hij zou net zo rechtlijnig zijn als Verdonk en moet een enorme doordrammer zijn, die wel veel lastige zaken oplost.'

'Een zwaargewicht die samen met een leperd als Verdonk tegen de wat naïeve, aangeslagen Tosca tekeergaat. Dat houdt ze een tijdje vol, maar niet eeuwig,' verzucht ze.

'En dan?'

'Dan wordt ze erin geluisd en zegt ze iets wat als een bekentenis kan worden uitgelegd, terwijl ze het anders bedoelt. Ze is dan al zo gesloopt dat ze het te laat in de gaten heeft. Opnieuw een lastige zaak opgelost,' zegt ze cynisch. 'Prima rechercheurs, die twee.'

'Zo beroerd kwam die Verdonk toch niet over?'

Ze haalt haar schouders op. 'Hij hield geen zaken voor ons achter. Dat kan altijd nog. Die jongens willen wel scoren, Erik.'

'Dat willen wij toch ook? Die moord had ik het liefst vandaag nog opgelost.'

Ze verbijt zich. Erik neigt ernaar de kant van die twee beulen te kiezen. 'De bewijzen tegen Tosca liegen er niet om,' geeft ze toe. 'Dat wil nog niet zeggen dat andere mogelijkheden maar buiten beschouwing moeten worden gelaten. Ruis op de lijn van bewijsvoering. Dat kost tijd. Controleer vooral niet of de nummerplaten van Tosca's auto er onlangs af zijn geweest. Stel je voor dat het wel zo is, dan moet dat verder worden onderzocht. Stel je voor dat haar ontvoeringsverhaal klopt. Hoe pas je dat dan in? Ze heeft een bompakketje afgegeven en dat vervolgens tot ontploffing gebracht, ze heeft zich onder valse identiteit tot Lodewijk de Wit gewend. Basta, zaak rond.'

'Die getuigenissen van het hotelpersoneel kunnen ze anders

naadloos in hun verhaal inpassen,' zegt Erik droog. 'Ten nadele van Tosca.'

'Die hotelmensen hebben niet gezien wat er zich in hun kamer afspeelde. Ze hebben het een en ander gehoord en dat verkeerd geïnterpreteerd,' werpt Alice tegen. 'Stienstra en Verdonk zullen die interpretatie graag overnemen. Daarom wil ik alle informatie over dat hotelbezoek voorlopig voor ons houden.'

'Voorlopig, tot je meer weet over die camper,' zegt Erik aarzelend. 'Dan is er nog iets, Alice, iets wat ik je nog niet heb verteld, maar wat waarschijnlijk wel verband houdt met Tosca Lagerwey.'

'Waar gaat het over?' Ze kan het niet uitstaan dat hij informatie soms een tijdje achterhoudt en haar er dan mee overvalt op een moment dat haar hoofd naar iets anders staat.

'In de nacht voor de hoorzitting in Zijpe is er ingebroken op het terrein van de kernreactor. De daders hebben zelfs kans gezien om bij de controlekamer te komen. Pas toen ging er een alarm af. Toch zijn ze niet gepakt en ze zijn nog steeds spoorloos. Het management heeft aangifte gedaan en onze technische recherche heeft al een onderzoek ingesteld.'

'En nu hebben wij die zaak ook op ons bordje gekregen?'

'Ja. Het management reageerde al nerveus op die inbraak, maar na de aanslag op Lodewijk de Wit lijkt de paniek bij die reactor compleet toegeslagen, vertelde Frans Gijssens.'

'Heeft hij daar dan onderzoek gedaan? Waarom heeft hij daar net niets over gezegd?'

'Hij legde het verband tussen Tosca Lagerwey en die inbraak niet.'

Ze kijkt hem lichtelijk geïrriteerd aan. Zij wordt blijkbaar verondersteld dat verband wél te kunnen leggen.

'Denk eens aan die envelop. De inhoud is intussen uitvoerig bestudeerd.'

Er zaten foto's in van een inbraak in de reactor, waar het tijdens

169

die hoorzitting om draaide, zo zei Verdonk het, herinnert ze zich.

'Wil je beweren dat Tosca aan Lodewijk de Wit een envelop heeft gegeven met foto's van de inbraak in zijn reactor de nacht ervoor?'

Erik knikt. 'Die foto's moeten schokkend voor hem zijn geweest. Ze moet toch connecties met milieuactivisten of terroristen hebben gehad om eraan te kunnen komen. Koren op de molen van Stienstra en Verdonk.'

'Wat gaan we hiermee doen, Erik?'

'Proberen contact te leggen met milieuactivisten in onze regio, om te beginnen met degenen die aanwezig waren tijdens die hoorzitting.'

'Dan komen we op het terrein van Verdonk en Stienstra. Dat ligt gevoelig.'

'We onderzoeken de relatie Tosca Lagerwey met Ilona en Lodewijk de Wit, aan wie ze toevallig een envelop met foto's heeft gegeven. Helemaal onze zaak dus.'

'Jij duikt in de milieubeweging, ik ga straks naar Amersfoort,' zegt Alice.

'Heb je dat al afgesproken?'

'Ja, vanochtend al.'

23

Een paar sneetjes bruinbrood, plakjes kaas, een appel, thee, het inmiddels vertrouwde plastic bordje en dito bestek. Werktuiglijk eet Tosca haar lunch op. Dan gaat ze op haar brits zitten. Haar gezicht vertrekt als er een pijnkramp door haar buik schiet. Ze heeft zich niet vergist. De hoofdpijn die haar al uren treitert was hier de aankondiging van. Bij de volgende krampaanval drukt ze haar handen tegen haar buik. Dit kan er ook nog wel bij. Het zou pas over een paar dagen moeten komen, hoewel het wat onregelmatig is geworden sinds ze de pil niet meer slikt. Ze wist dat ze in de veilige marge zat toen ze dat stomme plan bedacht om Leon te verleiden. Dat heeft goddank geen gevolgen gehad. Al zal ze pas helemaal gerust zijn als ze zich op soa's heeft laten testen.

Steeds dringen zich beelden op van haar en Leon onder de douche en in het hotelbed, zij vastgebonden. Het zijn net duiveltjes, die zich met hun klauwen wreed aan haar vastklampen en die ze niet kan afschudden zonder dat er littekens achterblijven. Achteraf begrijpt ze niets van zichzelf. Dat ze ooit heeft kunnen denken dat zoiets in haar voordeel zou kunnen werken.

Het kijkluikje van haar celdeur wordt opgeklapt. Het gezicht van Trudy verschijnt. De celdeur gaat open.

'Je hebt weer een afspraakje met je advocaat.'

'Ben je alleen? Durf je dat wel?' vraagt ze spottend.

'Ik vermoed dat ik je wel aankan, als het moet. Hij komt onaangekondigd. We hadden ook kunnen weigeren wegens tijdelijk gebrek aan mankracht. Je ziet trouwens erg bleek. Is alles wel goed met je?'

'Nee. Zou je een aspirientje voor me kunnen regelen? En tampons?'

'O, is dat het. Komt in orde.'

Een begripvolle blik, een meelevend lachje. De celdeur wordt weer gesloten. Ze gaat achterover op de matras liggen, haar handen op haar buik. Ze zit nu al twee dagen vast en ze heeft nog steeds niet naar haar moeder en haar kinderen mogen bellen. Zodra ze aan hen denkt gaat ze liggen grienen. Hormonaal gesnotter, zou Diederik gezegd hebben.

Waarom moet ze opeens aan Diederik denken? Omdat ze nog verlangt naar de man op wie ze ooit verliefd is geworden? Die zou haar hier hebben opgezocht en haar hebben geholpen om haar onschuld te bewijzen. Die zou haar niet verwijtend hebben aangekeken omdat ze zo stom is geweest zich te laten misbruiken. Maar de Diederik van vandaag is heel anders. 'Kom nou, Tosca, je gelooft toch zelf niet dat die gek was gaan schieten als je onmiddellijk uit je auto was gesprongen toen hij bij je instapte. Daar had hij alleen zichzelf maar mee gehad. Hij was uitgestapt en op zoek gegaan naar een gewilliger slachtoffer. Je hebt niet nagedacht en daardoor alle ellende over jezelf afgeroepen.' Zoiets zou hij nu hebben gezegd.

Het duurt lang voordat Trudy terug is.

'We hebben hier geen tampons op voorraad. Ik heb even wat voor je geregeld,' zegt ze. 'Hier heb je ook een glas water en een paracetamol. Ik geef je een paar minuten. We kunnen die aardige advocaat van je niet langer laten wachten.'

Een kleine tien minuten later wordt ze binnengelaten in een verhoorkamertje. Mocht Roelof Hartog al ongeduldig zijn geworden, hij laat er niets van merken.

'Dag, mevrouw Lagerwey.' Hij steekt heel formeel zijn hand uit. 'Ik hoop niet dat ik u overval, maar ik moet u toch echt even spreken.'

Die ellendige hoofdpijn is nog niet weg. Ze drukt haar handpalm tegen haar voorhoofd.

'Voelt u zich niet lekker?'

Hij kijkt haar vriendelijk en belangstellend aan. Haar ogen gaan naar een kuiltje in zijn kin, dat iets grappigs heeft, iets sensueels ook. Hoe kan ze op dit moment aan zoiets denken?

'Gaat wel, hoor. Een beetje hoofdpijn. Ik heb er al wat voor ingenomen.'

'Gelukkig. Ik wil het niet op mijn geweten hebben u nog meer hoofdpijn te bezorgen.'

'Gaat het om iets ernstigs?'

'Hopelijk valt het mee.'

Het klinkt wat ontwijkend.

'Laat ik met het goede nieuws beginnen. Ik heb contact gehad met uw moeder.'

'Hebt u haar opgebeld?' Ze houdt haar adem in, moet snel iets wegslikken.

'Nee, zij mij. Ze is hier geweest, heb ik gehoord, maar ze werd niet bij u toegelaten omdat u geen contact met de buitenwereld mag hebben, in het belang van het onderzoek. Ze hebben haar wel naar mij verwezen en uiteraard mijn naam en telefoonnummer gegeven.'

'Wat zei ze? Hoe houdt ze zich? U hebt haar toch wel verteld dat ik onschuldig ben?'

Haar stem trilt.

'Ik heb haar gezegd dat ik daarvan uitga in mijn verdediging. Uw moeder blijkt daar een heel positieve bijdrage aan te kunnen leveren. U hebt haar twee keer mogen bellen van uw gijzelnemer, vertelde ze. Beide keren was u zeer emotioneel, kon u niet uit uw woorden komen en moest u het gesprek afbreken toen u uw dochtertje aan de lijn kreeg.'

Ze kijkt snel de andere kant op. De tranen prikken, maar ze wil zich hoe dan ook goed houden.

'Dat is waar,' krijgt ze er redelijk rustig uit.

'Uw moeder zal dat onder ede verklaren. Het staaft uw verklaring dat u gegijzeld bent geweest. Als ook het echtpaar dat uw rijbewijs heeft gevonden en teruggebracht in het wegrestaurant wordt opgespoord, staan we nog wat sterker.'

'U begint me al wat meer voordeel dan twijfel te geven,' zegt ze opgelucht.

Hij glimlacht, het kuiltje wordt er dieper door.

'Wilt u een professioneel of een privéantwoord?'

Ze kijkt hem verrast aan. Dit is de eerste keer dat hij zijn formele houding laat varen.

'Beide, als het kan.'

Een kort knikje met zijn hoofd. 'Professioneel kan ik me moeilijk voorstellen dat u zich niet hebt afgevraagd of er een bom in die envelop zat. Privé geloof ik niet in uw kwade opzet, vooral door mijn gesprek met uw moeder.'

'Daar ben ik blij om. Dan nu het minder goede nieuws maar.'

'Tja… U bent getrouwd met' – hij bladert in zijn papieren – 'de heer D. Lagerwey, maar u leeft sinds bijna twee jaar gescheiden van elkaar, zonder echt voor de wet gescheiden te zijn.'

'Dat klopt.'

'Heel onverstandig, als ik zo vrij mag zijn, vooral omdat u samen twee kinderen hebt.'

Een gevoel van naderend onheil dringt zich met kracht op.

'Ziet u… Uw kinderen waren bij uw moeder toen u werd gearresteerd.'

Zijn gezicht verdwijnt achter een waas.

'Diederik heeft ze zeker bij haar weggehaald,' krijgt ze eruit.

Hij knikt nauwelijks merkbaar. 'Uw moeder heeft zich ertegen verzet, maar ze kon het niet tegenhouden. Ze heeft mijn advies en hulp gevraagd, mede omdat ze er alleen voor staat sinds uw vader is overleden, drie jaar geleden, vertelde ze.'

De waas wordt dikker. Diederik heeft Sofie en Felix bij haar moeder weggehaald, bij háár in feite. Hij zal de laatste zijn die haar hier met de kinderen komt opzoeken.

'Wat kunt u nog doen?'

'Het spijt me heel erg u te moeten zeggen dat ik daar helemaal niets aan kan veranderen. Uw kinderen verblijven bij hun wettige vader, tegen wie, voor zover ik begrijp, geen bezwaren zijn in te brengen wat betreft hun verzorging en opvoeding.'

En bij die slet van een Karin. Er knapt iets. Ze laat haar tranen de vrije loop en slaat haar handen voor haar gezicht.

'Dag, Eva,' zei ze toen ze hun zaak binnenkwam.

De receptioniste keek haar verrast aan.

'Hallo, Tosca. Dat is een tijd geleden. Alles goed met je?'

'Ja, hoor.' Ze grinnikte. 'Ik hoef jullie gelukkig niet meer achter de broek aan te zitten. Karin is daar nog beter in dan ik, heb ik gehoord.'

Eva lachte schamper, maar gaf geen commentaar.

'Is Diederik in zijn kantoor?'

'Ja. In bespreking met Karin. Ze willen niet worden gestoord.'

Eva keek wat ongemakkelijk. De vrouw van de baas tegenhouden, dat kan ik niet maken, zag ze haar denken.

'Ik zie wel hoe druk ze het hebben.'

Langs de balies en de wachtruimte liep ze naar het directiekantoor. De wachtruimte was leeg. Alleen bij de verzekeringsbalie zaten klanten. Ze stak haar hand op naar een reisadviseuse die ze kende. De andere drie waren van na haar tijd. Voor een vrijdagmiddag was het opvallend rustig. Diederik had wel eens iets gezegd over terugloop van boekingen bij het reisbureau, maar niet dat het zo stil kon zijn.

Door een klapdeur kwam ze in de tussenhal. Even aarzelde ze. Kom nou, ze kon het kantoor van haar man toch wel zonder kloppen binnenlopen. Dat deed ze ook toen ze hier nog werkte, vergadering of niet.

Ze opende de deur van Diederiks kantoor. De voorgenomen begroeting bestierf op haar lippen. Als bevroren bleef ze staan.

Karin zag haar het eerst. Geschrokken maakte ze zich los uit de omhelzing en bracht snel haar kleren op orde. Diederik staarde haar aan, met een mengeling van ongeloof en verbijstering.

'Tosca, wat doe jij…'

Ze gaf hem niet de kans verder te stamelen.

'Vuile hufter! Smeerlap.' Met een ruk draaide ze zich om, smeet de deur dicht en rende weg. De tranen van woede en vernedering liepen over haar wangen terwijl ze naar de voordeur holde, langs Eva, die haar schuldbewust aankeek. Die wist natuurlijk allang waarom Diederik en Karin tijdens hun 'vergaderingen' niet gestoord wenste te worden, net als de rest van het personeel.

Buiten ging ze met haar rug tegen de muur staan en haalde diep adem om de golf van walging te onderdrukken.

Waarom had ze dit niet zien aankomen? Was ze blind geweest voor de signalen die hij al zo lang had afgegeven? Ze werd heen en weer geslingerd tussen zelfmedelijden en zelfverwijt.

's Avonds kwam Diederik niet thuis. Hij liet zelfs niets van zich horen. De slappeling. Hij liet het aan haar over om voor Sofie en Felix een plausibel verhaal te bedenken. Pas de volgende dag belde hij haar op haar mobiel, terwijl ze zich haastte naar een afspraak. Het leven, het werk, alles ging gewoon door. Het moest wel.

Het werd tijd om eens met elkaar te praten, zei hij. Over het huis, over de zaak en over de kinderen. Hun relatie, haar gevoelens deden er blijkbaar al niet meer toe.

'Mevrouw Lagerwey? Gaat het wel?'

Ze haalt haar handen weg. Roelof Hartog staat haar bezorgd op te nemen.

'Zal ik een bekertje water voor u halen?'

'Graag.'

Eerst dit, en dan direct hierna weer een verhoor door die twee onbeschofte doordrammers, die haar mogen ondervragen omdat ze het toevallig tot rechercheur hebben geschopt. Dat trekt ze niet meer, dan gaat ze fouten maken, verkeerde dingen zeggen, dingen die zij graag willen horen en haar in de mond proberen te leggen.

'Alsjeblieft.'

Haar advocaat is terug en zet een plastic bekertje met water voor haar op tafel. 'Denk je dat het nog lukt?'

Hij tutoyeert haar opeens, laat zijn formele masker weer wat verder zakken. Ze is hem er dankbaar voor.

'Ik doe mijn best.'

'Goed dan. Hadden jullie een bezoekregeling voor jullie kinderen met elkaar afgesproken?'

'Ja. Ze zouden bij mij blijven wonen en in weekends en vakanties bij hem logeren. Dat is twee jaar goed gegaan.'

'Een onderlinge overeenkomst die al twee jaar goed werkt. Zoiets weegt zwaar. Daar kan ik zeker verder mee als je hieruit komt. Tot die tijd kan ik er helaas niets aan veranderen. Het spijt me zeer, ook voor je moeder.'

'Ik kom hier snel uit, want ik ben onschuldig. Dan haal ik ze terug. Hij moet niet denken dat ze bij hem blijven wonen, en bij dat mens voor wie hij blind is gevallen.'

Door haar tranen heen kijkt ze naar Roelof Hartog. 'Heb je zelf kinderen?'

'Nee, ik ben niet getrouwd. Niet meer,' voegt hij er snel aan toe.

'Heb je vaak zaken van ouders die ruzie krijgen vanwege hun kinderen?'

177

'O, je moest eens weten. Veel te vaak naar mijn zin. Maar laten we eerst proberen om je onschuld te bewijzen. Daarna bekijken we hoe we het met je kinderen moeten aanpakken.'

Het klinkt nuchter, zakelijk ook. Hij kan zich uiteraard niet laten beïnvloeden door haar emoties.

'Als ik vragen mag: waarom zijn jullie niet officieel gescheiden? Dat was toch veel verstandiger geweest.'

'In ons geval niet, volgens Diederik. We zijn in gemeenschap van goederen getrouwd. Toen hadden we nog geen eigen bedrijf. We zijn daar samen mee begonnen, hebben het samen opgebouwd tot wat het nu is, in een paar jaar tijd.'

'Hard werken dus. Het bedrijf staat op jullie beider naam?'

'Ja. Net als ons huis en de tophypotheek daarop. Die hebben we gebruikt om de uitbreiding van de zaak te financieren. Bij boedelscheiding moet ons huis worden verkocht, en met de huidige huizenprijzen brengt dat onvoldoende op om de hypotheek af te betalen.'

'En blijven jij en je man met een restschuld zitten.'

Hartog kijkt haar onderzoekend aan. 'Was dat de enige reden? Als het om redelijke bedragen gaat, is zoiets best overkomelijk.'

'Het gaat om flink wat geld. Waar zou ik dan heen moeten met de kinderen en een grote schuld?'

'Jullie zaak is toch gezamenlijk bezit? Die zou ook verkocht kunnen worden.'

'Met een stevig verlies, ja. Achteraf gezien hebben we er te veel voor betaald en nu komt er ook nog een recessie overheen. Daarom heeft Diederik voorgesteld alles op papier te laten zoals het is en pas te gaan verkopen als de economie weer is aangetrokken.'

'Ik begrijp het. Met de situatie waarin je nu verzeild bent geraakt, hebben jullie uiteraard geen rekening gehouden.'

'Nee. Dit verwacht toch niemand.'

'Ik heb begrepen dat je zodadelijk weer wordt verhoord.'

'Door twee pitbulls, ja, die ervan overtuigd zijn dat ik een terroriste ben, en die zich net zo lang in me zullen vastbijten tot ik me overgeef.'

Hij kijkt bezorgd. 'Ik ken de reputatie van die twee. Ik vind het niet verantwoord dat je nu aan hun verhoormethode wordt blootgesteld.'

'Kun je het tegenhouden?'

'Nee. Dat kan alleen een arts door te verklaren dat je daartoe medisch of psychisch niet in staat bent. Het beste is nu dat je je beroept op je zwijgrecht. Dat pakt niet altijd uit in het voordeel van een verdachte, maar in deze situatie is dat je beste verweer. Je bent immers al vaak genoeg verhoord en hebt niets nieuws meer toe te voegen.'

'Hoe doe ik dat?'

'Na de eerste vraag zeg je dat je geen antwoorden meer zult geven omdat je gebruikmaakt van je recht om te zwijgen.'

'Ze zullen me intimideren. Dat gebeurde gisteren en eergisteren ook al.'

'Met woorden, of ook fysiek?'

'Beide. Klote opmerkingen over mijn kinderen, suggereren dat ik levenslang krijg als ik niet meewerk, of heel dicht bij me komen staan en over me heen buigen. De grootste van de twee is daar sterk in.'

'Stienstra heet die. Luister, mevrouw Lagerwey... Zal ik Tosca zeggen?' vraagt hij wat aarzelend.

'Graag.'

'Goed. Dan ben ik Roelof voor jou. Laat alles wat ze zeggen van je afglijden. Denk maar aan iets anders, ga naar ze zitten staren. Ze zullen je blijven provoceren. Neem wat ze zeggen niet serieus. Ik herinner me een zaak waarin een vrouwelijke verdachte tijdens een verhoor zelfs voor hoer werd uitgescholden, terwijl dat niets met de werkelijkheid te maken had. Banaal, maar gebeurd. Mochten ze te ver gaan, probeer er dan om te lachen, een minachtend lachje, als je het kunt opbrengen. En houd vooral je mond.'

'Dat lukt me wel, hoop ik. Als ik er genoeg van had gaf ik ze al een standaardzinnetje als antwoord.'

Ze zucht en kijkt hem aan. Bij de vorige ontmoeting was zijn houding heel anders. Hij staat nu aan haar kant, vertrouwt haar, gelooft haar ook, althans persoonlijk.

'Ik zit in de gevangenis, sta straks voor de rechter op beschuldiging van terroristische activiteiten en een bomaanslag, en mijn ex probeert mijn kinderen bij me weg te halen, terwijl juist alles wat ik doe bedoeld is om hun een goed leven te bezorgen. Dit is zo oneerlijk, zo onrechtvaardig.'

Hij kijkt uit het raam naar Trudy en steekt zijn hand op ten teken dat het gesprek is afgelopen.

'Ik weet niet wat ik daarop moet zeggen, Tosca. Ik heb wel eens het idee dat het leven volstrekt willekeurig is, een soort tombola, waar je zomaar een ongeluksgetal uit kunt trekken.'

24

Erik heeft het kantoor voor zich alleen. Zo'n rustmoment heeft hij nodig om alle gegevens waarover hij beschikt op de juiste plek te laten vallen.

Hij heeft de indruk dat Alice te gemakkelijk de kant van Tosca Lagerwey kiest en zich in die visie vastbijt, een manier van rechercheren die ze Stienstra en Verdonk juist verwijt en waardoor haar een cruciale invalshoek of een onverwachte nieuwe combinatie van feiten kan ontgaan.

Hij verwacht dat ze hem aan het eind van de middag met nauwelijks verholen triomf zal opbellen om te vertellen dat ze de loods en de camper heeft gevonden. Recherche Amersfoort kent de omgeving, weet waar zich industrieterreinen bevinden, heeft wellicht een ingang bij de brandweer, die de brandveiligheid van zulke bedrijven moet controleren. En anders zijn er nog stratenplannen of is er Google Earth.

Maar wat schieten ze ermee op? Tosca en Van Ulvenhout zijn daar dan geweest, hebben er misschien de nacht, of een deel ervan, doorgebracht. *So what?* Ze kunnen best even heen en weer zijn gereden naar Alkmaar. Mocht Van Ulvenhout worden gevonden en Tosca's verklaring bevestigen, dan kan dat ook in haar nadeel worden uitgelegd. Hij zou haar daar uiteraard niet tegen haar wil vasthebben gehouden. Een cadeautje voor Verdonk en Stienstra. Eerst samen een nacht in een camper, vervolgens naar een hotel, want dat is een prettiger omgeving om alvast het succes van de komende aanslag te vieren. Zou Alice zich wel realiseren dat die twee haar hartelijk zullen bedanken voor haar moeite? Dat is een deceptie die hij haar wil besparen. Het wordt trouwens tijd om eens met die heren van gedachten te gaan wisselen en ze en passant te laten weten dat ze een aantal getuigen zullen moeten delen.

Hij pakt de telefoon en drukt op de toets voor de balie. Weten ze daar of Verdonk en Stienstra ergens in het gebouw zijn? Jawel, voor een verhoor van mevrouw Lagerwey. Ze blijkt nog niet te zijn overgeplaatst. Dat hoorde hij vanochtend al. Zijn ze er op dit moment mee bezig? Nog niet, als ze goed geïnformeerd zijn. Een kwartier geleden is de advocaat van mevrouw binnengekomen.

Nadat hij het interne nummer heeft genoteerd waarop hij Verdonk en Stienstra kan bereiken, pauzeert hij even. Tosca wordt vermoedelijk morgen overgeplaatst. Dan zullen ook Verdonk en Stienstra naar Amsterdam verkassen. Wil hij hen nog een keer in de ogen kijken, dan zal dat vandaag moeten gebeuren. Hij heeft niet de illusie dat er daarna van hun kant nog initiatieven in de richting van Alice en hem zullen worden genomen.

Ze staan op het punt om Tosca opnieuw urenlang dezelfde vragen te stellen, tot het moment waarop ze breekt. Dat ziet Alice wel goed. In het nabije verleden zijn rechercheurs al te vaak in diskrediet gebracht door hun bedenkelijke verhoormethodes. Dieptepunt was het verhoor van een jochie van elf jaar, dat zo onder druk werd gezet dat hij instortte en getraumatiseerd raakte. Alice heeft zich daar hevig over opgewonden. Uiteindelijk werd voor de moord op zijn vriendinnetje in een park de verkeerde man veroordeeld. Een jaar later bekende de werkelijke dader, en liep het imago van de recherche de zoveelste deuk op.

Als hij over dit soort wanpraktijken leest in de pers of er in zijn omgeving over hoort praten, bekruipt hem regelmatig het gevoel dat hij in de verkeerde beroepsgroep terecht is gekomen. Hij heeft niet voor dit vak gekozen om zo veel mogelijk successen te scoren, maar om misdaden op te lossen, om te voorkomen dat de daders hun straf ontlopen. En dat is nu precies wat er dreigt te gebeuren.

Met een zucht pakt hij opnieuw de telefoon en draait het opgegeven nummer. Vrijwel direct krijgt hij Verdonk aan de lijn. Hij wil met de heren persoonlijk spreken, het liefst meteen, zegt hij. Nee, laat in de middag kan niet, dan heeft hij andere afspraken. Jammer, want hij heeft wat nieuwe informatie. O, dan zitten ze alweer in Amsterdam. Dat is lastig. Nou ja, hij hoort wel wanneer ze dan kunnen afspreken.

Hij heeft beslist hun nieuwsgierigheid gewekt door over nieuwe informatie te beginnen. Hij legt de hoorn op de haak in de overtuiging dat de telefoon binnenkort wel weer overgaat. Dat gebeurt nog sneller dan hij verwachtte. Ze moesten toch maar meteen afspreken, stelt Verdonk voor, dan schuiven ze het verhoor van Tosca Lagerwey een kwartiertje op. Ze heeft nu toch bezoek van haar advocaat. Op zijn kantoor of bij hen? Bij hen. Een loopje komt Erik wel goed uit, om even de benen te strekken.

Vijf minuten later zit hij op een stoel tegenover Verdonk en Stienstra, een man die met zijn uiterlijk zijn bijnaam the Bull eer aandoet. Of hij trek heeft in koffie of thee, vraagt Verdonk, waarmee hij een vriendelijke, collegiale toon zet.

'Zijn jullie al verder gekomen?' vraagt Erik. 'Bewijzen te over, lijkt me.'

Stienstra doet wat aarzelend. Hij kijkt naar Verdonk. Een 'zal ik hem op de hoogte brengen'-blik. Ze hebben dus iets achtergehouden.

'Ik denk niet dat het relevant is voor zijn moordzaak,' zegt Verdonk gespeeld bedachtzaam.

'Daar heb je gelijk in, maar het kan weinig kwaad, denk ik.' Stienstra kijkt bedenkelijk. 'Het moet wel buiten de pers blijven.'

Erik verbijt zich. Die twee zitten een toneelstukje op te voeren. Hij moet zich niet op de kast laten jagen. Het geeft wel een aardig beeld van wat Tosca Lagerwey met die twee te stellen heeft. Hij ziet kans een geamuseerd lachje op zijn gezicht te toveren.

'Uit welke film spelen jullie dit na?'

Stienstra schiet zowaar in de lach. Verdonk grijnst.

'Oké. Kaarten op tafel,' stelt Stienstra voor. 'We kunnen elkaar wel vliegen proberen af te vangen, maar daar komen we geen van allen verder mee. Zie jij kans om Tosca Lagerwey als verdachte van de moord die jullie onderzoeken nog wat langer in hechtenis te houden?'

Erik staart Stienstra verbijsterd aan. Hij was op alles voorbereid, behalve hierop.

'Sorry, ik begrijp je niet. Ze zit vast op beschuldiging van een bomaanslag, met een dijk aan bewijsmateriaal tegen haar.'

'Een dijk waar een heel groot gat in is geslagen,' zegt Verdonk. 'Zo groot dat ze erdoorheen kan glippen voordat we het hebben gedicht.'

'Dus als jij kans ziet haar langer vast te laten zetten, zou ons dat erg goed uitkomen,' vult Stienstra aan.

Erik leunt achterover in zijn stoel. Dit is een volkomen nieuw scenario, met wellicht onvoorziene mogelijkheden om toegang te krijgen tot hun informatie en hun getuigen.

'Dat zou misschien kunnen. Het hangt ervan af wat ons onderzoek vanmiddag oplevert.'

'Wat voor onderzoek?'

'Mijn collega loopt een paar punten uit de verklaring van Tosca Lagerwey na,' zegt hij ontwijkend. 'Maar eerst jullie gat in de dijk. Ik ben razend nieuwsgierig. Zonder mij moeten jullie haar zelfs laten gaan? Begrijp ik dat goed?'

'Niet onmogelijk.' Stienstra kijkt chagrijnig. 'Ze heeft een slimme advocaat en we kunnen wat we vanmorgen van de technische recherche hebben binnengekregen niet verdonkeremanen.'

'Maar dat zou je wel willen?'

'Wat dacht je? Dat mens is zo schuldig als wat. We zien alleen geen kans om het te bewijzen.'

'Het begint bij die envelop,' vervolgt Verdonk. 'De heer Kleiwegt heeft verklaard dat die vlak na de pauze op de tafel van de heer Bol lag. Hij denkt ook gezien te hebben dat diezelfde envelop kort daarvoor bij Lodewijk de Wit op tafel lag, nadat hij met Tosca Lagerwey had gepraat. Het is volgens hem heel goed mogelijk dat zij hem aan De Wit heeft gegeven. Hij heeft dat echter niet gezien, net zomin als hij heeft gezien dat De Wit iets in zijn tas stopte toen Tosca Lagerwey bij hem wegliep. Hij had voortdurend mensen om zich heen die tegen hem praatten en hem afleidden.'

'Mevrouw Lagerwey heeft van het begin af aan beweerd dat ze aan Lodewijk de Wit alleen een envelop heeft overhandigd, die ze tot haar verbazing even later op de tafel voor de oudere man zag liggen. Zo'n envelop is teruggevonden.'

Stienstra pauzeert even en kijkt hem aan met een blik van: dat had je niet verwacht, hè. Erik moet er heimelijk om glimlachen. Die twee weten dus niet dat hij allang op de hoogte is en zelfs weet wat voor foto's er in die envelop zaten.

'Haar verhaal lijkt te kloppen,' vervolgt Stienstra. 'De getuige in de zaal die De Wit iets in zijn tas heeft zien stoppen nadat Tosca hem zogenaamd had geïnterviewd, zat een stuk bij het podium vandaan. Een hard bewijs levert die verklaring niet op, helaas.'

'Helaas?' vraagt Erik.

'We zijn ervan overtuigd dat ze een rol heeft gespeeld bij het tot ontploffing brengen van die bom,' zegt Stienstra geïrriteerd. 'Dat zeiden we toch al.'

'Een rol heeft gespeeld? Ze zou die bom toch zelf tot ontploffing hebben gebracht?'

'Daar waren we zeker van, ja.'

Verdonk maakt opeens een vermoeide indruk, stelt Erik verwonderd vast.

'Maar?'

'We hebben alle 06-nummers die in de lucht waren vanaf een uur voor de aanslag getraceerd en het mobiele verkeer rond dat buurthuis volledig in kaart gebracht.'

'Een lastige klus. Providers zitten niet op zoiets te wachten,' zegt Erik gespeeld meelevend. 'En wat heeft het opgeleverd?'

'Tosca Lagerwey heeft niet gebeld naar het 06-nummer waarmee de detonator werd geactiveerd.'

'Dan gaat ze dus vrijuit,' stelt Erik vast.

'Daar ziet het naar uit, ja,' bromt Stienstra. 'Ik zal het je uitleggen. Laten we de mobiel van mevrouw Lagerwey voor het gemak aanduiden met A. Ruim een halve minuut voor de aanslag zoekt mobiel A contact met mobiel B, ook een 06-nummer dat in of vlak bij het buurthuis in de lucht was. Mobiel B wordt niet opgenomen, maar belt wel meteen naar mobiel C. Dat nummer gaat dan direct uit de lucht.'

'Omdat dat gekoppeld was aan de detonator en ontplofte,' vult Verdonk aan. 'Mobiel B werd na de explosie ook meteen uitgezet en was daarna niet meer te traceren.'

'Tosca Lagerwey ontkent niet dat ze naar mobiel B heeft gebeld. Die zou van haar gijzelnemer zijn geweest. Ze wilde hem namelijk vertellen dat de envelop bij de verkeerde persoon op tafel lag,' vervolgt Stienstra.

'Wat min of meer is bevestigd door Kleiwegt,' zegt Verdonk. 'Cirkeltje rond. Het wettig en overtuigend bewijs dat Tosca Lagerwey een bombrief of een bompakketje aan De Wit heeft gegeven, valt niet te leveren, net zomin als het bewijs dat haar telefoontje naar mobiel B een signaal was om een bom te laten ontploffen.'

'We kunnen evenmin bewijzen dat haar bewering dat ze ontvoerd is en onder dwang van een bomschijfje op haar rug allerlei dingen moest doen, een verzinsel is.' Stienstra kijkt als iemand die zojuist een belangrijke wedstrijd heeft verloren omdat de jury een beoordelingsfout maakte, maar die dat tot het laatst toe zal aanvechten. 'Al ben ik daar wel van overtuigd.'

Verdonk maakt een iets minder strijdlustige indruk.

'Alleen als jij kans ziet om haar de verdenking van moord in de schoenen te schuiven, kunnen we haar langer vasthouden. Haar advocaat weet hier nog niets van. We zullen hem binnenkort op de hoogte moeten stellen.'

'Tja... Voor mij is ze een mogelijke verdachte, en mijn collega is overtuigd van haar onschuld. Wat schieten jullie er trouwens mee op als ze langer vastzit?'

'Een paar van onze mensen lopen op dit moment verklaringen van ooggetuigen na. Misschien levert het iets op. We willen haar vasthouden tot dat onderzoek is afgerond.'

'Nu je daarover begint: ik zou graag een paar van die getuigen van jullie lenen.'

Verdonk kijkt zuinig, op Stienstra's voorhoofd verschijnen rimpels.

'Waarom?'

'Wij houden er rekening mee dat er een relatie bestaat tussen Tosca Lagerwey en milieuactivisten in deze regio.'

'Daar zoeken wij al naar. Wat heeft dat met je moordonderzoek te maken?'

'Wellicht wilden ze Lodewijk de Wit treffen via zijn vrouw. Na de aanslag op hem moet ik met alles rekening houden.'

'Ga je gang. Wilde je dat aan ons vertellen?'

'Ja. Ik nam aan dat jullie er iets aan hadden.' Hij kan het niet helpen dat het wat ironisch klinkt. Die twee waren ervan overtuigd dat ze de zaak-Tosca Lagerwey binnen een paar dagen rond hadden; dit valt vies tegen.

'Ik zal zien wat ik kan doen, maar ik onderneem niets zonder met mijn collega te overleggen.' Hij staat op. 'Jullie horen nog van me.'

De rest van de middag is voor praktische zaken. Eerst pleegt hij een telefoontje naar het ziekenhuis om naar de gezondheid van Lodewijk de Wit te informeren. Het gaat iets beter, zijn toestand is niet meer kritiek en het is niet uitgesloten dat hij binnenkort aanspreekbaar is, krijgt hij te horen na een paar keer te zijn doorverbonden.

Daarna een afspraak met Wilfried, een collega die hij op grond van diens ervaring meer overzicht toedicht dan Lidia. Hij krijgt de opdracht om de verklaringen van getuigen van de bomexplosie die Verdonk en Stienstra in hun bezit hebben, door te spitten en op zoek te gaan naar uitspraken die wijzen op een relatie met milieugroeperingen.

Ten slotte een gesprek met Lidia. Ze heeft het tot nu toe meer dan goed gedaan, verzekert hij haar. De snelheid waarmee ze kans zag om een dossier van Van Ulvenhout samen te stellen, heeft hem buitengewoon verrast. In deze fase van het onderzoek gaat die man belangrijker worden. Nieuwe informatie over hem kan van groot belang zijn. Het is Erik opgevallen dat Van Ulvenhout rancuneus werd genoemd, zonder verdere uitleg. Daar wil hij beslist meer over weten. Ook over het ongeluk waarbij een van zijn collega's van het Explosievenopruimingscommando om het leven kwam. Van Ulvenhout zou, toen hij de vuile was van de kernreactor buiten hing, zijn bedreigd. Door wie precies? Hij heeft ook de woorden *nucleaire maffia* wel eens laten vallen. Waarom? Genoeg om verder in te duiken dus. Lidia zou meteen aan het werk gaan. Van haar gezicht viel af te lezen hoe verguld ze met de opdracht was. Net van de politieacademie en gelijk al meedraaien met zo'n belangrijk onderzoek.

Hij staat op het punt om naar huis te gaan als het telefoontje van Alice komt. Ze heeft de loods en de camper gevonden. Ze zou die het liefst onmiddellijk laten onderzoeken op vingerafdrukken van Tosca, maar dat ligt wat moeilijk. De beheerder van de loods – niet de neef van Van Ulvenhout overigens, dat heeft Van Ulvenhout Tosca maar wijsgemaakt – weet niet hoe hij de eigenaar van de camper, een zekere Vreeswijk, kan bereiken. Het ding zit op slot en zal moeten worden opengebroken. Geen optie, volgens de collega's in Amersfoort. Eerst zal Vreeswijk toestemming moeten geven.

'Dat heeft geen prioriteit, Alice. Er is iets waar Tosca Lagerwey veel meer aan heeft. Ze kan zelfs op korte termijn op vrije voeten komen.'

Ze slaakt een kreet van verbazing. Snel brengt hij haar op de hoogte van het gat in de dijk dat Stienstra en Verdonk met een door hem aangedragen noodvoorziening willen dichten. Ze ontploft. Tosca is onschuldig, tot haar schuld onomstotelijk vaststaat. Tosca is slachtoffer, geen dader, en ze moet direct worden vrijgelaten. Zodra ze terug is op het bureau, zal ze Tosca persoonlijk op de hoogte brengen van de gunstige wending die haar zaak heeft genomen.

Het kost hem moeite haar te kalmeren en haar erop te wijzen dat ze dan ver buiten haar boekje gaat. Die ene dag houdt Tosca het nog wel uit. Dat had hij beter niet kunnen zeggen. Hij begrijpt blijkbaar niet in wat voor emotionele spagaat die vrouw terecht is gekomen. Ze is ontvoerd, gegijzeld, verkracht, gedwongen om haar kinderen te vertellen dat ze zonder hen op vakantie gaat, gedwongen om de opdrachten van een crimineel uit te voeren. Niemand geloofde haar. En nu iedereen zich heeft vergist, kan ze best nog een dagje in haar cel blijven, met alle onzekerheid en narigheid die daarbij horen? Weet hij wel wat hij zegt?

Alice briest nog net niet van woede. Als zíj dan niet aan Tosca kan vertellen hoe haar zaak ervoor staat, dan neemt ze contact op met haar advocaat. Daar kunnen de heren toch geen bezwaar tegen maken? En anders kunnen ze wat haar betreft doodvallen. Als hij aarzelend toegeeft dat het een mogelijkheid is, kalmeert ze en breekt het gesprek abrupt af. Ze moet namelijk nog een heel belangrijk telefoontje plegen.

25

'Ik beroep me op mijn zwijgrecht.'

'Eerst was je origineler.'

Verdonk heeft zijn ellebogen op tafel gezet. Zijn kin steunt op zijn vuisten en zijn ogen laten de hare niet los. Ze draait haar hoofd van hem weg, omdat ze doodziek wordt van die zogenaamd dwingende blik.

'Hoe ging dat riedeltje ook weer? "Ik ben Tosca Lagerwey, moeder van Sofie en Felix, stoeipoes van Leon, voor wie ik liefdevol een bom heb laten ontploffen."'

Ze haalt diep adem. Onder tafel balt ze haar vuisten. 'Ze zullen heel onaangename opmerkingen maken,' heeft Roelof gezegd. 'Laat je niet provoceren.'

'Weet je wat het probleem is? Zo'n advocaatje geeft je het advies om te zwijgen. Hij beschikt echter maar over een deel van de informatie. Misschien is het juist verstandig om je mond niet dicht te houden. Wie zwijgt, heeft iets te verbergen en is dus ergens schuldig aan. Zo vatten wij dat op.'

En dat moet ze geloven? Stienstra glimlacht haar toe. Dit is aardig bedoeld, ik probeer je een beetje te helpen, luidt de boodschap. Als hij dit kunstje tijdens het eerste verhoor had opgevoerd, was ze er waarschijnlijk in getrapt.

Hij gedraagt zich net als Diederik, de laatste jaren dat ze samen in de zaak werkten. *Doe nou maar wat ik zeg, Tosca, want ik begrijp zulke dingen veel beter dan jij. Dan moet je het zelf maar uitzoeken, maar kom alsjeblieft niet bij mij aan als het misgaat.* Zodra duidelijk werd dat hij weer eens gelijk had en zij niet anders kon dan dat toegeven, regelde hij de zaken alsnog op zijn manier. Dat hij elke keer een stukje van haar zelfvertrouwen afknaagde, had hij niet door. Ze had eerder haar tanden in zijn arrogante betweterigheid moeten zetten. Dan had ze zijn respect afgedwongen en was hij niet als een blok voor Karin gevallen.

Een pijnscheut schiet door haar buik.

'Het is voor je eigen bestwil dat je gaat praten,' zegt Stienstra. 'Wij zijn redelijke mensen. Zodra jij ook redelijk wordt, hebben we dit sneller opgelost dan je nu denkt. Het gaat niet om jou, Tosca, maar om degenen die hierachter zitten en die jij koppig blijft beschermen. Hebben ze je erbij verteld dat er foto's in de envelop zaten die je aan De Wit moest geven?' vervolgt hij.

Nou, nou, hij noemt haar opeens Tosca, de slijmbal. Ze staart langs hem heen door het raam, maakt kort oogcontact met Trudy, die toevallig naarbinnen kijkt.

Opnieuw schiet er een kramp door haar buik. Ze buigt zich ongemerkt iets voorover en drukt er met beide handen op.

Waar heeft die man het over? Eerder heeft hij beweerd dat ze een bompakketje heeft afgegeven. Dat ze alleen een envelop had gegeven, geloofden ze niet. En nu kunnen ze haar zelfs vertellen wat erin heeft gezeten? Roelof Hartog heeft haar goed geadviseerd. Die twee bedenken van alles in de hoop dat ze erop ingaat. Een beetje zielig eigenlijk. Net of ze niet zeker zijn van hun zaak.

'Je doet alsof het je niets aangaat, maar dat ligt toch echt anders, mevrouw Lagerwey.'

Verdonk neemt het weer over. De toon verandert, wordt venijniger.

'In die envelop zaten foto's van een inbraak in de kernreactor waar Lodewijk de Wit de baas over was. Die was flink pissig, neem ik aan. Hadden ze je verteld hoe je daarop moest reageren; had je er misschien een tekst voor uit je hoofd geleerd, zoals bij toneelstukjes gebruikelijk is?'

Het kost hem zichtbaar moeite om zijn woede in toom te houden omdat ze hem spottend bekijkt. Jammer dat die verrekte hoofdpijn maar niet wil overgaan, anders was haar dit veel gemakkelijker afgegaan. Het is in elk geval een stuk minder vermoeiend dan vragen beantwoorden en er continu alert op moeten zijn dat ze zich niet verspreekt.

'Ik begrijp je niet, Tosca. Jij bent zo'n aardig maar heel erg naïef vrouwtje dat zich wil inzetten voor een betere wereld. Stop met het kappen van regenwouden, met de jacht op walvissen, met misbruik van proefdieren, met de bouw van kerncentrales, want die zorgen voor afval waar ons milieu aan kapotgaat. En dus sluit je je aan bij een groep milieuactivisten. Je bent daar meer dan welkom en wordt er vervolgens in geluisd met een opdracht waarvan je de consequenties niet overziet.'

Stienstra weer. Ertegen ingaan heeft geen zin zolang er geen vruchtbare bodem is voor argumenten. Op zo'n blok beton is zelfs onkruid kansloos.

'Een rechter zal daar begrip voor hebben,' gaat hij verder. 'Het treurige is alleen dat hij het niet in zijn vonnis kan meenemen als je niet meewerkt. Dat gaat je jaren extra kosten, en dat zou me spijten.'

'Je geeft ons namen en adressen van degenen die in je auto hebben gezeten en van degene die je het pakketje en de envelop heeft gegeven. Wij verklaren dan dat we ervan overtuigd zijn dat ze je erin hebben laten lopen,' belooft Verdonk. 'Dat je niet kon weten dat je een bom afgaf.'

'Dat je nauwelijks, en misschien wel helemaal niet, schuldig bent,' vult Stienstra quasivriendelijk aan.

Ze wordt er doodmoe van. Hoeveel keer hebben ze dit nu al

voorgesteld, in telkens andere bewoordingen, met kleine variaties? *Misschien wel helemaal niet schuldig* is nieuw, net als het pakketje dat ze blijkbaar tegelijk met de envelop zou hebben afgegeven.

'Jammer dat ze zo koppig is,' zegt Verdonk.

'Tja…'

Stienstra kijkt zijn collega teleurgesteld aan.

'Dan kunnen we niets meer voor haar doen.'

'Terwijl we er net achter zijn dat de bom niet met haar mobiel tot ontploffing is gebracht.'

'Waardoor de beschuldiging een stuk minder zwaar gaat uitvallen.'

'Waar haar advocaat profijt van zou moeten trekken. Maar nee, die adviseert haar om haar mond te houden. Een gemiste kans.'

Verdonk trekt een gezicht alsof hij zoiets nog nooit eerder heeft meegemaakt, en richt zich dan weer tot haar.

'Oké, ik wil geloven dat je niets wist van die bom. Je moest naar een bepaald mobiel nummer bellen als je de spullen had afgegeven, meer niet. Wel hadden ze je op het hart gedrukt om te maken dat je wegkwam uit die zaal zodra je had gebeld. Zo is het toch gegaan?'

Hij denkt zeker dat ze achterlijk is. Als ze ja zegt, geeft ze toe medeplichtig te zijn, zodat ze hun overwinningsfeestje kunnen gaan vieren. Mooi niet. Ze hebben haar in de stemming gebracht om terug te pesten. Woorden hebben geen effect op die twee, lichaamstaal misschien wel. Ze geeuwt, rekt zich omstandig uit en kijkt zelfvoldaan.

'Ik beroep me op mijn zwijgrecht,' herhaalt ze maar eens.

Stienstra knippert met zijn ogen, Verdonk komt met een ruk overeind en buigt zich over de tafel heen naar haar toe.

'Als je geen deal wilt, dan is het vanaf nu oorlog.'

'Waarin ik me blijf beroepen op mijn zwijgrecht,' zegt ze liefjes.

Hij keert haar de rug toe en loopt zonder een woord de verhoorkamer uit. Stienstra komt langzaam overeind en schudt theatraal met zijn hoofd.

'Dit was je laatste kans om er nog een beetje redelijk van af te komen. Heb je nu echt niet door dat je tijdens de rechtszitting op het slachtblok gaat?'

Langs hem heen staart ze naar buiten, waar Verdonk geagiteerd wegloopt. Trudy kijkt haar verwonderd aan. Stienstra haalt zijn schouders op, draait zich om en gaat Verdonk met grote passen achterna, ook zonder een woord.

Haar warme eten – diner, volgens Trudy, die over iets van humor blijkt te beschikken – smaakt wat beter dan de vorige dagen. Het kan aan haar stemming liggen natuurlijk, maar de gehaktbal ontstijgt het snackbarniveau, en op de sperzieboontjes is wat nootmuskaat gestrooid. Een kok met hart voor wat hij bereidt.

Als ze is uitgegeten en op haar brits wil gaan liggen, meldt Trudy zich al weer, veel vroeger dan de andere keren. Op haar gezicht staat een verbaasde uitdrukking.

'Ik weet niet wat er aan de hand is, maar normaal is dit niet. Je mag naar de telefoon, je advocaat wil je spreken.'

'Hoezo, niet normaal?'

'Gevangenen kunnen wel even wachten; morgenochtend is vroeg genoeg, dat is het beleid. Het moet wel om iets heel bijzonders gaan. Hogerhand heeft besloten dat ik je nu naar de telefoon mag begeleiden.'

Onmiddellijk begint er van alles door Tosca's hoofd te spoken. Iets met haar kinderen? Laat er niet iets vreselijks zijn gebeurd, het ziekenhuis, of erger. Haar moeder kan een zenuwinzinking hebben gehad. Is dat een reden om haar op een klaarblijkelijk ongebruikelijk tijdstip aan de telefoon te roepen?

'Waar gaan we heen?'

'We blijven achter de sluisdeuren. Naast de ruimte waar foto's en vingerafdrukken worden gemaakt is een nis met een telefoon.'

Met Trudy achter zich loopt ze de gang met celdeuren uit, slaat links af en volgt een smalle gang tot aan een deur. Ze moet wachten terwijl Trudy hem van het slot haalt en het licht aanknipt. Ze herkent de ruimte, het scherm dat werd gebruikt voor de belichting van haar portretfoto, en face en en profil, met nummer eronder, de plaat waar ze haar vingers op moest drukken.

'Loop maar door.'

Weer een deur door, naar een halletje met rechts een telefoon aan de muur.

'Neem maar op. Daarmee meld je je automatisch. Ik moet hier eigenlijk blijven staan, maar ik wacht in de ruimte hierachter. De deur laat ik wel open.'

'Dank je wel.'

Ze pakt de hoorn van de haak en luistert. Een korte zoemtoon, dan een onbekende stem.

'Mevrouw Lagerwey?'

'Dan ben ik, ja.'

'Uw advocaat wil u spreken. Een momentje graag.'

Stilte. Nu pas merkt ze dat haar hart naar een hogere versnelling is geschakeld. Het bonken heeft ook haar hoofd weer bereikt, terwijl de pijn net wat was gezakt.

'Tosca?'

'Ja?'

'Goed om je stem te horen. Ik heb nieuws, heel goed nieuws!'

Geen ellende met haar kinderen, geen ziekenhuis. Haar ademhaling wordt rustiger, het bonken in haar hoofd minder fel.

'Het eerste goede nieuws van deze week. Maak me maar blij.'

De betekenis van wat hij vertelt dringt niet meteen tot haar door. Pas als hij haar feliciteert en nogmaals zegt dat het nog slechts een kwestie van tijd is voor ze op vrije voeten wordt gesteld, realiseert ze zich dat alles goed komt, dat ze misschien morgen al haar kinderen in de armen kan sluiten. Ze zal wel op een rechtszitting moeten verschijnen als getuige, maar niet als hoofdverdachte van een aanslag. Van terrorist tot kroongetuige, maakt Roelof ervan. Ze is al niet meer in staat erop te reageren. Haar keel zit dicht, haar hand veegt ongecontroleerd langs haar ogen. Hormonaal gesnotter zeker? *Forget it*, Diederik. Ik haal Sofie en Felix weer bij je weg, morgen al.

26

Met een opgewekt gezicht loopt Alice het politiebureau in. Vandaag zal het niemand lukken haar zonnige humeur te verzieken, haar zuinig kijkende collega achter de balie niet – het is half tien, hij zit daar al uren – Erik niet, die wel weer ergens bedenkingen tegen zal uiten, en zelfs Stienstra en Verdonk niet. Die twee zijn in hun eigen tunnelvisie vastgelopen en proberen in het donker krampachtig een uitweg te vinden. Laat ze maar lekker dwalen. Dit gaat een mooie dag worden.

Het begon gistermiddag al, met haar telefoontje naar Roelof Hartog. Een aardige, redelijke kerel. Ze heeft af en toe contact met advocaten, niet altijd even prettig, omdat zij degene is wier bewijsmateriaal hun cliënten achter slot en grendel brengt. Deze keer lag dat anders, tot vreugde van Hartog, die over een hart bleek te beschikken, en net als zij van het begin af aan heeft getwijfeld aan de schuld van Tosca Lagerwey.

Daarna een etentje met Timo, om te vieren dat ze elkaar precies tien jaar geleden hebben ontmoet. Zij student hbo Bachelor of Police, hij student bestuurskunde aan de UvA. Spetterend-spannend – dat was althans wat ze verwachtte van haar opleiding – versus regeltjes-regeltjes-saai. Zij met twee vriendinnen de bloemetjes buitenzetten in het Amsterdamse uitgaanscircuit, hij een braaf studentenbaantje in een restaurant. En studentes moeten ook wat eten. Twee tegenpolen die tot elkaar werden aangetrokken, die inmiddels de sterkste spanning hebben ontladen of uitgewisseld, en die elkaar niet meer loslaten.

David logeerde bij Timo's ouders, dus konden ze door naar de bioscoop. De seks daarna had wel iets van de aanloopspanning verloren, maar de ontlading was er niet minder door geworden, was misschien nog wel intenser. Wat zou het mooi zijn als ze zwanger zou zijn geraakt, iets wat ze beiden al een tijdje wensen.

'Wat zou jij doen?' heeft ze gevraagd toen ze loom in bed lagen, met een fles Prosecco binnen handbereik, 'als je moest kiezen tussen mijn leven of dat van David, en het leven van een willekeurige onbekende?'

Een onzinnige vraag, vond hij. Het had toch niet te maken met de zaak waar ze mee bezig is? Ze had beloofd om haar werk niet mee naar huis te nemen.

Dat deed ze ook niet. Een leugentje dat ze zichzelf toestond. Dit was puur hypothetisch.

'Een crimineel dwingt je iemand om te leggen en spaart in ruil daarvoor mijn leven. Wat doe je dan?'

'Zoiets zal nooit gebeuren. Jij vangt criminelen.'

'Waarom wil je geen antwoord geven?'

'Omdat ik niet zou weten wat ik moest doen. Als het er werkelijk op aan zou komen, dan koos ik uiteraard voor jou. Maar zoiets gebeurt niet. Jij bent veel te weerbaar.'

'David niet. Wat zou je dan doen als het om hem ging?'

'Dan koos ik voor David.'

Hij zei het zonder de minste aarzeling. Kan een vader of moeder een andere keus maken? Toch rust op haar de taak om een ouder die handelde vanuit dit oerinstinct te arresteren en over te dragen aan justitie, die vervolgens de strafmaat bepaalt. Straf voor wie weigert zich zijn kind te laten afnemen. Bij Tosca Lagerwey lag het misschien minder extreem, maar zo voelde ze het wel.

Gelukzalig is ze tegen Timo in slaap gevallen, blij met zijn antwoord.

Hopelijk wordt Tosca niet al te laat vrijgelaten zodat ze haar nog even kan spreken. Later in de middag wordt ze verwacht bij een klein feestje, en dat gaat voor. David moet afzwemmen. Timo heeft uitgelegd om welk diploma het gaat en welke handelingen David moet kunnen verrichten, maar dat is ze deels vergeten. Geeft niet. Dat legt hij straks nog maar een keer uit, als David met zijn sprieterige lijfje aandoenlijk bibberend op de rand van het zwembad staat en vlak voor hij in het water springt nog even in hun richting kijkt. Daarna zijn er bloemen, ook al begrijpt een kind van vijf de betekenis daarvan nog niet zo. Haar moeder zorgt daarvoor. Ten slotte gaan ze met z'n allen naar McDonald's omdat David dat zo leuk vindt.

'Goedemorgen, Erik,' zegt ze vrolijk als ze hun kantoor binnenkomt.

'Dag, Alice. Heb je een leuke avond gehad?'

'Geweldig. Dank je wel.'

Typisch Erik. Het doet haar goed. Ze heeft hem terloops verteld wat ze te vieren had en hij heeft dat ergens opgeslagen. Geen gezeur omdat ze aan de late kant is.

'Ik heb Lidia weer op Van Ulvenhout gezet. Er zat nog een aantal hiaten in haar rapport,' meldt Erik.

Ze knikt. 'We moeten ons op hem gaan richten.'

'Ook op milieuactivisten, die wellicht meer weten over de explosie in Zijpe. Wilfried spit sinds gistermiddag de processen-verbaal door, die kort daarna zijn gemaakt. Een half uur geleden kwam hij me dit brengen.'

Hij schuift haar een A4'tje toe. Plaats, tijdstip, verklaring opgenomen door... Ze leest eroverheen en kijkt naar de gele markeringen die Wilfried heeft aangebracht.

Tjeerd de Boer/voorzitter van MilieuOffensief/zat op de tweede rij, op een hoek/de heer J. Bol (omgekomen) voerde namens die actie-groep het woord.

'MilieuOffensief… Hebben we daar wel eens mee te maken gehad?' vraagt ze zich hardop af.

'Nee, ook niet toen Van Ulvenhout aangifte deed vanwege bedreigingen. Dat ben ik al nagegaan.'

'Een link met de moord op Ilona de Wit ligt dus niet voor de hand.'

'Ik sluit het ook niet uit. We moeten maar eens een praatje met die man gaan maken.'

Hij staat op van zijn stoel en trekt zijn colbert aan.

Ze kijkt verbaasd. 'Is het niet handiger om even te bellen?'

Een grijns. 'Heb ik al gedaan.' Hij kijkt op zijn horloge. 'Over een kwartier verwacht hij ons.'

'Wat een toeval,' zegt ze als Erik de auto parkeert aan de andere kant van het flatgebouw waar ze al twee keer zijn geweest. 'Straks kijkt Tjeerd de Boer nog uit op de flat van Van Ulvenhout.'

'En staat er een sterke kijker opgesteld voor zijn raam en heeft hij de moord gepleegd zien worden.' Erik grinnikt. 'Dat zou ons een hoop moeite besparen. Jammer dat zulke dingen alleen in films gebeuren.'

Langs geparkeerde auto's lopen ze naar de ingang. Via klapdeuren komen ze in een naargeestige, kale hal met een blok brievenbussen en belknopjes ernaast. Als ze op een ervan hebben gedrukt, informeert een blikken stem wie ze zijn.

'De lift of lopen?' vraagt Erik. 'We moeten op nummer 504 zijn, de vijfde verdieping, neem ik aan.'

'Lopen.' Ze heeft een hekel aan de luchtjes die in liften hangen.

Het trappenhuis is nog naargeestiger dan de hal. Het ruikt er naar urine en hondenpoep. Iemand heeft zijn schoenen aan de onderste treden afgeschraapt.

Even later staan ze voor een blauwgeschilderde deur. Erik, die nauwelijks hijgt – zijn conditie is er beslist op vooruitgegaan – belt aan. Een man van rond de veertig doet open. Hij heeft krullend, donker haar, bruine ogen, een smal, scherp getekend gezicht met een wat zorgelijke uitdrukking. Erik zegt wie ze zijn en toont zijn legitimatie. Alice doet hetzelfde. Tjeerd de Boer werpt er vluchtig een blik op en laat hen dan binnen, door de gang naar de huiskamer met Ikea-meubels en aan de muur posters van Green Peace en het Wereldnatuurfonds.

'Gaat u zitten.' Hij wijst op de bank. 'Wilt u koffie?'

'Nee, dank u wel,' zegt Erik.

Iets te snel, wat haar betreft. 'Moet u nog zetten?'

'Ik hoef het alleen in te schenken.'

'Graag dan. Zwart.'

Erik gaat voor het raam staan, terwijl De Boer naar een klein, aangrenzend keukentje loopt. Het kijkt uit op de flats aan de overkant, op de huiskamers en balkons.

'Het is nog waar ook wat je net fantaseerde,' zegt hij, 'minus de verrekijker.'

De Boer heeft ook voor zichzelf ingeschonken en zet de kopjes op de houten salontafel.

'Wat wilt u van me weten?' vraagt hij.

'U was aanwezig op de dramatische hoorzitting in Zijpe,' begint Erik.

'Ik heb daar al een verklaring over afgelegd.'

Hij lijkt geïrriteerd. Ze moeten eerst maar wat anders proberen, besluit Alice.

'Dat weten we,' zegt ze. 'We vroegen ons iets af. Iemand van jullie eh… actiegroep, of hoe moet ik MilieuOffensief noemen?'

'Groep gelijkgestemden klinkt beter dan actiegroep,' klinkt het kortaf.

'Iemand van jullie groep is daarbij om het leven gekomen.

Heel tragisch.' Ze trekt een meelevend gezicht.

Hij knikt. 'Dat kunt u wel zeggen, ja. Ik trek me dat erg aan.'

'Zou het kunnen dat de bomaanslag op hem was gericht?'

Hij fronst zijn wenkbrauwen.

'Ik dacht dat Lodewijk de Wit het doelwit was. Een aanslag op Johan Bol? Dat lijkt me uitgesloten. Dat was een doodgoeie kerel, heel erg begaan met ons milieu en met de toekomst van onze planeet. Hij had zich kort geleden bij ons aangesloten, op mijn uitnodiging. Hij is, was, namelijk mijn biologieleraar op het vwo. De laatste tijd publiceerde hij regelmatig stukken in dagbladen, onder andere gericht tegen die kernreactor hier vlakbij. Voor ons was hij een ideale woordvoerder. Wat er nu is gebeurd... Ik voel me daar persoonlijk verantwoordelijk voor.'

Hij klemt zijn lippen op elkaar, veegt even nerveus met zijn hand over zijn gezicht en staart uit het raam.

'We zijn er kapot van, allemaal. Er zaten meer oud-leerlingen van hem in onze groep. Iedereen was erg op hem gesteld, op de middelbare school al. En nu... We zijn er kapot van,' herhaalt hij. 'Wie wil zo'n man nou dood hebben?'

'Het was maar een veronderstelling. Voorstanders van die reactor en van kernenergie zullen minder blij met hem zijn geweest. Milieuactivisten worden lang niet altijd gewaardeerd en ze roepen bij tegenstanders soms agressie op,' houdt ze vol.

Erik leunt ontspannen naar achteren. Hij bemoeit zich niet met haar ondervraging, maar is ongetwijfeld benieuwd waar ze naartoe wil.

'Johan Bol niet. Hij schreef brieven, voerde discussies, zocht naar argumenten en had niets te maken met harde acties.'

'Die voeren jullie dus wel?'

De Boer zwijgt. Van zijn gezicht valt af te lezen dat hij zich heeft versproken. Ze wisselt snel een blik met Erik. Hem is het uiteraard ook niet ontgaan.

'De vraag is wat je daaronder moet verstaan,' zegt hij uiteindelijk.

'Acties waarbij de wet wordt overtreden en waarbij geweld wordt gebruikt.'

'Soms moeten de grenzen van de wet worden opgezocht om de samenleving wakker te schudden, als het parlementaire debat niets oplevert en in zinloze compromissen dreigt te verzanden. De samenleving moet wel leefbaar blijven. Geweld tegen personen en schade aan persoonlijke eigendommen moet daarbij worden vermeden.'

'Blokkades, intimidaties, een inbraak in een kernreactor bijvoorbeeld, dat moet dus allemaal kunnen?'

Het lukt haar niet om oogcontact met hem te maken. Hij blijft stug uit het raam kijken. Zijn vingers plukken onrustig aan de hals van zijn T-shirt.

'Ik dacht dat jullie me wilden spreken over wat er tijdens de hoorzitting over die kernreactor is gebeurd.'

'Ook. Misschien was het niet toevallig dat daar de nacht ervoor werd ingebroken door milieuactivisten.'

Hij had zich verbaasd moeten tonen. In plaats daarvan schiet hij in het defensief.

'Wij waren daar vooraf niet over ingelicht.'

Wel dus, verraden zijn wegkijkende ogen.

'Ingelicht over wat? En door wie?'

'U hebt het toch over de inbraak in de reactor?' wil hij weten.

'Klopt. U kunt daar niets over weten, tenzij u er iets mee te maken had. Hij is namelijk zorgvuldig geheimgehouden voor de pers om geen onrust onder de bevolking te zaaien.'

Erik is rechtop gaan zitten. 'U was er vooraf dus niet van op de hoogte,' zegt hij. 'Nu blijkbaar wel. Kunt u ons uitleggen hoe?'

'Tijdens die inbraak zijn foto's gemaakt. Die zijn ons de volgende dag toegestuurd, anoniem. Wij zouden er wel raad mee weten, tijdens de hoorzitting bijvoorbeeld. Ik heb ze persoonlijk aan Johan Bol gegeven. Hij zou ze inzetten als bewijs dat de beveiliging van die reactor waardeloos is, levensgevaarlijk zelfs, zoals u hopelijk begrijpt.'

'Foto's? Hoeveel waren het er, hoe groot waren ze en hoe heeft de heer Bol ze meegenomen naar de hoorzitting? Weet u dat toevallig?'

Erik is opeens heel alert. Alice voelt dat haar hart sneller begint te kloppen. Laat dit niet waar zijn, laat hij iets anders gaan zeggen.

'Het ging om een stapeltje vergrotingen. Ik heb die in een envelop gestopt en aan Johan gegeven.'

'Wat voor envelop?' vraagt ze gespannen.

De Boer kijkt haar bevreemd aan. 'Doet dat er iets toe dan? Als u het graag wilt weten: een bruine, zo een met aan de binnenkant plastic luchtkussentjes. Daarin kunnen foto's niet beschadigen. Ik verstuur wel eens een cd in zo'n ding en ik had er nog een liggen.'

'Weet u of de heer Bol de foto's in diezelfde envelop heeft meegenomen naar de hoorzitting?' vraagt Erik uitgesproken kalm.

'Hij had hem bij zich, ja. Hij zou de foto's pas na de pauze tevoorschijn halen, op een strategisch moment, dat hadden we afgesproken.' Hij knijpt zijn ogen even dicht. 'Daar is het dus niet meer van gekomen.'

'Wat hebt u tijdens de pauze gedaan?'

'Wilt u dat precies weten? Eerst ben ik naar het toilet geweest, daarna heb ik een kop koffie gehaald. Daar stond een lange rij, het was erg druk voor zo'n klein zaaltje.'

'U hebt dus niets gezien van de interviews die werden afgenomen op het podium, journalisten van tv, radio en schrijvende pers.'

'Nee. Ik ben weer naar mijn plaats gegaan toen de heer Kleiwegt daarom verzocht. Kort daarna volgde de explosie.'

Alice haalt diep adem. In haar hoofd woedt een storm, die telkens van richting verandert. Ze wil hier weg om met Erik te overleggen. Door te gaan staan probeert ze hem dat duidelijk te maken. Hij knikt, staat ook op, begrijpt welke wending de zaak opeens dreigt te nemen.

'Voorlopig weten we genoeg, meneer De Boer. Houdt u er rekening mee dat we u nogmaals willen horen, over de inbraak waar uw groep vooraf niet over was ingelicht.'

De toon laat aan duidelijkheid niets te wensen over. De Boer kijkt geschrokken, drukt dan de uitgestoken handen.

Zwijgend lopen ze even later over de galerij.

'Dit is wel het laatste wat ik had verwacht,' zegt Erik als ze in de auto zitten. 'En de consequenties voor Tosca Lagerwey zijn groot.'

'Ik kan me niet voorstellen dat ik me zo in haar heb vergist. Wil je geloven dat ik van slag raakte toen duidelijk werd dat de envelop die voor Johan Bol op tafel lag een andere was dan degene die Tosca aan Lodewijk de Wit heeft gegeven?'

'Zodra je je laat meeslepen door gevoelens of intuïtie zit je op een hellend vlak, Alice. Na gistermiddag was ik net als jij geneigd om Tosca Lagerwey te geloven, was ik blij dat ze er zo van afkwam. Nu blijkt weer eens hoe je je in mensen kunt vergissen.'

'Ze heeft verklaard dat ze een envelop aan Lodewijk de Wit heeft gegeven. Dat was niet gelogen, neem ik nog steeds aan.'

'Dat moet wel een andere zijn geweest dan degene die Johan Bol van huis had meegenomen. Die is teruggevonden, die van Tosca niet. De enige verklaring die ik kan bedenken is dat De Wit hem in zijn tas heeft gestopt.'

'Dan heeft de getuige die beweert dat te hebben gezien dus gelijk,' verzucht Alice. 'Wat gaat dat voor Tosca betekenen, denk je?'

'Stienstra en Verdonk denken nu nog dat ze een envelop met foto's heeft afgegeven. Dat ze nog iets, een bompakketje, heeft gegeven, konden ze niet bewijzen. Dat ligt nu opeens anders. Kleiwegt heeft Tosca's envelop gezien. Ten onrechte meende hij dat die even later voor Johan Bol op tafel lag. Hopelijk kan De Wit daar binnenkort zelf duidelijkheid over geven.'

'Gaat het dan al wat beter met hem?' vraagt ze verbaasd.

'Sorry. Ik kon het gisteren niet aan je vertellen toen je uit Amersfoort belde. Je had nogal haast. Ik heb contact opgenomen met het ziekenhuis. Zijn toestand is verbeterd en niet meer kritiek. Als het meezit kunnen we snel met hem gaan praten.'

'Dat is tenminste iets. Het leek zo'n vrolijke dag te worden vanochtend. Tosca Lagerwey zou vrijuit gaan, zou voorlopig op vrije voeten worden gesteld. En nu deze tegenslag.'

Alice zucht en staart voor zich uit door de voorruit, naar een blinde muur met een strookje gras ervoor. 'Toch geloof ik niet dat ik me zo heb kunnen vergissen,' zegt ze dan. 'Tosca maakt op mij een eerlijke en open indruk. Ze is niet iemand die bewust mensen opblaast. Wat gaan we nu doen?'

'Stienstra en Verdonk op de hoogte stellen, wat anders?'

'Moet dat echt? Arme Tosca.'

'Afstand nemen, Alice,' dringt Erik aan. 'Je wilt toch geen bewijsmateriaal gaan achterhouden?'

27

Wachten op leuke dingen duurt altijd langer dan wachten op iets waar je tegen opziet, zoals een pijnlijke behandeling bij de tandarts.

Tosca probeert haar ongeduld in toom te houden. Waarom vertelt niemand haar hoe laat ze precies zal worden vrijgelaten zodat ze het aan haar moeder kan doorgeven? Samen zullen ze dan naar Diederik rijden om Felix en Sofie op te halen. Vanochtend mocht ze voor het eerst met haar moeder telefoneren, een gesprek vol vreugdetranen en onbeheerste emoties. Haar moeder heeft van het begin af aan in haar onschuld geloofd, ze kent haar dochter toch. Ze gaat proberen Sofie in de schoolpauze te bereiken om haar het goede nieuws te vertellen. Zij geeft het dan wel door aan Felix. Wat zullen ze blij zijn.

Steeds speelt ze de band van het telefoongesprek in haar hoofd weer af en steeds voelt ze haar keel dik worden. Haar moeder zal Diederik informeren. Hij zal toch wel blij zijn? Voor haar, en voor hun kinderen, die een minder slechte moeder blijken te hebben dan hij ze wilde laten geloven.

Trudy, die ze onmiddellijk van het goede nieuws op de hoogte heeft gesteld, brengt weer haar lunch, een paar sneetjes brood, plakjes kaas en voor de afwisseling salami. De overheersende knofloocklucht ontneemt haar de eetlust. Geeft niet, als ze haar kinderen heeft opgehaald, gaan ze met z'n vieren lekker ergens eten. Tot die tijd onderdrukt ze haar trek wel met een kop thee en een glas melk.

Vreemd genoeg kan Trudy niet vertellen wanneer ze haar laten gaan. Ze begrijpt het niet, maar dat doet ze wel vaker niet, zegt ze ter geruststelling. De bureaucratie, hè? Voordat alle formuliertjes zijn ingevuld en iedereen op de hoogte is.

Hoe laat zou het zijn? Ze werpt een gewoonteblik op haar pols. Dwaas dat ze haar horloge heeft moeten afgeven. Het moet ergens tussen twee en drie uur zijn. Haar onaangeroerde lunch is inmiddels weggehaald.

Ze gaat maar weer op haar brits liggen. Direct dreigt een kolossale golf van negatieve herinneringen haar fragiele geluksgevoel te overspoelen. Snel staat ze op om te ijsberen door haar cel, vier passen heen, vier passen terug. Het helpt een beetje om rust in haar hoofd te krijgen. Toch duikt Leon telkens weer op, en ook het vreemde, prikkende gevoel tussen haar schouderbladen raakt ze niet kwijt: een bizarre vorm van fantoompijn.

Als ze haar geijsbeer wil staken en op haar bed wil gaan zitten, klinkt het verlossende geluid van de sleutel die in het slot wordt gestoken. Ze zucht van opluchting als de deur opengaat. Geen emotie tonen, met opgeheven hoofd weggaan.

'Ik moet je naar de spreekkamer brengen. Je advocaat wacht daar op je.'

'Ja?' Ze kijkt Trudy verbaasd aan. Haar stem klonk terughoudend.

'Je mag blijkbaar nog niet weg.'

Ze voelt haar maag samentrekken. Ook de buikkramp speelt opeens weer op. Dit moet een vergissing zijn, iets bureaucratisch, een verkeerd ingevuld formulier, of een andere Kafka-achtige vergissing.

'Kom je mee?'

Weer de route langs de celdeuren, door de sluis van dubbele deuren, de trap op. Ze verdringt bange voorgevoelens en weigert te geloven dat het op het laatste moment nog fout kan gaan.

Roelof Hartog staat op als ze binnenkomt en steekt zijn hand uit.

'Dag, mevrouw Lagerwey.'

Is het opeens geen Tosca meer? Hij gebaart haar dat ze tegenover hem moet gaan zitten. Zijn gezicht mist de vriendelijke, open uitdrukking die ze gisteren zag. Hij ontwijkt haar ogen.

'Ik vrees dat ik u gisteravond te vroeg blij heb gemaakt. Om eerlijk te zijn heb ik voor mijn beurt gesproken, na een telefoongesprek met een rechercheur die me nogal overviel. Mijn excuses daarvoor.'

Ze staart hem aan. Zeg alsjeblieft wat je te zeggen hebt, geen ontwijkende praatjes, is alles wat ze kan denken.

'Mijn vrijlating wordt uitgesteld,' probeert ze hoopvol.

Hij bladert in haar dossier dat voor hem op tafel ligt. 'Ziet u...'

'Ik heet Tosca. Zo zou je me toch noemen?'

'Dat is achteraf misschien minder verstandig. Ik moet de nodige distantie tot mijn cliënten bewaren.'

'Doe niet zo formeel. Wat is er aan de hand?'

Hij kucht, brengt zijn hand naar de knoop van zijn stropdas, trekt er even aan en schraapt vervolgens zijn keel.

'Vanochtend heb ik bij de officier van justitie een verzoek tot onmiddellijke invrijheidstelling ingediend. Een uur geleden had ik er nog geen reactie op gekregen. Ik heb toen contact met hem opgenomen om naar de stand van zaken te informeren. Wat ik te horen kreeg was, op z'n zachtst gezegd, ontmoedigend. Ik ging er namelijk van uit dat hij niet meer over wettige en overtuigende bewijzen beschikte om u te kunnen vervolgen.'

Ze houdt haar adem in, kijkt hem met grote ogen afwachtend aan.

'Dat bleek een vergissing,' gaat hij verder. 'Helaas staat hij zelfs sterker dan een paar dagen geleden. Er is namelijk nieuw bewijsmateriaal tegen u opgedoken.'

Ze kan hem alleen maar verbijsterd aankijken, niet in staat te bevatten wat hij vertelt.

'Nieuw bewijsmateriaal? Dat kan niet. Ik heb alles verteld, zonder iets achter te houden. Daar kan toch niet zomaar iets aan worden toegevoegd?'

'Ik zal het u uitleggen. Ik stel het trouwens erg op prijs als u nu niets meer voor me achterhoudt.'

'Dat héb ik niet gedaan.'

Hij reageert er niet op. 'Het draait allemaal om de envelop die u aan De Wit hebt gegeven en die u even later op de tafel van de man naast hem zag liggen.'

'Dat klopt toch?'

Hij schudt zijn hoofd, zucht diep. 'Nee, dat klopt niet. Die envelop is door de heer Bol, zo heette hij, zelf meegenomen. Er zaten foto's in die hij tijdens de hoorzitting wilde tonen. U hebt een andere envelop aan de heer De Wit overhandigd. Een getuige beweert dat zij De Wit iets in zijn tas zag wegstoppen toen u wegliep. Dat kan alleen die envelop zijn geweest, met een bom erin.'

De wanhoop krijgt haar in zijn greep. Ergens ver weg hoort ze Roelofs stem verder praten.

'Rechercheurs zijn op zoek gegaan naar een bevestiging van uw bewering dat u ontvoerd en gegijzeld zou zijn. De loods waarover u het had en de camper zijn inderdaad gevonden. Dat bewijst echter niet veel. Na uw verblijf daar, met iemand die u Leon noemt, bent u via Alkmaar en Schiphol naar hotel Wieringermeer gereden. U hebt zich daar ingeschreven, samen met uw echtgenoot.'

'Alsof Leon mijn man zou zijn. Hoe kun je dat denken?'

'Met iemand die zich voordeed als uw echtgenoot dan,' corrigeert hij zichzelf. 'Niets wees erop dat u daar onder dwang was of zich bedreigd voelde. Om eerlijk te zijn was het personeel er zelfs van overtuigd dat uw relatie bijzonder intiem was.'

Hij kucht en kijkt uit het raam.

'Kortom, uw gijzelingsverhaal staat op losse schroeven en de verdenking dat u een envelop aan de heer De Wit hebt gegegeven die kort daarop in zijn tas ontplofte, is heel sterk geworden.'

'Wat moet ik nu nog zeggen? Hoe kan ik in hemelsnaam bewijzen dat ik niets af wist van een bom?'

'Hoe moet ík dat bewijzen? Daarvoor ben ik immers ingehuurd.'

'Er moet toch iets zijn…'

'Dat mag ik hopen, ja. Het echtpaar over wie u het had is overigens niet getraceerd. Zoals het er nu naar uitziet gaat de rechtercommissaris uw voorlopige hechtenis met een maand verlengen. In die tijd zal de heer De Wit wel in staat zijn om een verklaring af te leggen, neem ik aan. Als hij bevestigt wat u zegt, schiet u daar vermoedelijk niet veel mee op. U hebt hem dan nog steeds een bom-envelop gegeven die op afstand tot ontploffing is gebracht. U bent daar op zijn minst medeverantwoordelijk voor. De officier van justitie zal u bovendien lidmaatschap van een terroristische organisatie ten laste leggen. Alleen al daarop staat een stevige vrijheidsstraf. In alle eerlijkheid, mevrouw Lagerwey, uw zaak staat er niet rooskleurig voor.'

Hij staat op en steekt zijn hand uit. 'Nogmaals excuus voor mijn voorbarige telefoontje gisteravond. Ik was oprecht verheugd, begrijpt u. Jammer dat het zo heeft uitgepakt.'

Ze blijft zitten, slaat haar handen voor haar gezicht en geeft zich over aan een totale ontreddering. Tegen zo veel onrecht, zulke verdraaiing van feiten, is ze niet opgewassen.

Trudy tikt haar op haar schouder en vraagt haar om mee te komen. Ze doet wat haar wordt gevraagd, zoals ze dat in de komende tijd, de komende jaren, als ze haar advocaat mag geloven, zal moeten doen. Een groot deel van haar leven tussen gevangenismuren, haar kinderen bij Diederik, haar moeder die haar misschien niet meer zal geloven, net als Roelof Hartog.

28

De hittegolf van de afgelopen dagen heeft plaatsgemaakt voor onvervalst herfstweer. Zo ervaart Erik althans de onophoudelijke stroom buien, die gepaard gaan met hagel, onweer en harde wind, die het tot een beproeving maken om de deur uit te gaan. De temperatuur is in één nacht met meer dan tien graden gedaald. Wat minder had wat hem betreft ook wel gemogen.

De zaak-Tosca Lagerwey lijkt de weersomslag te hebben gevolgd en beweegt zich tussen uitersten. Met de moord op Ilona de Wit zijn ze nog geen stap verder.

Hij leest het berichtje dat Lidia hem zojuist over Van Ulvenhout heeft gemaild nog eens.

Geen voorbeelden van rancuneus gedrag te vinden. Zal met oud-collega's van hem moeten gaan praten voor meer informatie. Wil je dat?

Ja en nee. Uiteraard wil hij meer informatie, maar om bij de huidige stand van zaken daar zo veel tijd en aandacht aan te besteden, lijkt hem buitenproportioneel. Mocht Van Ulvenhout tot verdachte worden gebombardeerd, dan wordt het een andere zaak.

Voorlopig niet, mailt hij terug. *We laten het afhangen van het vervolgonderzoek.*

Starend naar het beeldscherm zoekt hij naar mogelijkheden om verder te gaan. Hij schrikt op als de deur wordt opengegooid. Alice valt binnen, in opgewonden toestand, een woordenstroom producerend waar hij geen 'goedemorgen Alice' tussen kan krijgen.

'Erik, dit geloof je toch niet? Heeft niemand je gebeld? Nee, omdat ze mij al hebben gesproken, natuurlijk. Hij staat beneden. Hij kan zijn huis niet in omdat het is verzegeld, en wil opheldering en opheffing van de verzegeling. Je had die man moeten zien. Een en al verontwaardiging omdat hij zijn huis niet in mag.'

'Ga eerst eens rustig zitten. Je gaat me toch niet vertellen dat Van Ulvenhout beneden staat? Bij de balie?'

'Ja, daar heeft hij zich gemeld. Ze hebben hem op een bank in de hal geïnstalleerd met de belofte het te zullen uitzoeken.'

'Maar "ze", ik neem aan collega's van de uniformdienst, hebben al met jou gesproken. Wat heb je gezegd?'

'Dat ik met jou ging overleggen, en dat ze hem in elk geval hier moeten houden tot ze iets van ons hebben gehoord.'

'Perfect.' Hij pakt de telefoon en toetst het nummer van de balie. 'Ik laat hem meteen naar een verhoorkamer brengen, Alice. Dit is een cadeautje.'

'Of niet. Je hebt die man nog niet gehoord en gezien, Erik. Ik wil nog even koffie halen. Voor jou ook?'

'Graag.' Ongeduldig wacht hij tot er beneden wordt opgenomen. Als is afgesproken waar ze hem heen brengen, probeert hij wat ordening in zijn gedachten te krijgen. Wat bezielt die man? Dat was zijn eerste, impulsieve reactie. Bij nadere beschouwing moet hij die herzien. Wat zou iemand die een tijdje van huis is geweest en bij terugkomst ontdekt dat het verzegeld is door de politie, anders moeten doen?

Vijf minuten later lopen ze, met koffiebekers in hun hand, naar de verhoorkamer waar Van Ulvenhout naartoe is gebracht. Hij zit met zijn rug naar de deur en kijkt uit het raam. Als ze binnenkomen staat hij op. Kans om te zeggen wie ze zijn krijgen ze niet.

'Wat is dit voor idiote poppenkast?' barst hij uit. 'Waarom ben ik hierheen gebracht? En wat geeft jullie het recht om mijn huis te verzegelen?'

Erik zet rustig zijn koffie op tafel en schuift een stoel naar achteren.

'Gaat u alstublieft zitten. Hebt u trek in koffie?'

'Nee, bedankt. Een verklaring, daar kunt u mij wel een plezier mee doen.'

'Die krijgt u. We zullen ons eerst even voorstellen.' Hij ziet een man voor zich met gemillimeterd blond haar, een hoekig gezicht met veel lijnen en toegeknepen ogen.

'Bolscher, recherche. Dit is mijn collega Van Vliet.'

Ze geven hem allebei een hand en gaan tegenover hem aan tafel zitten.

Bij het woord recherche trok er een niet te definiëren grimas over het gezicht van Van Ulvenhout. Alice neemt de man nieuwsgierig op.

'Voordat we u vertellen wat er in uw woning is gebeurd en waarom hij is verzegeld, willen we graag van u weten waar u nu vandaan komt.'

'Uit België, uit Durbuy.'

'En hoe hebt u gereisd?'

'Op mijn motor,' klinkt het geïrriteerd. 'Vertel me nou maar wat er is, ik wil naar huis.'

'Even geduld nog, alstublieft. Uw antwoorden kunnen van groot belang voor u zijn, al beseft u dat nu nog niet.'

'Van belang waarvoor? Ik wil mijn huis in, meer niet.'

'U hebt de afgelopen dagen niet thuis verbleven. Was u al die tijd in België?' vervolgt Erik onverstoorbaar.

'Ja. Ik heb daar een huisje gehuurd, vlak bij de Ourthe, waar ik op forel heb gevist. Dat is een hobby van me,' klinkt het nors.

Erik kijkt op zijn horloge. Even voor elven. 'Dan moet u daar vanochtend in alle vroegte zijn vertrokken.'

'Nou en? Mag dat niet soms? Op de motor is het een kleine vier uur rijden, als u het weten wilt. Ik ben gewend om heel vroeg op te staan.'

'Kunt u ons naam, adres en telefoonnummer geven van de verhuurder of het verhuurbedrijf, van wie u het huisje hebt gehuurd?'

'Wat is dit voor waanzin? Wilt u mijn gangen nagaan? Mag dat zomaar? Heeft het te maken met iets wat in mijn huis is gebeurd? Daar wil ik nu antwoord op hebben.'

Felle, dwingende ogen. Als dit is gespeeld, dan is dat aan niets te merken.

'In uw huis is iemand dood aangetroffen, meneer Van Ulvenhout, vermoord, om precies te zijn.'

Van Ulvenhout fronst zijn wenkbrauwen. Op zijn gezicht verschijnt een verbaasde uitdrukking, maar geen emotie, stelt Erik vast. Toen hij het rapport over hem las dacht hij aan autisme. Waarom heeft hij daar niet meteen wat meer over gelezen? Door onvoldoende kennis kun je gemakkelijk een verkeerde conclusie trekken uit de lichaamstaal van een autistische persoon.

'Een vrouw,' vult Alice aan. 'Kende u Ilona de Wit?'

Hij blijft Alice' ogen vasthouden en hij bleef opmerkelijk rustig toen hij de naam van het slachtoffer hoorde.

'Ilona de Wit? Vermoord in mijn flat. Allemachtig. Wie kan zoiets verzinnen?'

'Kende u mevrouw De Wit?' herhaalt Alice.

'Heel goed zelfs. Ze had een sleutel van mijn flat.'

Hij blijft iets te nadrukkelijk naar Alice kijken, die er geprikkeld op reageert. De vraag die ze stelt is daardoor niet goed.

'Ze had een sleutel van uw flat, en nu is ze dood. Wist u dat al of laat het u koud?'

Hij knippert een paar keer met zijn ogen en wacht met antwoorden.

'Hoe zou ik dat moeten weten? Ik ben twee weken niet thuis geweest. Wanneer is ze gevonden?'

'Als u eerst mijn tweede vraag beantwoordt, dan hoort u dat.'

'Welke vraag?'

Alice heeft zichtbaar moeite zich in te houden. Erik besluit het over te nemen.

'Mijn collega vroeg of de dood van mevrouw De Wit u koud laat.'

'Dat is geen vraag, dat is een suggestie.'

Waarom werkt die man niet mee? Wat schiet hij op met deze houding?

'Een andere vraag dan. Waar kende u mevrouw De Wit van?'

Van Ulvenhout reageert opnieuw dwars.

'U onderzoekt toch de moord op mevrouw De Wit? Dan hebt u uw werk niet goed gedaan, denk ik.'

'Helpt u ons daar dan eens mee.' Het lukt hem om vriendelijk te blijven.

'Mevrouw De Wit is de vrouw van mijn vroegere baas, Lodewijk de Wit, directeur van de kernreactor, waar ik het een en ander over naar buiten heb gebracht. Speelt u alstublieft geen spelletje met me. Nu ik weet wat er in mijn flat is gebeurd, besef ik dat u mijn doopceel allang hebt gelicht. Wat u nog niet wist, niet weten kunt, is dat mevrouw De Wit en ik een relatie hebben gehad, met regelmatige intervallen, zoals ik ze noemde. We zaten net in zo'n periode. Meestal duurden die een paar weken, zelden langer. We hadden iets gemeen. Dat schiep een band, die rekbaar was, maar nooit werd verbroken.'

'U maakt me nieuwsgierig. Wat voor band? Wilt u dat kwijt?'

'Een hekel aan Lodewijk de Wit. En nu heb ik schoon genoeg van dit gevraag. Vertel me nu eerst wat zich precies in mijn flat heeft afgespeeld. Hebt u de moordenaar bijvoorbeeld al te pakken?'

'We doen ons best.'

Hij schudt meewarig zijn hoofd. 'Dat heb ik politiemensen eerder horen zeggen.'

'Beseft u, meneer Van Ulvenhout, dat u verdachte van de moord kunt zijn?' vraagt Alice.

'Verdenkt u mij serieus van de moord op mijn minnares?'

Hij leunt achterover en kijkt Alice verwonderd aan.

'Zo heb ik het niet gezegd,' corrigeert Alice. 'Ilona de Wit was uw minnares, zegt u. Net als Tosca Lagerwey?'

De uitdrukking op zijn gezicht verandert nauwelijks. Geen schrik of verrassing, hoogstens wat meer verbazing, stelt Erik vast.

'Tosca Lagerwey? Het spijt me, die naam zegt me niets.'

'Ze is anders wel in uw flat geweest, en ze beweert stellig dat ze u kent.'

Hij haalt zijn schouders op. 'Dit leidt nergens toe. Ik heb nog nooit van haar gehoord. Ze zal wel iemand anders bedoelen.'

'Iemand met donker haar, dat toen nog niet kort was geknipt, en die zijn kleurspoelinkje nog niet uit zijn haar had gewassen?' probeert Alice.

Zijn ogen lichten even op. Toch het eerste scheurtje in een masker van gespeelde onschuld?

'Voordat u uw huis weer in mag, gaan we uw badkamer nog eens bekijken, de wasbak vooral. Donkere kleurspoeling laat altijd sporen na. De verraders zijn de plekken waar het porselein is beschadigd. Die zijn poreus, daar trekt verf in, en die boen je er niet zomaar uit. Of hebt u daar rekening mee gehouden? Bleekwater, dat zou misschien iets kunnen helpen. Hebt u daaraan gedacht?'

Ze laat zich tegen de rugleuning van haar stoel zakken en slaat haar armen over elkaar. Van Ulvenhout lijkt niet onder de indruk.

'Waar slaat dit op?'

'We zijn al een paar dagen naar u op zoek. Gezien uw verleden was het niet moeilijk om een foto van u te bemachtigen. We hebben die aan nogal wat mensen laten zien. Donker haar en een bril maken u niet helemaal onherkenbaar.'

Erik kijkt Alice waarschuwend aan. Ze geeft te snel te veel prijs, wat hem betreft. Toch pakt haar bluf niet verkeerd uit. Van Ulvenhout schuift op zijn stoel heen en weer, lijkt niet meer zo zeker van zijn zaak.

'Ik zat in België. Om van dit gezeur af te zijn, zal ik u naam, adres en telefoonnummer geven van de verhuurder van mijn vakantiehuis. Iemand die beweert mij hier in vermomming te hebben zien rondlopen, kletst uit zijn nek.'

'Wie zegt dat we uw foto aan mensen híér hebben laten zien?' zegt Alice scherp. 'Wat doen we, Erik? Houden we meneer hier vast terwijl de technische recherche zijn badkamer aan een nadere inspectie onderwerpt, of mag hij intussen rondjes op zijn motor gaan rijden?'

'Vasthouden? U hebt daar het recht niet toe. Ik ben hier nota bene uit mezelf naartoe gekomen.'

Hij staat op. 'Gaat u me tegenhouden als ik de deur uit loop?'

'Nee hoor, ga gerust uw gang,' zegt Erik. 'We weten waar u woont. Als het meezit, kunt u morgen uw huis weer in.'

'Morgen pas? Waar moet ik vannacht dan slapen?'

'Wat dacht u van een hotel?' suggereert Alice. 'In Wieringerwerf bijvoorbeeld. Misschien komt u daar wel bekenden tegen. Of uw camper? Die staat toch in een loods, in de buurt van Amersfoort? Een klein ritje op de motor.'

'Mijn camper?' Van Ulvenhout schudt zijn hoofd. 'Had ik maar zo'n ding, dan hoefde ik geen vakantiehuisje te huren. Ik leef van een uitkering, mevrouw, omdat niemand mij nog in dienst wil nemen, omdat Lodewijk de Wit mij op een zwarte lijst heeft laten plaatsen. Waar zou ik een camper van moeten betalen? Waar haalt u al die onzin vandaan? Waarom word ik op deze manier behandeld?'

Hij kijkt Erik en Alice beurtelings verontwaardigd aan. Feit is dat ze die man niets ten laste kunnen leggen. Ze hadden hem alleen moeten uitleggen waarom zijn huis is verzegeld en hem moeten vertellen hoe hij moet handelen om het weer te kunnen betrekken.

'Als u ons het nummer geeft van de verhuurder in België, dan trekken we dat meteen na,' zegt Erik. 'In uw belang. We kunnen u dan wellicht van ons lijstje met verdachten schrappen.'

'Heel graag.' Van Ulvenhout gaat weer zitten. Hij diept een opgevouwen brochure op uit de binnenzak van zijn colbert en vouwt die open. 'Hier kom ik al twee jaar,' zegt hij. 'Prima adres, niet duur, goed viswater. Mag ik pen en papier?'

Ze kijken zwijgend toe terwijl hij de gegevens overschrijft.

'Graag ook een telefoonnummer zodat we u kunnen bereiken,' zegt Erik.

Van Ulvenhoven knikt.

'Wilt u niet weten wanneer uw... eh... minnares wordt begraven?' vraagt Alice.

Hij schrijft zonder hapering verder, toont opnieuw geen emotie. Voor psychologen moet die man bijzonder interessant zijn. Pas als hij is uitgeschreven, kijkt hij op.

'U denkt toch niet dat ik daar welkom ben? Lodewijk de Wit ziet me aankomen. Wanneer wordt Ilona begraven?'

'Als we haar lichaam hebben vrijgegeven, binnenkort, hoop ik. Ik ben bang dat de heer De Wit zelf niet bij de begrafenis of crematie aanwezig zal zijn.'

'Ah... U bent er dus al achter dat Ilona en Lodewijk moeilijk door één deur konden? Maar om nou weg te blijven bij de begrafenis van je vrouw... Dat vind ik treurig. Misschien moet ik dan maar gaan, als u me tenminste de plaats en de tijd vertelt. Ik reken er niet op dat Lodewijk me een rouwkaart stuurt.'

'Hij zal aan niemand een kaart sturen, vrees ik.'

Van Ulvenhout kijkt hem hoogst verwonderd aan, vraagt zich

duidelijk af wat hij bedoelt. Als dit gespeeld is, dan heeft die man zijn roeping gemist.

'Ik begrijp u niet. Ze waren niet gescheiden. Dat wilde Ilona niet, daar had ze een goede reden voor. Je verstuurt toch rouwkaarten als je vrouw is overleden?'

'Hebt u de afgelopen dagen geen kranten gelezen of naar het journaal gekeken?' vraagt Alice.

'Nee. Om eerlijk te zijn heb ik mijn belangstelling voor het nieuws verloren. Journalisten vertellen zo vaak hun eigen verhaal. Eerst was ik interessant omdat ik misstanden aan het licht bracht, goed dus voor sensatie. Daarna volgde een anticlimax toen ik door de rechter in het ongelijk werd gesteld. Dat ik gelijk had deed er opeens niet meer toe. Ik weet nu hoe nieuws kan worden ingekleurd, begrijpt u?'

'U weet dus niets over de bomaanslag in Zijpe?' vervolgt Alice.

'Een bomaanslag? Wanneer dan?'

Een verbijsterd gezicht.

'Drie dagen geleden.'

'Echt waar? Wat is er precies gebeurd? Een terroristische aanslag soms?'

Alice slaakt een diepe zucht. Ze krijgt geen vat op deze man.

'Een aanslag tijdens een hoorzitting over de kernreactor waarover u zo veel naar buiten hebt gebracht. We namen aan dat u het nieuws daarover wel zou volgen.'

'Niet dus. Ik heb al uitgelegd waarom. Wat heeft dit trouwens met de dood van Ilona te maken?'

'Lodewijk de Wit is daarbij ernstig gewond geraakt.'

Hij neemt de tijd om de mededeling te verwerken. Dan verschijnt er een ingehouden lachje op zijn gezicht. 'Kijk aan, toch nog gerechtigheid. Met die man heb ik geen medelijden. Jullie moeten eens uitzoeken hoeveel vijanden hij had. Een hoop werk, vrees ik.'

Dit gesprek voortzetten heeft nu geen zin. Erik kijkt vragend naar Alice, die Van Ulvenhout met zichtbare afkeer zit op te nemen. 'Zullen we maar stoppen, Alice?' vraagt hij.

'Dat lijkt me het beste, ja.'

Erik staat op. 'Houdt u er rekening mee dat u beschikbaar moet blijven voor het beantwoorden van vragen. Ik stuur iemand om u naar de uitgang te begeleiden. Zonder pasje komt u hier niet ver.'

Hij geeft Van Ulvenhout een hand en loopt naar de deur, op de voet gevolgd door Alice.

29

'Tja, mevrouw Lagerwey, daar was je ons toch bijna ontglipt. We hebben werkelijk even gedacht dat in jouw envelop foto's zaten, en geen bom.'

Verdonk houdt zijn hoofd een beetje scheef, wachtend op haar reactie. Stienstra zit haar zwijgend op te nemen, zijn armen over elkaar geslagen.

'Ik heb niets meer te vertellen.'

De twee mannen kijken elkaar gespeeld verrast aan.

'Heb je opeens besloten om geen gebruik meer te maken van je zwijgrecht?'

Stom! Niet meer aan gedacht. Roelof Hartog heeft het er gisteren niet meer met haar over gehad.

Na haar gesprek met hem is ze ingestort, heeft ze zich overgegeven aan verdriet en zelfmedelijden. Niemand die haar vertelt dat een onschuldige vrouw in een beschaafd land als Nederland nooit tot jarenlange gevangenis kan worden veroordeeld. Vannacht heeft ze weer geen oog dichtgedaan. Paracetamol heeft de bonkende hoofdpijn wel wat teruggedrongen, maar haar ogen voelen loodzwaar en haar hersens zijn te overbelast om alert te kunnen reageren.

De twee aasgieren tegenover haar zitten geduldig te wachten op haar laatste stuiptrekking. Daarna kan hun feestmaal beginnen.

Op Stienstra's gezicht ziet ze een tevreden uitdrukking, een voorschotje op de overwinning. Ze begrijpt die mannen niet. Wat worden ze er persoonlijk beter van als ze een bekentenis uit haar weten te persen die haar lange tijd achter de tralies kan brengen? Waarom zijn ze niet bereid om haar verhaal serieus te nemen en te onderzoeken of er nog een andere waarheid is?

'Nieuwe situatie, andere aanpak? Heeft je advocaat je dat soms geadviseerd?' probeert Verdonk.

'Ik heb besloten om alleen vragen te beantwoorden die nog niet zijn gesteld.'

'Een andere aanpak dus,' constateert Stienstra. 'Blijf je volhouden dat je niets met een milieubeweging te maken hebt, of heb je bedacht dat het handiger is om mee te werken?'

'Ik heb de waarheid verteld, en niets anders.'

Ze heeft Stienstra niet eerder zo verbaasd zien kijken. Hij slaat met zijn hand op tafel. Verdonk schudt zijn hoofd. Als het niet om haar leven was gegaan, had ze om hun opvoering kunnen lachen.

'Niemand gelooft toch dat dit een eenpersoonsactie is geweest. Of heeft je advocaat je dat niet duidelijk gemaakt?' vraagt Stienstra meewarig.

'Ik heb aan meneer De Wit een envelop gegeven. Die lag even later voor de man naast hem op tafel,' zegt ze beslist. 'En ik wist niet wat erin zat.'

'Die man had dat ding zelf meegenomen, dat is honderd procent zeker. Stop nu eens met die onzin.'

'Het ís geen onzin,' bijt ze hem toe. 'Bekijken jullie het verder maar. Ik zeg niets meer, ik beroep me weer op mijn zwijgrecht.'

Een kwartier later is ze terug in haar cel, doodmoe, misselijk en ze heeft een gierende koppijn. Haar lunch is nog niet weggehaald. Ze moest toch maar iets eten, anders valt ze straks flauw van de honger. Brood met kaas en ham dit keer. Ze eet zonder er veel van te proeven en spoelt twee pijnstillers weg.

In haar hoofd begint het weer te malen. Als de woordvoerder van die milieubeweging Bol zijn envelop zelf heeft meegenomen, dan moeten er twee enveloppen in het spel zijn geweest. Toeval, maar niet onmogelijk. Dat werkte eerst in haar voordeel en nu blijkbaar niet meer.

Ze weet van ellende niet meer wat ze moet denken en doen. Uitgeput gaat ze op haar brits liggen, haar ogen gesloten. Meteen komen haar kinderen in beeld, die haar verwijtend aankijken. 'Hoe kun je ons zo in de steek laten, mama? Kom alsjeblieft weer gauw bij ons terug.' Ze weet zeker dat ze het niet naar hun zin hebben bij Diederik en Karin. Zou Diederik nu een verhaaltje voor het slapen voorlezen?

Ze rolt zich op haar zij en onderdrukt een snik. 'Ga maar schaapjes tellen,' zei haar moeder vroeger als ze niet in slaap kon vallen. Ze deed dan haar best om zich de hei voor te stellen waar ze op zondag vaak gingen wandelen. Daar graasde een grote kudde schapen, telkens op een andere plek. Het was altijd spannend waar de schapen nu weer zouden lopen, en of het er nog net zo veel waren als de vorige keer. Het voorjaar was het leukst, dan liepen er lammetjes tussen, wollige speelgoedbeestjes, die grappige sprongetjes maakten. Totdat iemand er een grote herdershond liet loslopen, een monster dat achter de schapen en de lammetjes aan ging en er een paar doodbeet. Ze heeft staan schreeuwen en krijsen, samen met andere omstanders. Twee mannen gingen achter de hond aan, maar die was door het dolle heen. Het heeft lang geduurd voor ze hem te pakken kregen. Daarna is ze nooit meer naar de hei geweest en heeft ze nooit meer schaapjes geteld als ze de slaap niet kon vatten.

Haar celdeur gaat open, ze hoort stemmen. Ze gaat zitten en wrijft in haar ogen. Blijkbaar heeft ze toch wat geslapen.

'U gaat verkassen, mevrouw Lagerwey.'

Trudy is in gezelschap van twee agenten in uniform, een man en een vrouw.

'Deze collega's gaan u naar uw nieuwe onderkomen brengen.' Geen 'je' of 'Tosca', maar een afstandelijke toon.

'Wilt u uw toiletartikelen en nachtkleding pakken?' zegt de vrouw. Ze houdt een plastic tas op. 'Die gaan hierin.'

Verdoofd komt ze overeind. Roelof Hartog heeft gezegd dat ze zou worden overgeplaatst, maar toch overdondert het haar. Langzaam grabbelt ze haar spulletjes bij elkaar en stopt ze in de tas.

'Wilt u alstublieft uw handen naar voren steken?' vraagt de agent. Hij klikt handboeien los van zijn riem.

De wereld begint te draaien. Ze zoekt steun tegen de muur en kijkt wanhopig naar Trudy.

'Dat is toch niet nodig. Ik ben geen gevaarlijke crimineel, ik zal echt niet proberen ervandoor te gaan,' krijgt ze er gesmoord uit.

'Het spijt me, mevrouw. Dat zijn de procedures,' zegt de agent zakelijk.

'U bent toch die vrouw van de bomaanslag?' merkt zijn collega op. 'U wordt verdacht van het plegen van geweld, toebrengen van zwaar lichamelijk letsel, dat soort dingen. We zijn dus verplicht u geboeid te vervoeren. U maakt het gemakkelijker voor uzelf door mee te werken.'

Het heeft geen enkele zin om obstinaat te zijn. Ze is gebrandmerkt en haar omgeving zal haar veroordelen. Als ze zich verzet zal dit het beeld dat ze van haar hebben alleen maar versterken. Wat kan ze anders doen dan haar handen naar voren steken?

Klik, klik, metalen boeien, geen plastic strips. Zo gevaarlijk is ze geworden, terwijl ze nog steeds niemand anders is dan Tosca, moeder van Sofie en Felix, parttime artsenbezoeker. Terwijl het refrein door haar hoofd zoemt, lopen de tranen over haar wangen. De agent trekt zijn wenkbrauwen op, zijn vrouwelijke collega doet of ze het niet ziet. Trudy, van wie ze enige steun had verwacht, kijkt de andere kant op.

'Komt u maar mee.'

Weer die route, de twee vrouwen voor, de mannelijke agent achter haar. Door de sluis van dubbele deuren, maar nu niet naar boven. Via een gang bereiken ze een smalle deur. Die herkent ze, hierdoor is ze binnengebracht, een in- en uitgang voor arrestanten. Sleutels rammelen, Trudy doet de deur open. De agent achter haar pakt haar bij een arm zodra ze buiten is, de agente komt aan de andere kant lopen. Achter haar hoort ze de deur weer sluiten. Iemand die in boeien wordt afgevoerd hoef je blijkbaar niet te groeten.

Zwijgend lopen ze naar een wit arrestantenbusje met JUSTITIELE DIENST op de zijkant. De agent schuift een deur open en helpt haar met instappen, niet om galant of hulpvaardig te zijn, maar omdat hij haar pas wil loslaten als ze binnen is en op een van de harde banken is gaan zitten. De deur schuift dicht en knalt in het slot. Er zit geen hendel aan de binnenkant. Tussen de bestuurderscabine en de arrestantenruimte zitten tralies en een doorkijkraampje. Met haar geboeide handen veegt ze de tranen van haar gezicht als het busje gaat rijden.

De man rijdt, zijn collega heeft haar gezicht onafgebroken naar hem toe gedraaid. Zo te zien zitten ze gezellig met elkaar te kletsen, want ze lachen wat af. De tussenwand is vrijwel geluiddicht, ze hoort alleen vage klanken. Ze lachen haar uit omdat ze er niet in trappen, een terrorist die loopt te grienen als een kleuter om de indruk te wekken dat ze ongevaarlijk is, terwijl ze tijdens een ondervraging een van de rechercheurs heeft aangevlogen. Wees dus extra alert.

De straten, huizenblokken en kantoorgebouwen die als een film langs het raam schuiven, zijn haar totaal onbekend en werken vervreemdend. Ze ziet zichzelf van een afstand: een jonge vrouw, in de boeien geslagen, wat magertjes, met wallen onder haar roodbehuilde ogen, vettig haar, een gekreukte blouse en een spijkerbroek die ze al een paar dagen heeft gedragen. Ze is nog maar een schim van de vrouw die een week geleden stopte bij een benzinestation om haar tank vol te gooien, en niet alleen qua uiterlijk.

De agent rijdt onregelmatig. Als ze zelf rijdt of naast de bestuurder van een auto zit, heeft ze geen last van wagenziekte. Nu kan ze echter nauwelijks door de voorruit kijken, waardoor ze misselijk wordt. Ze sluit haar ogen, maar het helpt niet. Ze wordt duizelig en begint te kokhalzen. Frisse lucht, ze moet frisse lucht hebben! Zouden ze even willen stoppen? Kloppen op het ruitje kan niet door de tralies. De twee voorin hebben nog steeds alleen maar aandacht voor elkaar en kijken niet één keer achterom. Ze brengen haar naar het afleveradres, de papieren worden door de ontvanger getekend en ze zijn weer van haar af. Op naar de volgende klus.

De bus maakt achter elkaar twee bochten en trekt dan snel op. Haar maag kan het niet meer aan, de inhoud komt omhoog. Bij gebrek aan een kotszak spuugt ze de vloer onder en kan maar net voorkomen dat ze voorover in haar eigen braaksel belandt als de wagen weer een bocht neemt. Haar keel brandt, haar ogen tranen, de spieren op haar borst verkrampen als er nog een lading omhoogkomt.

Doodziek laat ze zich tegen de rugleuning zakken, snakkend naar adem. Haar blouse en haar broek zijn besmeurd, ook haar boeien zitten onder de troep. Dat zullen de agenten niet leuk vinden. Eigen schuld, hadden ze maar een keer moeten omkijken.

Opeens wordt ze heel licht in haar hoofd, de wereld om haar heen begint te draaien. Ze valt opzij en blijft in foetushouding op de bank liggen. Ze geeft zich over aan een weldadig, licht gevoel, en zweeft weg uit de nachtmerrie waarin ze terecht is gekomen.

Ze moet al een tijdje zo hebben gelegen als het busje afremt en stilstaat. De voorportieren gaan open en worden dichtgegooid. De schuifdeur knarst open. 'Fuck,' hoort ze de agente zeggen. 'Had je niet even kunnen waarschuwen?'

Ze doet haar ogen open en kijkt haar aan, lodderig, niet in staat snel te focussen.

'Je zult bij haar moeten blijven, voor het geval het weer misgaat,' zegt de agent.

'Lekker, in die stank. Hebben we niet iets wat we als dweil kunnen gebruiken?'

'De krant van gisteren ligt naast mijn stoel.'

'Gadver.'

Toch loopt ze weg om de krant te halen. De agent blijft pontificaal voor de ingang staan en houdt haar scherp in de gaten, alsof hij er werkelijk rekening mee houdt dat ze een vluchtpoging zal doen. Doordat ze stilstaan en door de buitenlucht voelt ze zich opknappen.

'Ik was wagenziek,' geeft ze als verklaring. 'Mag ik heel even buiten staan, anders gaat het zo weer mis.'

De agent aarzelt, lijkt iets van medelijden te voelen.

'Ze wil even buiten staan,' zegt hij tegen zijn collega die terugkomt met de krant.

'Tegen de instructie! Daar krijgen we een hoop gedonder mee als iemand het ziet. Ga maar voor de ingang zitten, dan gooi ik de kranten over die rommel.'

'We zijn er met een minuut of tien,' probeert de agent haar wat gerust te stellen.

'Kun je zolang alleen blijven zitten zonder flauw te vallen?' vraagt de agente.

'Ik doe mijn best. Als jullie een beetje rustiger rijden…'

'Doen we.'

De deur wordt dichtgegooid en ze kruipen weer in hun cabine. De agent rijdt een stuk rustiger. Ze schat dat ze nog geen tien minuten onderweg zijn als ze een terrein op rijden waar met grote letters: PENITENTIAIRE INRICHTING OVER-AMSTEL op de gevel staat. Ze stoppen vlak bij een ingang. Portieren gaan open. Ze wordt naar buiten geholpen. Tussen de twee agenten in, die allebei een arm vasthouden, loopt ze naar de ingang. De agent drukt op de bel en vertelt door de intercom wie ze zijn. De deur gaat automatisch open en sluit vanzelf als ze erdoor zijn. Ze staan in een kleine ruimte, voor een tweede deur. Het duurt even voordat ook die opengaat. De ruimte erachter is groter, maar opnieuw afgesloten door een zware deur. Links is een loket, waar een portier achter dik glas zit. Na een grondige inspectie van hun papieren, zegt hij dat ze kunnen doorlopen, met een griezelige, robotachtige stem. De deur voor hen gaat open en een bewaakster komt naar hen toe, begroet haar begeleiders vriendelijk en pakt haar meteen bij een arm vast.

'Haar spullen?' vraagt ze.

'Nog in de bus. Die geven we zo wel aan de portier.'

'Oké, dan neem ik haar nu over. Doe haar boeien maar af.'

Ze staat erbij zonder er te zijn. Dit gaat niet haar aan, maar een andere Tosca. Een Tosca die wordt verdacht van een bomaanslag en die wordt behandeld als een crimineel. Ze heeft wel wat met haar gemeen, haar naam bijvoorbeeld. Ze wordt door de bewaakster naar een klein, steriel kamertje met een behandelbank gebracht en ze krijgt de opdracht zich helemaal uit te kleden. Er komt een vrouwelijke arts binnen die plastic handschoenen aantrekt en beveelt om op de bank te gaan liggen, haar benen wijd te doen en te ontspannen, zodat het geen pijn doet. Ze heeft een tampon in. Daar had de arts niet op gerekend, aan haar gezicht te zien. Die moet eruit. Ze wordt van top tot teen gevisiteerd. De pijn van de vernedering is zo diep, dat die andere Tosca geen woorden weet te vinden om haar gevoelens te duiden. Ze kan die maar beter wegstoppen, heel diep in haar onderbewuste, waar ze voor iedereen verborgen blijven.

30

Met grote sprongen holt Alice de trappen af en haast zich naar de uitgang van het politiebureau. Typisch Erik, om haar pas op het laatste moment in te lichten. Hij hoeft haar geen verantwoording af te leggen, maar het zou toch aardig zijn geweest als hij haar wat eerder had verteld dat hij een bezoek aan het ziekenhuis ging brengen om zich persoonlijk van de toestand van Lodewijk de Wit op de hoogte te stellen.

Wel een gelukkige inval van hem. De Wit blijkt gisteren van de beademing te zijn afgehaald en mag, als zich geen complicaties voordoen, morgen naar een verpleegafdeling. Hij is aanspreekbaar, heeft gisteravond contact gehad met familie, een broer en een zus, die hem het slechte nieuws van het overlijden van zijn vrouw hebben gebracht.

Erik mag kort met De Wit praten. Rond een uur of elf wordt hij van zaal gehaald om röntgenfoto's te laten maken, dus ze zal zich moeten haasten om bij het gesprek aanwezig te kunnen zijn.

Terwijl ze haar auto zo snel mogelijk door het verkeer loodst, overdenkt ze het telefoontje dat ze uit Amersfoort kreeg, vlak voordat Erik belde. Vanochtend bleek de camper uit de loods te zijn verdwenen. De beheerder had de recherche daar direct van in kennis gesteld. Volgens hem was het ding niet gestolen. Hij ging ervan uit dat de eigenaar hem zelf had meegenomen. Die bezat namelijk een sleutel van de loods. Campers werden op verzoek zo geparkeerd dat ze gemakkelijk naar buiten konden rijden als de eigenaar ermee op vakantie wilde gaan. En dat was waarschijnlijk het geval, volgens de beheerder. Recherche Amersfoort zag geen noodzaak om naar de camper op zoek te gaan. Moet zij dat wel doen, vraagt ze zich af. Wat zou het kunnen opleveren? De ontdekking dat de eigenaar een goede vriend is van Van Ulvenhout en dat hij op diens verzoek de camper heeft verdonkeremaand misschien? Dat hij alle sporen in dat ding zorgvuldig heeft gewist? Ze zullen er geen stap verder door komen.

Nog geen kwartier later zet ze de auto op het parkeerterrein naast het ziekenhuis en haast zich naar de hoofdingang. Erik zit op een bankje aan de zijkant van de hal te wachten en staat meteen op als ze binnenkomt. Hij begroet haar met: 'Vlug gedaan, Alice. Ik heb intussen uitgezocht wat de snelste route is naar de ic-afdeling.'

'Geweldig dat we met hem mogen praten. Hoe heb je dat voor elkaar gekregen?'

'Charisma, overredingskracht,' zegt hij met zelfspot. 'We zijn bezig met een buitengewoon belangrijk onderzoek.'

'Je hebt gewoon je legitimatie laten zien dus,' concludeert ze. 'En je hebt toeschietelijke mensen getroffen.'

'Een toeschietelijke arts, in tweede instantie dan. Hij heeft me ingelicht over De Wits gezondheidstoestand, na telefonisch te hebben gecontroleerd of ik wel degene was voor wie ik me uitgaf.'

'En je charisma?' vraagt ze plagerig. 'Wel goed trouwens dat die arts je identiteit controleerde.'

'Hij heeft ervoor gezorgd dat we met De Wit mogen praten.'

Ze zijn de hal dwars overgestoken naar de liften. Die laten nogal lang op zich wachten. Erik tikt ongeduldig met zijn voet op de stenen vloer. Een vrouw en een meisje met een grote bos bloemen hebben zich bij hen gevoegd. Ze kan Erik daardoor niet op de hoogte brengen van de camper of met hem overleggen over de vragen die ze De Wit zullen stellen.

Waar blijft die lift? Met de trap waren ze er al geweest.

'De snelste route zei je toch?' merkt ze op.

'We moeten naar de zevende verdieping, en een trappenhuis heb ik niet gezien.'

'Dat is er wel hoor,' zegt de vrouw. 'Door de deuren verderop, voorbij de bloemenstal.'

Er klinkt een belletje en een brede liftdeur schuift open. Alice haalt diep adem voordat ze naar binnen stapt. Ze laat het aan Erik over om op de knop voor de juiste verdieping te drukken.

De vrouw en het meisje stappen uit op de zesde.

'Heb je al nagedacht over de vragen die je wilt stellen?' vraagt ze als de deur is gesloten.

'Het hangt ervan af hoe we hem aantreffen. Een paar korte vragen, meer niet, zei de arts. Hij heeft het ic-personeel daar uiteraard van op de hoogte gebracht. Reken er maar op dat ze ons goed in de gaten houden.'

'Geen kruisverhoor dus. Niet nodig ook, lijkt me.'

De lift stopt. Tegenover de lift hangt een bordje met een pijl die naar de intensive care wijst.

'Ik wil in elk geval vragen wat Tosca hem precies heeft gegeven,' zegt ze, terwijl ze door de gang lopen.

Erik kijkt bedenkelijk. 'Die bomaanslag heeft voor ons geen prioriteit. Ik wil weten of zijn vrouw vijanden had, of ze wel eens is bedreigd, of hij wist dat ze Van Ulvenhout kende.'

'Dat kan pijnlijk worden.'

'We moeten het toch vragen.'

'Zijn Stienstra en Verdonk er al van op de hoogte dat De Wit aanspreekbaar is?'

Hij grijnst. 'Wie zou hun dat moeten vertellen? Ik wil eerst zelf met die man praten.'

Onder een groot bord met INTENSIVE CARE door lopen ze een smallere gang in. Aan het einde is een balie met twee verpleegkundigen erachter. Erik haalt zijn legitimatie tevoorschijn. Een van de vrouwen werpt er een blik op.

'Ik wist dat u zou komen, maar niet dat u met z'n tweeën bent.'

'Neemt u me niet kwalijk.' Alice toont ook haar legitimatie.

'We werken samen aan deze zaak. Het is hopelijk geen bezwaar dat ik mee kom?'

'Het is me niet verteld, maar ik ga ervan uit dat het in orde is.'

'Hoe is het met de heer De Wit?' informeert Erik.

'Stabiel, buiten levensgevaar.'

'Zijn de verwondingen ernstig?' vraagt Alice.

'U hebt toch met dokter Abrahams gesproken?'

'Dat heb ík gedaan,' antwoordt Erik. 'Ik heb nog geen gelegenheid gehad om mijn collega op de hoogte te brengen.'

'Ik kom rechtstreeks van het bureau.'

'Juist. Om kort te zijn: zijn rechterbeen moest worden geamputeerd. Verder heeft hij brandwonden, een aantal gebroken ribben en botten, gehoorschade aan zijn rechter oor, u kunt dus het beste aan zijn linkerzijde gaan staan, en een ingeklapte long. Daar gaat het inmiddels wat beter mee. Loopt u maar mee.'

De Wit ligt alleen in een kamertje. Het hoofdeinde van het bed staat een stukje omhoog en is geflankeerd door een kastje met een monitor erboven aan de ene kant en door een infuushouder waar een plastic zak met een kleurloze vloeistof aan hangt aan de andere kant.

Alice moet een huivering onderdrukken. Daar ligt een man die een paar dagen geleden nog leidinggaf aan een groot bedrijf en die nu afhankelijk is van draadjes en slangetjes waarmee hij aan geavanceerde apparatuur is gekoppeld. Zo snel kan het gaan.

Zijn hoofd rust op twee scheefgezakte kussens. Als ze dichterbij komen, draait hij de gave kant van zijn spierwitte gezicht hun kant op. De huid van de andere kant is rood en korstig en glimt van de zalf. In zijn neus zit een slangetje dat met een pleister is vastgeplakt.

'Houdt u het zo kort mogelijk,' verzoekt de verpleegkundige terwijl ze de kussens recht legt. 'Ik houd zijn reacties op afstand in de gaten. Zijn monitor is verbonden met mijn computer. Als hij ergens te heftig op reageert, moet ik het gesprek afbreken. Succes.' Ze draait zich om en loopt terug.

'Dag, meneer De Wit,' zegt Erik. 'Allereerst onze condoleances met het overlijden van uw vrouw.'

Hij knippert met zijn ogen en knikt kort.

'Ik zal ons even voorstellen.' Hij haalt zijn legitimatie weer tevoorschijn, meer uit gewoonte dan uit noodzaak. De Wit kijkt er nauwelijks naar.

'Mijn naam is Bolscher en dit is mijn collega Van Vliet. Het spijt me dat we erover moeten beginnen, maar wij doen onderzoek naar de dood van uw vrouw.'

Opnieuw een knikje.

'Is het u bekend dat ze... eh... door geweld om het leven is gekomen?'

Zijn ogen worden groter, maken voor het eerst contact met die van Erik.

'Om het leven gebracht?' klinkt het dan zacht en een beetje schor.

'Dat wist u nog niet? Nogmaals: het spijt me het u te moeten vertellen, meneer De Wit, maar uw vrouw is door kogels om het leven gebracht.'

'Verschrikkelijk. Vrouwen zijn weerloos tegen dat tuig.'

Er verschijnen tranen in zijn ogen.

Erik kijkt haar aan met een blik: wat moet ik hier nou mee? Ze buigt zich naar Lodewijk de Wit toe.

'Wie bedoelt u daarmee? Weet u wie de daders zijn?'

'Zijn die dan niet meteen opgepakt? Dan zijn ze allang gevlogen.'

Hij draait zijn hoofd een stukje verder in hun richting.

'Ik had haar nog zo gewaarschuwd. Twee vrouwen, rijk en aantrekkelijk, alleen op vakantie.'

Hij slikt iets weg.

'Het stikt daar van de crimineeltjes die mensen overvallen. Dan zorg je toch dat je onder de mensen blijft. Maar nee, zij zullen wel weer een of ander afgelegen strandje hebben opgezocht.'

Het praten vermoeit hem zichtbaar. Hier kunnen ze niet te lang mee doorgaan, beseft Alice, terwijl er opeens zo veel te vragen is.

'Uw vrouw was op vakantie met een vriendin, begrijp ik,' zegt Erik, met een gezicht waar het ongeloof van afdruipt. 'Waar was dat?'

'Italië, in de buurt van Napels. Ik had haar nog zo gewaarschuwd,' herhaalt hij.

Erik kijkt haar opnieuw vragend aan. Wat nu, ziet ze hem denken. Vertellen we hem waar ze werkelijk is gevonden, of wordt dat te heftig? Voordat hij daar een besluit over heeft genomen, wil ze eerst een andere vraag stellen, een vraag die op haar lippen brandt.

'Iets anders, meneer De Wit. De avond van de hoorzitting. Bent u in staat om daar iets over te zeggen?'

Hij knikt.

'In de pauze, vlak voor de aanslag, hebt u met een journaliste gesproken, een blonde vrouw.'

Zijn gezicht draait van haar weg. Hij staart naar het plafond.

'Volgens een getuige heeft ze u iets overhandigd. U hebt dat daarna in uw tas gestopt.'

Hij reageert niet, maar op de monitor ziet ze dat zijn hartritme versnelt. Dat ding functioneert bijna als een leugendetector. Het is Erik ook opgevallen, ziet ze.

'Klopt dat, meneer De Wit?' vraagt hij.

'Helaas, ja. Ik had dat ding niet moeten aannemen.'

'Wat precies?' vraagt ze snel. 'Een envelop soms?'

Het komt haar op een verwijtende blik van Erik te staan. Leg een getuige geen woorden in de mond!

Hij knikt bevestigend met zijn hoofd. 'Stom van me,' mompelt hij.

'Kende u de afzender?'

Geen antwoord. Wel versnelt zijn hartritme weer.

'Wie, meneer De Wit?' dringt Erik aan.

De Wit houdt zijn lippen op elkaar geklemd, zegt dan: 'Is Ilona al overgevlogen? Wanneer wordt ze begraven? Daar hebben ze gisteren niets over gezegd, alleen dat ze dood was.'

'Dat heeft een reden,' zegt Erik. 'Haar lichaam is nog niet vrijgegeven.'

'Wat moeten de Italianen daar nu mee? Ze pakken er de daders toch niet door?'

Erik krabt in zijn nek, schraapt zijn keel.

'Ik zal open kaart met u spelen, meneer De Wit. Uw vrouw hoeft niet te worden overgevlogen. Ze is waarschijnlijk niet eens in Italië geweest.'

Met een ruk draait hij zijn hoofd naar Erik toe en kijkt hem strak hem. De curve op de monitor begint sneller te lopen.

'Wat bedoelt u?'

'Ze is dood aangetroffen in een flat in Alkmaar, die wordt gehuurd door iemand die u niet onbekend zal zijn: Ad van Ulvenhout.'

Zijn gezicht vertrekt, hij begint te hijgen, zijn lichaam schokt. De curve op de monitor schakelt in één keer twee versnellingen hoger. Zijn gezicht wordt rood van inspanning als hij probeert te gaan zitten. Dan gaat alles opeens heel snel. Twee verpleegkundigen stormen de kamer binnen. Een van hen duwt Lodewijk de Wit zacht terug in zijn kussens, de ander trekt een slang uit een kastje onder de monitor en duwt het kapje dat aan het uiteinde zit op zijn gezicht.

Alice kijkt geschokt toe. Het ritme op de monitor is op slag weer vertraagd, alsof er na de versnelling zwaar op de rem is getrapt.

'Vertrekt u alstublieft onmiddellijk,' bitst de verpleegkundige die hen heeft ontvangen.

'We wachten verderop,' zegt Erik.

Stil lopen ze terug naar de ruimte met de balie, waar niemand meer zit om de schermen in de gaten te houden.

'Dat was heftig,' bromt Erik, die een zakdoek tevoorschijn haalt en zijn gezicht afveegt.

Alice heeft hem nog nooit zo geschrokken gezien.

'Hopelijk knijpt hij er niet alsnog tussenuit. Ik had dat laatste beter niet kunnen zeggen.'

'Of juist wel. Voor mij staat nu vast dat Van Ulvenhout niet zo onschuldig is als hij ons wil laten geloven.'

'Daar lijkt het wel op, ja. Ik heb er geen idee van wat er allemaal speelt en hoe alles met elkaar is verweven.'

'Alles?'

'De moord op Ilona, de bomaanslag, de inbraak in de reactor. Ergens moet een verband zijn, Alice. Vind die maar eens. De Wit wil blijkbaar niet praten. Van Ulvenhout is ervan overtuigd dat er niets tegen hem valt te bewijzen en speelt de vermoorde onschuld. Onze collega's Stienstra en Verdonk kunnen hun zaak succesvol afsluiten. En uiteindelijk draait Tosca Lagerwey overal voor op.'

'Onterecht, bedoel je?'

'Misschien voor een deel, dat weten we nog niet. Maar wat nu dreigt te gebeuren, klopt ook niet. Dat heeft dit bezoek tenminste opgeleverd. Laat De Wit het alsjeblieft overleven zodat hij openheid van zaken kan geven.'

Ze draaien zich om naar de verpleegkundige die hun kant op komt. Ze kijkt opgelucht, maar ook ontstemd.

'Dat was meteen de laatste keer,' zegt ze streng. 'Kon u niet voorzien dat de patiënt zich zo zou gaan opwinden?'

'Deze reactie kwam voor ons als een volslagen verrassing,' verklaart Erik. 'Dat spijt ons heel erg. Ik ben toch bang dat we nog een keer moeten terugkomen.'

'Niet zolang hij op de ic ligt,' zegt ze beslist. 'Dokter Abrahams kan zo veel zeggen. Ik draag hier de verantwoording en dit laat ik niet toe.'

31

Wat ontmoedigd herleest Erik de fax die is binnengekomen toen hij met Alice in het ziekenhuis was.

Geachte collega,

Op uw verzoek hebben wij naspeuringen verricht naar de heer A. van Ulvenhout, die tegenover u heeft verklaard tussen 12 en 26 augustus in een vakantiewoning in Durbuy te hebben verbleven. De parkbeheerder bevestigt de opgegeven data. De heer Van Ulvenhout heeft object nr. 24 bewoond en is daar volgens de ondervraagde persoon onafgebroken geweest. Hij heeft via de beheerder een visvergunning gekocht voor genoemde periode. Naar verluidt zou hij een grote bedrevenheid hebben in het vissen op forel.

Heel relevant, zulke informatie. Erik staart naar zijn computer zonder erop te kijken. Een vorm van concentratie waardoor je je afsluit van de omgeving als er geen enkel zicht is op de oplossing van een gecompliceerde zaak. Sherlock Holmes ging in zo'n situatie vioolspelen. Muziek ontspande hem en maakte zijn geest ontvankelijk voor invallen.

Hij kijkt over zijn computer heen naar Alice, die het dossier van Van Ulvenhout zit door te lezen.

'Ik denk, Alice, dat we misschien te luchtig doen over die verdwenen camper.'

Ze kijkt op. 'Hoezo?'

'Als er vingerafdrukken in waren gevonden van zowel Tosca Lagerwey als Van Ulvenhout, dan zou dat bewijzen dat hij daar is geweest op de dag of avond waarop Ilona de Wit werd vermoord. Zijn België-alibi vervalt daardoor.'

'Alle vingerafdrukken in Tosca's auto waren geveegd, behalve de hare. Die zaten alleen nog op het stuur, de versnellingspook en het portier aan de bestuurderskant. Verse afdrukken. Oude afdrukken van haar waren ook geveegd. Het werk van mensen die precies wisten wat ze deden. Wat denk je dat er intussen met die camper is gebeurd? Hetzelfde toch?'

'Dat ligt wel voor de hand, ja,' geeft Erik toe.

'Kun jij iets anders bedenken om het alibi van Van Ulvenhout nog een keer nauwkeurig na te trekken, Erik?'

'Naar België gaan kan niet meer, na deze fax.'

'Jij twijfelt daar dus ook aan?'

'Ik heb op z'n zachtst gezegd mijn bedenkingen bij die man. De reactie van De Wit in het ziekenhuis heeft die versterkt. Maar aan bedenkingen hebben we niets. Zolang we niet hard kunnen maken dat hij liegt, spreekt hij de waarheid.'

'De enige die ons verder kan helpen is volgens mij Tosca Lagerwey. Zij heeft een paar dagen met hem doorgebracht. Haar kunnen details zijn opgevallen die weer naar boven komen nu de eerste ontreddering over haar arrestatie en opsluiting wat is getemperd.'

'Ze zóú een paar dagen met hem hebben doorgebracht,' werpt Erik tegen.

'Ze zóú Ilona de Wit kunnen hebben omgebracht, Van Ulvenhout zóú dat ook hebben gekund, maar hij heeft een alibi. Ik vind dat nogal vaag. Bovendien is het strijdig met Tosca's verklaring dat ze de nacht van de moord samen waren. Ik zou graag nog een keer met haar gaan praten.'

'Dan zul je naar Amsterdam moeten, een verzoek moeten indienen, met omschrijving van redenen. Een heleboel gedoe. Had het gisteren bedacht. Ze is pas laat in de middag overgeplaatst.'

'Sorry, Erik. Ik ga me niet laten tegenhouden omdat het moeite kost. We moeten een moord oplossen en ik wil nog steeds niet geloven dat Tosca een terrorist is. Heb jij een beter idee?'

'Ik wil Tjeerd de Boer vanmiddag nog een keer ondervragen. We hebben ons gesprek met hem wel erg abrupt afgebroken.'

'Wat mij betreft ga je alleen. Intussen probeer ik een bezoek aan Tosca te regelen. Ik moet ook nog een aantal dossiers doornemen.'

Staand voor het raam probeert Erik in te schatten waar de flat van Van Ulvenhout zich ongeveer moet bevinden. Achter hem, in het keukentje dat grenst aan de huiskamer, hoort hij Tjeerd de Boer met kopjes rammelen. Deze keer heeft hij geen nee gezegd tegen de aangeboden koffie.

De afspraak was snel gemaakt. De Boer kon hem al een paar uur na zijn telefoontje ontvangen. Zou die man geen werkverplichtingen hebben? Hij moet niet vergeten daarnaar te vragen.

Als De Boer twee kopjes op de salontafel zet en afwachtend op de bank gaat zitten, neemt hij in een rotanstoel tegenover hem plaats.

'We hebben ons gesprek de vorige keer nogal plotseling afgebroken. Uw verklaring dat de heer Bol een envelop met foto's had meegenomen naar de hoorzitting, overviel ons enigszins. Dat riep veel vragen op. U weet dat wij onderzoek doen naar de inbraak op het terrein van de kernreactor. U blijkt daar de dag erna foto's van te hebben ontvangen, anoniem, beweert u.'

Hij observeert De Boer terwijl hij op diens reactie wacht. Die heeft nog dezelfde, wat zorgelijke uitdrukking op zijn gezicht. Hij is duidelijk niet blij met de vraag en staart langs hem heen uit het raam.

'Ik vond uw vorige bezoek, hoe zal ik het zeggen, wat merkwaardig. Plotseling zei u dat u genoeg wist, en weg was u.'

'U had dus nog veel meer willen vertellen?'

De Boer kijkt bedenkelijk.

'Dat ook weer niet.'

'Wij hadden de indruk dat u vooraf wel degelijk van de inbraak op de hoogte was, meneer De Boer. U ontkende dat namelijk ongevraagd en iets te nadrukkelijk. Lichaamstaal verraadt veel. De inbraak werd gepleegd door milieuactivisten. U bent voorzitter van MilieuOffensief. Afgaand op de naam lijkt me dat een club die niet gaat zitten afwachten of zich een mogelijkheid voordoet om het milieu eens aan de orde te stellen.'

De Boer moet erom glimlachen.

'Daar hebben we het vorige keer al over gehad, over harde acties, het opzoeken van de grenzen van de wet.'

'Een inbraak op het terrein van een kernreactor gaat daar toch overheen, lijkt me.'

'Dat hangt af van de doelstelling. Wel als je iets wilt stelen, beschadigen of vernielen, niet als je erdoor wilt aantonen dat de beveiliging niet waterdicht is. Ik moet er niet aan denken dat terroristen daar waren binnengedrongen. Vergelijkt u ons maar met computerhackers die in opdracht van een bedrijf of de staat proberen netwerken te kraken met de bedoeling veiligheidslekken in kaart te brengen.'

'Ons?' herhaalt Erik. Hij buigt naar voren om zijn koffiekopje te pakken en roert erin. Met opgetrokken wenkbrauwen kijkt hij de man tegenover hem aan. Die blijft zwijgen.

'De foto's zijn anoniem naar uw computer gestuurd, beweerde u vorige keer. Ik kan daar beslag op laten leggen. Onze experts komen er wel achter van wie ze afkomstig waren. Dat is trouwens ook via uw provider te achterhalen. U zou ons dus een hoop moeite besparen door open kaart te spelen.'

'U doet onderzoek naar die inbraak. Er wordt dus van u verwacht dat u de daders arresteert.'

'Er wordt in elk geval van ons verwacht dat we de zaak oplossen. De inbraak ligt erg gevoelig en is buiten de publiciteit gehouden. U bent tot nu toe zo verstandig geweest om ook de foto's buiten de publiciteit te houden. Voor een inbraak die officieel nooit heeft plaatsgevonden kunnen uiteraard geen daders worden gearresteerd.'

Op het gezicht van Tjeerd de Boer verschijnt een spottende uitdrukking.

'De spreekwoordelijke doofpot, waarin eerder al wanbeheer, bewezen veiligheidsrisico's en een bijna-ongeluk zijn verdwenen. Het is in ieders belang dat bedrijven met risico's voor de omgeving aan de strengst mogelijke veiligheidseisen en controles voldoen. Gesjoemel daarmee moet altijd aan de kaak worden gesteld.'

'Dat is geen discussie die u en ik moeten voeren. Toch wil ik er iets over zeggen. De hackers over wie u het net had, hangen hun informatie ook niet aan de grote klok. De veiligheidslekken worden gedicht. Daar gaat het u toch om? Ik kan u verzekeren dat het management van de reactor zich een ongeluk is geschrokken en dat het niet zal lukken daar nog eens binnen te komen.'

'Begrijp ik nou dat u mij een voorstel doet? Ik geef toe dat wij erachter zaten en ik geef u de nodige informatie. U kunt daarmee uw zaak afsluiten en u laat de daders ongemoeid.'

Erik drinkt zijn koffie op en zet het kopje terug op de salontafel.

'Verwacht geen officiële reactie van mij. Het ligt overigens wel voor de hand dat het zo zal gaan.'

De Boer staat op. 'Wilt u er ook nog een?'

'Graag.'

Wat een bizar gesprek is dit. Waarschijnlijk neemt De Boer nu de tijd om na te denken of hij meer informatie wil geven. Misschien is het goed om straks eerst over iets anders te beginnen.

'Woont u hier allang?' vraagt hij als het tweede kopje koffie voor hem wordt neergezet.

'Bijna vier jaar. Een jaar nadat ik in de WAO was beland moest ik op zoek naar goedkopere woonruimte.'

'Wat voor werk deed u, als ik vragen mag?'

'Ik had een managementfunctie in de ICT. Een baan die me heeft opgevreten, me zelfs mijn gezin heeft gekost. Maar daarvoor bent u hier niet.'

Erik neemt voorzichtig een slokje van de hete koffie. Hij brandt bijna zijn lippen en zet het kopje terug om het te laten afkoelen.

'Soms is het goed om iets van de achtergronden van mensen te begrijpen. Kent u veel mensen hier in de omgeving?'

De Boer antwoordt niet meteen. Lijkt zich af te vragen waar hij met deze vraag heen wil.

'Och… Je komt wel eens iemand tegen, raakt aan de praat, u kent dat wel.'

'Hebt u op die manier ook kennisgemaakt met de heer Van Ulvenhout?'

De Boer beweegt onrustig.

'Waarom wilt u dat weten?'

'Hij lijkt me de aangewezen persoon die jullie meer *inside information* over die kernreactor kon geven. Nogmaals: kent u Van Ulvenhout?'

'Wat u net zei, geen officiële inbraak, geen officiële verdachten, geen aanklachten dus. Ik neem aan dat ik dat heel ruim dien op te vatten?'

Waar wil hij heen met die opsomming? Heeft Van Ulvenhout iets met die inbraak te maken? Mocht hij in de buurt zijn geweest, dan staat zijn alibi op losse schroeven. Dit is dan wel een andere zaak, maar een die beslist niet in de doofpot kan worden gestopt.

'Wij verdenken de heer Van Ulvenhout ervan bij die inbraak betrokken te zijn geweest,' zegt hij plompverloren.

'Het hangt ervan af hoe je dat opvat,' aarzelt De Boer. 'Hij heeft daar jaren gewerkt, kende de veiligheidsprocedures als geen ander, wist waar de bewakingscamera's hingen, hoe het alarm werkte, dergelijke zaken, begrijpt u?'

Hoe konden die activisten anders ongezien tot in het hart van de reactor komen?

'Dat had ik al bedacht, ja. Was hij soms in de buurt tijdens die inbraak, om advies te geven bij onverwachte situaties bijvoorbeeld?'

'Ik heb Ad van Ulvenhout al weken niet gezien of gesproken. Wel weet ik uiteraard wat voor drama zich in zijn flat heeft afgespeeld, voornamelijk uit de media, maar er wordt hier ook over gepraat, dat zult u begrijpen.'

'En levert dat nog nieuwe gezichtspunten op, als u ze vergelijkt met het mediaverhaal?'

'Ilona de Wit was hier vaker gesignaleerd. Toen wist niemand nog dat het de vrouw was van de directeur van de kernreactor.'

'Maar dat is nu blijkbaar wel bekend, terwijl dat er in de kranten niet bij heeft gestaan.'

'Een kwestie van verbanden leggen, denk ik. Ik weet het ook niet precies.'

Erik staat op en loopt naar het raam. 'Zou u mij kunnen aanwijzen welke flat van Van Ulvenhout is?' vraagt hij.

'Ja zeker.' De Boer komt naast hem staan. 'Ziet u dat balkon met de buitenunit van een airco erop? Ze hebben er een speciaal afdakje boven gemaakt.'

'Ik zie wat u bedoelt.'

'Van Ulvenhout woont daaronder.'

'U kunt hiervandaan zijn huiskamer zien. U zei net dat u hem

lang niet had gezien of gesproken. Hebt u dan misschien wel gezien of hij thuis was, of er licht bij hem brandde?'

'Volgens mij is hij een tijdje van huis geweest. Ik kan me in elk
geval niet herinneren dat ik daar onlangs licht heb zien branden.'

Erik zucht in stilte. Het alibi van Van Ulvenhout wordt eerder
sterker dan zwakker. Wat is hij nu precies met dit bezoek opge-
schoten? MilieuOffensief zit achter de inbraak op het reactorterrein. Dat namen ze al aan. Van Ulvenhout heeft ze getipt over de
beveiliging. Gevaarlijk nieuws. Of hij daar iets mee kan moet nog
maar blijken. Het lijkt erop dat het niets bijdraagt aan welke zaak
dan ook.

'Kende u Tosca Lagerwey goed?'

'Tosca Lagerwey? Het spijt me. Die naam zegt me niets.'

De Boer zegt het zonder na te denken, te snel vindt Erik.

'Ze zat in de zaal tijdens de hoorzitting, een milieuactiviste, dat
wordt althans aangenomen,' houdt hij aan.

'Die naam zegt me niets,' herhaalt De Boer.

'Ik neem aan dat u de tv-beelden hebt gezien waarin de verdachte van de aanslag door de politie werd afgevoerd.'

Hij knikt. 'Heet zij Tosca Lagerwey? Dat werd er niet bij gezegd.'

'Waar was u in de nacht dat mevrouw De Wit daar werd vermoord?' vraagt hij nogal impulsief, met een hoofdknik in de richting van de flat van Van Ulvenhout.

De Boer kijkt hem verbijsterd aan.

'Dat meent u niet. Ik kende die vrouw niet. Waarom zou ik haar
iets aandoen? Dit is zwaar belachelijk. Maar als u erop staat wil ik
wel nagaan wat ik op die avond deed en uitzoeken of iemand me
een alibi kan bezorgen.'

'Doet u dat, voor de zekerheid. We willen namelijk alle verras-
singen uitsluiten,' zegt Erik vermoeid. 'Mocht u nog iets bijzonders vernemen over wat er in die flat is gebeurd, dan stel ik het op
prijs als u mij daarvan op de hoogte brengt.'

'De grens tussen verdachte en informant is kennelijk al net zo diffuus als de grenzen van de wet.'

'Wat zal ik zeggen, meneer De Boer? Ieder mens moet wel eens balanceren op een onduidelijke grens. Wij begrijpen elkaar inmiddels wel, hè?'

'U bedoelt: geen publicatie van de foto's?'

'Ik neem aan dat ik op u kan rekenen.'

'Dat is afgesproken.'

32

Alice knippert even met haar ogen als de vrouw die ze vijf dagen geleden voor het laatst heeft gezien, binnenkomt. De vermoeid maar verzorgd ogende Tosca is veranderd in een schichtig vogeltje met doffe ogen, dat geen zin meer heeft om zijn veren te poetsen. De donkere kringen en de wallen onder haar ogen zijn erger geworden en ze is vermagerd. Ze staat op om haar een hand te geven.

'We hebben elkaar al eerder ontmoet.'

Tosca haalt haar schouders op en gaat zitten.

'Voordat ik je nog een paar vragen ga stellen, wil ik graag weten hoe het met je gaat.'

'O ja?' Tosca snuift meewarig. 'Maak dat de kat wijs. Ik ben er al lang achter dat mijn gevoelens van geen enkel belang zijn.'

'Hoe bedoel je dat? Word je hier slecht behandeld?'

'Ik krijg genoeg te eten en te drinken om op de been te blijven, als je daarop doelt. Wil je nog iets anders weten?'

Tijdens het vorige gesprek ontstond een sfeer van vertrouwen, nu overheersen bij Tosca de argwaan en de onwil om mee te werken. Als ze beide niet weet te doorbreken, ontstaat er een patstelling waar ze geen van tweeën iets mee opschieten.

'Wat je me de vorige keer vroeg, over kiezen tussen het leven van je kinderen en dat van een onbekende persoon, dat heeft me beziggehouden, weet je dat?'

'Goh'

De gereserveerde toon kan niet verhullen dat er een vonkje is overgesprongen. Haar ogen lichten wat op.

'Ik heb zelfs aan mijn man gevraagd wat hij zou doen als hij moest kiezen tussen David, zo heet mijn zoontje, en een willekeurig persoon.'

'En?'

'Het zal je niet verrassen dat hij geen moment twijfelde. Je had het over je kinderen. Hoe heten ze?'

Opnieuw verschijnt er argwaan in Tosca's ogen. Ze overweegt toch niet om haar hakken in het zand te zetten en niets meer te zeggen?

'Je hoeft het niet te vertellen, als je niet wilt. Dan stel ik de vragen die ik moet stellen en dan ga ik weer.'

'Waarom zou ik?'

'Omdat ik misschien wel de enige ben die er niet van overtuigd is dat je met voorbedachten rade een bombrief hebt afgegeven en dat je tot nu toe vooral leugens hebt verteld. Daarom probeer ik een beetje aardig tegen je te doen. Ik heb een vaag vermoeden van wat je doormaakt, en dat vind ik beroerd, zeker als je achteraf onschuldig blijkt te zijn.'

Tosca staart haar aan, lijkt in te schatten hoe oprecht ze is.

'Heb jij wel eens boeien om gehad?'

'Op de academie, om te weten hoe dat voelt. Erg serieus was dat niet, moet ik bekennen.'

'Hebben ze je toen ook gevisiteerd, om te weten hoe dat voelt?'

Tosca's ogen draaien van haar weg.

'Dat gelukkig niet. Het spijt me vreselijk dat je zoiets hebt moeten ondergaan. Ze visiteren hier zelfs bezoekers die gevangenen privé, om het zo maar te noemen, mogen bezoeken. Iedereen kan drugs hebben verstopt, het meest gewilde artikel in gevangenissen. Voor jou een schrale troost, die je niet zal helpen om die rotervaring te vergeten, dat begrijp ik heel goed.'

'Het is zo vernederend, zoals alles hier. Menselijke waardigheid blijkt een rekbaar begrip te zijn. Ik weet niet hoe lang ik dit nog volhoud.'

'Heb je al iets van je kinderen gehoord? Je mag ze hier toch ontvangen?'

Over die vraag had ze eerst even moeten nadenken. Tosca leek zo aangeslagen en murw, dat haar laatste tranen intussen opgedroogd hadden moeten zijn. Alice geeft haar de tijd om wat tot zichzelf te komen, onderdrukt de neiging om een troostende hand op haar schouder te leggen.

'Diederik wil niet dan zijn kinderen op bezoek gaan bij hun moeder in de gevangenis,' zegt Tosca uiteindelijk. 'Ik kan hier nog maanden zitten, als ik de twee rechercheurs die me steeds ondervragen moet geloven. Ik weet het niet meer, begrijp je dat? Ik weet ook niet meer wat ik tegen die twee bloedhonden moet zeggen. Ze willen alleen maar van me weten in wiens opdracht ik een bom aan Lodewijk de Wit heb gegeven.'

'Ze werken voor een speciale unit die zich bezighoudt met terrorismebestrijding. In andere zaken zijn ze alleen geïnteresseerd als die iets met een aanslag of de dreiging daarvan te maken hebben. Jouw verhaal over je gijzeling en dat bomschijfje zien ze als een afleidingsmanoeuvre waar ze niet in willen trappen.'

'Zoiets zeiden ze, ja. Maar waarom gaan ze niet op zoek naar Leon? Ze zouden hem ook eens moeten ondervragen op de manier waarop ze dat met mij hebben gedaan.'

'Leon. Daar bedoel je Van Ulvenhout mee?'

Ze houdt nog even voor zich dat Van Ulvenhout zich bij de politie heeft gemeld.

'Ja. Geloof jij wel dat hij mij heeft gegijzeld en tot van alles heeft gedwongen?'

'Ik wil het graag geloven, maar ik wil het ook kunnen bewijzen.'

'En daarom kom je me nu weer ondervragen?'

'Eerlijk gezegd moet ik in eerste instantie de moord op Ilona de Wit zien op te lossen. Die zaak staat echter niet los van de bomaanslag en dus hou ik me daar zijdelings ook mee bezig.'

Tosca laat het een poosje rustig op zich inwerken.

'Waarom denk je dat de bomaanslag niet losstaat van de moord op Ilona de Wit?'

'Omdat dezelfde personen erbij betrokken zijn, jij en Van Ulvenhout.'

'Leon.'

'Als je dat wilt zal ik hem zo noemen. Weet je, Tosca, het moet toch op een of andere manier mogelijk zijn om te bewijzen dat je door Leon bent gegijzeld en dat jullie samen in zijn flat zijn geweest terwijl het lichaam van Ilona daar nog lag? Leon ontkent dat.'

'Wat? Hebben jullie hem opgepakt?' vraagt Tosca opverend.

'Nee. Hij is uit zichzelf naar ons toe gekomen, met een heel goed alibi, dat door een getuige wordt bevestigd. Hij beweert dat hij jou niet kent en je nog nooit heeft ontmoet.'

'De gore leugenaar! Hoe kan ik hiervandaan nou bewijzen dat hij liegt?'

'Door heel nauwkeurig in je geheugen te graven. Hoe zijn jullie bijvoorbeeld in zijn flat gekomen, en wie heeft Ilona het eerst ontdekt?'

'Ik,' zegt Tosca zonder te aarzelen. 'Ik was het eerst binnen. De voordeur stond open en ik was er nieuwsgierig naar hoe hij woonde. Daarom ben ik alvast naar binnen gegaan.'

'Waar was Leon op dat moment?'

'Die had de achteringang genomen. Hij durfde niet via de hoofdingang, omdat hij bang was dat iemand hem daar stond op te wachten. Ik moest ook iets uit zijn brievenbus halen, maar alleen als ik zeker wist dat niemand die in de gaten hield.'

'Heb je dat ook aan Stienstra en Verdonk verteld?'

'Geprobeerd, maar ze onderbraken me steeds omdat het niets met de bomaanslag te maken had. Maar dat had het juist wel!'

Op Tosca's gezicht verschijnt een blos. Ze voelt hoop, zo te zien. Daardoor komt er iets van haar strijdvaardigheid terug.

'Wat precies?'

'Ik heb de brievenbus geleegd voordat we weggingen. Er zat een envelop in, een bruine, met luchtkussentjes. Leon heeft er iets uitgehaald waar hij zich hevig over opwond. Diezelfde envelop heb ik tijdens de hoorzitting aan Lodewijk de Wit gegeven.'

'Dezelfde envelop? Weet je dat zeker?'

'Honderd procent. Ik moest er ook iets bij zeggen. *U zult blij zijn om dit terug te krijgen.* Daarvóór moest ik vertellen dat ik wist dat De Wit kort geleden contact had gehad met de afzender, Leon dus, over een bankrekening. Ik moest van Leon voor journalist spelen,' verduidelijkt ze.

Alice knikt alleen maar. Ze luistert met ingehouden adem.

'De Wit werd heel kwaad toen ik over die bankrekening begon en probeerde een einde aan het gesprek te maken. Toen ik hem die envelop gaf, was ik bang dat hij over de rooie zou gaan.'

'Dit is belangrijke informatie, Tosca. Hopelijk bevestigt De Wit je verhaal binnenkort.'

'Heeft hij de bomaanslag overleefd?'

'Gelukkig wel. Terug naar de flat. Jij vond Ilona, daarna dook Leon op. En toen?'

'Ben ik misselijk geworden en heb ik op de wc overgegeven. We zijn naar de keuken gegaan. Daar heeft Leon een glas water voor me ingeschonken en me een tijdje alleen gelaten. Hij wilde nog een keer naar zijn vriendin kijken. Hij had haar ogen gesloten, zei hij toen hij terugkwam. Hij was van slag, want hij heeft achter elkaar twee glazen water leeggedronken.'

Een beroeps met compassie hoort ze zichzelf tegen Erik zeggen.

Ze hebben nog geen uitslag binnen van het onderzoek naar afdrukken op Ilona's oogleden, terwijl het lichaam al een paar dagen geleden naar het Nederlands Forensisch Instituut in Rijswijk is gebracht. En dan dat glas! Het servies lag grotendeels aan stukken. Een glas in de keuken, nog intact, dat zou meegenomen moeten zijn vanwege mogelijke vingerafdrukken. Misschien stonden Tosca's vingerafdrukken erop. Dat moet ze uitzoeken.

'Jij hebt toen naar 112 gebeld.'

'Op bevel van Leon. Pas nadat ik die envelop uit de brievenbus had gehaald. We zaten alweer in de auto.'

'En daarna?'

'Zijn we naar Schiphol gereden, waar ik naar mijn moeder en mijn kinderen mocht bellen. Daarna gingen we naar een hotel. Daar heb ik het al over gehad.'

'Het is pijnlijk voor je, dat besef ik, Tosca. Toch ga ik je er nog iets over vragen. Leon ontkent met grote stelligheid dat hij jou kent. Jij kent hém wel, heel goed zelfs. Ik wil je niet kwellen, maar ik moet dit vragen. Herinner je je iets opvallends aan zijn uiterlijk, wat alleen iemand kan weten die intiem met hem is geweest?'

Een pijnlijke stilte. Haar opeengeklemde lippen trillen.

'Hij was besneden,' klinkt het dan kortaf. 'En hij had een nogal opvallend, slordig litteken op zijn rechter heup van een centimeter of acht, schat ik.'

'Wat een details opeens. Ik maak er zo snel mogelijk een verslag van. Dat stuur ik je op. Je moet dat lezen, zo nodig dingen wijzigen of toevoegen en er je handtekening onder zetten. Ik stuur een kopie naar je advocaat. Ga je daarmee akkoord?'

Een flauw glimlachje.

'Denk je dat het me kan helpen?'

'Ik beloof niets, ik doe mijn best. Als we hierdoor kunnen aantonen dat Van Ulvenhout liegt, dan zou dat wel eens heel gunstig voor jou kunnen zijn.'

33

'Je moet echt meer eten, hoor. Heb je al eens goed naar jezelf in de spiegel gekeken? Weet je, ik heb ze wel vaker zo gezien als jij, nog meer in de put zelfs. Die werden broodmager. Tot ze zich zo beroerd begonnen te voelen dat ze vanzelf meer naar binnen gingen werken. Je kunt dat net zo goed meteen doen. Maakt mij verder niet uit, hoor, ik geef je alleen advies.'

'Aardig van je. Ik heb gewoon geen trek.'

'Zelf weten.'

De bewaakster haalt het plastic dienblad met het nauwelijks aangeraakte bord weg.

'Waarom ga je niet daar eten?'

Ze wijst naar de tafel in de gemeenschappelijke ruimte waar de cellen omheen zijn gegroepeerd, naast een tv met een zitje en een pingpongtafel.

'Ze zijn echt niet allemaal beroerd, en je kunt je verhaal eens kwijt,' probeert ze.

'Dacht je dat? Je vergeet dat ik een terrorist ben die een bomaanslag met een dode en gewonden op haar naam heeft staan. Heb je iemand vermoord of je kinderen mishandeld? Oké, dan is er nog hoop voor je. Schuif gezellig aan. Maar een terrorist... Volkomen verknipt, link om mee om te gaan vanwege de levensgevaarlijke vriendjes die ze moet hebben. Dat is een type dat het allemaal beter weet en met bomaanslagen tegen onschuldige mensen probeert de samenleving op te schudden. Daar wil niemand iets mee te maken hebben. Zo gaat dat toch?'

'Dat beeld je jezelf maar in,' zegt haar bewaakster hoofdschuddend. 'Dacht je dat iedereen hier weet waar je voor zit? Dit hou je zo niet lang vol, hoor.'

'Doe niet zo naïef, alsjeblieft. Ze hebben mijn kop op tv gezien toen ik door de politie werd afgevoerd. Laat me maar. Ik blijf liever in mijn cel zitten.'

'Als die politievrouw niet was geweest had je nog helemaal geen bezoek gehad.' Ze zet het dienblad terug op tafel. 'Je moet af en toe toch eens met iemand praten?'

'Ik waardeer het dat jij dat doet.' Tosca glimlacht flauw. 'Als je het wilt weten: ik bel af en toe met mijn moeder. Ze zou graag op bezoek komen, maar ze heeft geen auto en niemand wil haar hierheen brengen. Ze is een paar dagen geleden ingestort en niet meer in staat om een urenlange reis met het openbaar vervoer te ondernemen. Tijdens ieder telefoongesprek hoor ik haar een jaar ouder worden.'

'Niemand wil haar brengen? Wat sneu. Heb je verder geen familie of vrienden?'

'Jawel. Ik ben getrouwd en heb twee kinderen. Mijn man heeft echter besloten dat hij niets meer met me te maken wil hebben en wil koste wat kost voorkomen dat ik contact heb met mijn kinderen. Iedereen heeft me inmiddels gedumpt. Zelfs mijn beste vriendin gelooft niet langer in mijn onschuld. Door alle negatieve publiciteit, neem ik aan.'

De vrouw neemt haar onderzoekend op, lijkt zelfs enigszins onder de indruk.

'Dat je daar zo rationeel over kunt praten,' zegt ze aarzelend.

'Denk je dat ik me niet allang helemaal heb leeggejankt? Elke keer een nieuwe klap, niemand die gelooft dat ik onschuldig ben.

Ik ben murw, ik hoef niet meer, begrijp je? Maar om jou een plezier te doen zal ik vanavond mijn bordje leeg eten.'

'Daar houd ik je aan. Hoe oud zijn je kinderen eigenlijk?'

'Felix is zes, Sofie negen.'

'Ze kunnen dus lezen. Waarom schrijf je ze geen brief? Of ben je bang dat je man die niet aan hen zal geven?'

'Je kent hem niet. Maar het is toch een goed idee. Ik kan hem via mijn moeder sturen. Die mag haar kleinkinderen af en toe opvangen, als hij en zijn liefje het te druk hebben.'

Nu al file? Het is net half vier geweest. Geïrriteerd schakelt Alice terug naar de tweede versnelling. Even later moet ze haar auto zelfs stilzetten. Nog minstens vijf kilometer optrekken en stilstaan voordat ze door die verrekte tunnel is. Straks, als bedrijven en kantoren sluiten, slibt het hier helemaal dicht met auto's van mensen die hun betonnen, stressvolle werkomgeving zo snel mogelijk willen verlaten. Met z'n allen in de rij, ingeblikt, vermoeid en vaak overwerkt. Timo heeft hier een paar keer per week mee te maken, zij het voor een andere tunnel, die hij niet kan vermijden als hij naar zijn werk moet. Een moment om zich te scheren, zijn gedachten de vrije loop te laten of te ontbijten als hij te laat van huis is gegaan. Zo past hij zich aan, om het draaglijk te maken. Waarom gebruikt zij dit onvermijdelijke oponthoud niet ook nuttig? Ze heeft zo veel nieuwe informatie om over na te denken.

Allereerst Tosca's opmerkelijke verklaring over de envelop. Ze zou die een dag voor de aanslag uit de brievenbus van Van Ulvenhout hebben gehaald en hem op de fatale avond aan De Wit hebben teruggegeven. Een retourzending als wraakpakketje, afgeleverd door de nietsvermoedende Tosca. Van Ulvenhout bezit meer dan voldoende kennis van explosieven om zo'n bompakketje samen te kunnen stellen. Milieuactivisten of terroristen, waar Stienstra en Verdonk zo op gefixeerd zijn, spelen in dit scenario geen enkele rol. Zolang het alibi van Van Ulvenhout niet wordt doorge-prikt, kan ze echter niets met Tosca's verklaring beginnen. Zelfs niet als De Wit zou bevestigen dat hij een brief naar Van Ulvenhout heeft gestuurd.

Naast haar op de vluchtstrook raast een politiewagen voorbij met gillende sirene, bijna meteen gevolgd door een ziekenwagen. De bestuurder van de auto voor haar stapt uit en kijkt in de rich-ting waarin ze zijn verdwenen. Verderop gaan meer portieren open. Ze zet de motor af en leunt achterover.

Terug naar die envelop. Het blijft Tosca's verhaal tegenover dat van Van Ulvenhout. Diens litteken dan, en het feit dat hij, volgens Tosca, is besneden. Ze moet er in stilte om grinniken. *Laat uw broek eens zakken, meneer Van Ulvenhout.* Dat kan alleen als er een concrete verdenking tegen hem bestaat. Dan kan hij via een ge-rechtelijk bevel worden gedwongen zich ten overstaan van een arts te ontbloten. Dat Van Ulvenhout vrijwillig zal meewerken, sluit ze uit, daar staan zijn afkeer van justitie en politie garant voor.

Opnieuw zwaailichten op de vluchtstrook. Een wagen met op-legger rijdt hard voorbij. Dat moet een flink ongeluk zijn geweest verderop. In de rij voor haar is nog geen beweging te bespeuren. Ze glimlacht naar de bestuurster van de auto naast haar. Ze heeft haar raampje laten zakken, haar stoel ver naar achteren geschoven en een laptop op schoot gezet, waarop ze geconcentreerd aan het werk gaat. Het kan dus nog efficiënter, Timo, dan scheren, ontbij-ten en mijmeren.

Zo veel nieuwe informatie en niets waar ze meteen mee verder kan. Frustrerend. Het glas water dat Van Ulvenhout aan Tosca heeft gegeven misschien? Het was zijn huis, zijn vingerafdrukken daarop bewijzen niets. Hij heeft Tosca een glas water gegeven en later, nadat hij de ogen van Ilona had gesloten, zelf twee glazen leeggedronken. Wacht eens. Dan moeten zijn vingerafdrukken dus over die van Tosca heen staan. Waarom bedenkt ze dat nu pas?

Hun eigen lab moet dat glas ergens hebben. Als er maar één vingerafdruk van Van Ulvenhout over die van Tosca heen staat, dan ligt zijn alibi aan gruzelementen. Dan ontstaat er opeens een situatie waarin Van Ulvenhout wél gedwongen kan worden om zijn broek te laten zakken.

Ze kijkt op haar horloge. Het is al vier uur geweest en de rij voor haar staat nog muurvast. De vrouw naast haar bewerkt driftig haar toetsenbord, het hoofd van de bestuurder achter haar leunt met gesloten ogen en halfopen mond tegen de neksteun. Ook een manier om de tijd te doden. Of hij een half uur korter of langer stilstaat maakt hem zo te zien niet veel uit. Voor haar betekent het dat ze allerlei aanwijzingen pas morgen kan uitzoeken en dat ze de zaak-Tosca Lagerwey mee naar huis zal nemen. Zoiets overkomt haar regelmatig, als een zaak op een dood punt belandt of omdat ze moet wachten op uitslagen van het lab. Ze zou Van Ulvenhout nu een bezoekje moeten brengen om hem op een tactische manier te confronteren met alles wat Tosca heeft beweerd. Eén verkeerde reactie of verspreking van hem en het onderzoek kan in een stroomversnelling raken. De harde bewijzen komen dan later wel.

Ver voor haar stappen automobilisten weer in hun auto. Er komt beweging in de rij. Ze start de motor, optrekken, een paar meter rijden, stilstaan, optrekken, weer een paar meter rijden… Als ze niet al ruim een half uur had stilgestaan zou ze er moedeloos van zijn geworden. Nu is ze vooral opgelucht omdat ze tenminste vooruitkomt. Zo subjectief is filebeleving.

Terwijl ze de tunnel nadert, neemt haar ingeving om Van Ulvenhout Tosca's verklaringen voor te leggen, vastere vorm aan. Ze bedenkt vragen, anticipeert op mogelijke reacties van hem. Nu is ze optimaal gemotiveerd, scherp en alert. Morgen of overmorgen, als Erik zijn bedenkingen zal hebben geuit en eerst op uitslagen van het lab heeft gewacht, zal die scherpte er wel eens af kunnen zijn. Intussen verkommert Tosca in de bajes. Hoe leg je Tosca uit waarom niemand haar geloofde als ze achteraf de waarheid blijkt te hebben gesproken? *Dat hoef je niet uit te leggen, Alice,* hoort ze Erik al zeggen. Formeel niet nee. Als een zaak haar echter persoonlijk raakt, vervaagt de grens tussen 'formaliteit' en 'buiten het boekje gaan' al snel. *Afstand bewaren, Alice, anders vreet je baan je op en ben je er ongeschikt voor.* Makkelijker gezegd dan gedaan als een kind slachtoffer van een misdaad wordt, of als vrouwen zo worden geïntimideerd en mishandeld dat ze te bang zijn om een getuigenis tegen vrouwenhandelaren of pooiers af te leggen. Erik ziet kans om in zijn hoofd een knop om te draaien en 's avonds gezellig met Anna uit eten te gaan terwijl ze midden in een dergelijke zaak zitten. Haar lukt dat nu eenmaal niet.

Ze pakt haar mobiel en drukt op de voorkeuzetoets van Eriks nummer. Ze krijgt meteen zijn voicemail. Hij is met Anna naar de begrafenis van een schoonzus. 'Ik heb nieuwe informatie van Tosca, Erik, en ik wil Van Ulvenhout daar direct mee confronteren. Op het moment sta ik in de file voor de Coentunnel, maar ik verwacht rond half zes bij hem te zijn. Als je erbij kunt en wilt zijn, bel me dan even,' spreekt ze in.

Voor haar voegen twee rijen auto's samen. Er is slechts één rijstrook beschikbaar, naast een ravage van gekreukeld blik en glasscherven. Terwijl ze erlangs rijdt kijkt ze voor zich op de weg. Kijkersfiles, nieuwsgierigheid naar andermans ellende, ze vindt het weerzinwekkend.

Bijna half vijf, stelt ze vast als ze weer met normale snelheid verder rijdt. Over drie kwartier kan ze in Alkmaar zijn, als het verkeer tegenzit wat later. Rond half zes zal Van Ulvenhout geen rechercheur meer bij hem aan de deur verwachten, een verrassingseffect waar ze misschien haar voordeel mee kan doen.

34

Waarschijnlijk is hij niet thuis. Een beetje mismoedig staart Alice naar de gegrondverfde deur zonder naam- of nummerbordje. De oude deur was zeker te veel beschadigd om te herstellen. Zal ze nog een keer aanbellen, of maar weggaan? Ze heeft nog niets van Erik gehoord. Om dit zonder overleg met hem te doen, is bij nader inzien toch niet zo verstandig.

Ze wil zich al omkeren als ze gestommel hoort en de deur wordt geopend. Van Ulvenhout kijkt haar vragend aan, maar toont geen verbazing. Waarschijnlijk heeft hij haar al door het keukenraam gezien. Uit gewoonte haalt ze haar legitimatiebewijs tevoorschijn en houdt het op.

'Ik wil u nog wat vragen stellen.'

'Vragen stellen?'

Op zijn gezicht verschijnt een gemaakt lachje.

'Wat een opluchting. Ik dacht dat je me kwam arresteren.' Hij doet een stap opzij en maakt een uitnodigend gebaar. 'Kom binnen, dan maken we er een gezellig onderonsje van.'

Alice verbijt zich. Zijn zelfverzekerde houding en zijn spottende toon laten er geen twijfel over bestaan dat hij haar bezoek niet serieus wenst te nemen.

Langs hem heen loopt ze de gang in. Hij geeft haar niet voldoende ruimte, zodat haar schouder langs zijn borst schampt. Imponeergedrag? Aannemende dat Tosca's beschrijving van hem klopt, heeft het daar alle schijn van.

Als ze de huiskamer in loopt hoort ze achter zich de deur dichtvallen. Ze neemt rustig de tijd om rond te kijken. Het geheel doet kaal aan. De vernielde tweezitter is vervangen door een nieuw, simpel bankje, de tafel is hersteld. Er staan klapstoelen omheen, ook nieuw, zo te zien. De kast staat nog op dezelfde plek, ingeruimd, met veel lege plekken.

'Grote schoonmaak gehouden, zie ik,' zegt ze luchtig.

Ze keert zich naar hem om. Tegen de deur geleund staat hij haar op te nemen, een man die zijn kansen afweegt, niet iemand die zich er ongerust over maakt dat ze wellicht meer over hem te weten is gekomen dan goed voor hem is.

'Wat ik me al een tijdje afvraag,' begint ze, 'waarom heb je eigenlijk voor klokkenluider gespeeld? Ik bedoel: wilde je je medemensen voor een ramp behoeden, of stak er iets anders achter?'

Hij staart haar quasiverbouwereerd aan. 'Ik nam aan dat je iets dringends van me wilde weten. Je diensttijd zit erop, dus ik kan me niet voorstellen dat je overwerkt om daarachter te komen.'

Ze haalt haar schouders op. 'Ik probeer me een beeld van je te vormen.'

'En dat lukt beter zonder je collega met wie je me de vorige keer ondervroeg?'

'Ik ben heel benieuwd naar je antwoord.'

Ze moet erop wachten, want er wordt aangebeld. Erik?

'Momentje.'

Ze hoort hem de buitendeur openen en kort met iemand praten. Hij komt terug met een pizzadoos in zijn hand.

'Dit had ik al besteld omdat ik straks weg moet en geen tijd heb om zelf iets klaar te maken. Als je er geen bezwaar tegen hebt eet ik hem op voordat hij koud wordt.'

Hij zet de doos op tafel, loopt naar de keuken en komt terug met mes en vork en twee wijnglazen. Uit de kast pakt hij een halfvolle fles rode wijn.

'Ga zitten.' Hij wijst op een stoel bij de tafel. 'Voor het geval je mee wilt drinken heb ik een extra glas gepakt.'

'Nee, dank je.' Ze kijkt toe terwijl hij het deksel van de doos openklapt en een punt uit de pizza snijdt.

'Veel tijd heb ik niet,' herhaalt hij voor hij het stuk naar zijn mond brengt. 'Ik zou dat gedoe met beeldvorming en zo overslaan en meteen to the point komen als ik jou was.'

Hij schenkt een glas wijn in, neemt een slok en lijkt met smaak te eten. Het is bijna onwerkelijk zoals ze tegenover hem zit.

'Ik kom net bij Tosca Lagerwey vandaan. Ze zit inmiddels in de Bijlmerbajes.'

Hij doet of hij nadenkt. 'Is dat niet die vrouw van de bomaanslag?'

'Ook de vrouw die jouw brievenbus heeft geleegd, met wie je samen naar het lijk van je minnares hebt staan kijken en die daarna zo van slag was dat je haar een glas water hebt gegeven.'

Hij pakt zijn wijnglas, zet het aan zijn lippen en neemt met zichtbaar genot een slok.

'Je weet niet wat je mist, een Chileense merlot.' Hij knikt naar het lege glas. 'Weet je zeker dat ik je niet moet inschenken?'

De twijfel die ze eerder voelde wordt sterker. Ze krijgt geen vat op deze man, terwijl ze toch details heeft genoemd die om een reactie vragen, al is het maar een ontkenning.

'Een vrouw ook die een opmerkelijke beschrijving van je uiterlijk heeft gegeven, van het deel onder de gordel, bedoel ik. Zoiets verwacht je toch niet van iemand die je totaal onbekend is?'

Hij zet het glas terug op tafel en kijkt nadenkend voor zich uit.

'Misschien vond ze dat spannend,' zegt hij dan. 'Er hebben natuurlijk foto's van mij in kranten en tijdschriften gestaan. Ik heb brieven gehad van vrouwen die op ontroerende wijze met me te doen hadden. Ik had mijn nek uitgestoken, voor ieders belang en veiligheid, en als beloning werd ik de grond in getrapt. Er zijn vrouwen die met zware criminelen een briefwisseling beginnen en vervolgens verliefd op ze worden. Wist je dat?'

Alice knikt gelaten. Ze kan niet voorkomen dat ze een diepe zucht slaakt.

'Misschien had ze mijn foto bewaard en er van alles bij gefantaseerd. Nu ze zielig alleen in de bak zit komen bepaalde herinneringen boven,' redeneert hij. Zichtbaar ingenomen met zichzelf werkt hij nog een stuk pizza naar binnen.

'Je weet toch dat je door justitie gedwongen kunt worden om Tosca's verklaring door een arts te laten controleren?'

'Zomaar?' Hij kijkt haar schuin aan. 'Dan moet ik toch eerst ergens van verdacht worden. Van de moord op Ilona de Wit bijvoorbeeld, maar die heb ik beslist niet op mijn geweten. Mijn alibi, weet je nog?'

'En dat rammelt op dit moment,' zegt ze met nadruk. 'Maar dat kun jij natuurlijk nog niet weten.'

Hij gaat sneller kauwen en maakt de indruk alerter te worden. Daar zou dus iets mee kunnen zijn, daar moet ze op doorgaan. Ze schuift het lege wijnglas over tafel naar hem toe. 'Doe toch maar een half glaasje.'

Op zijn gezicht verschijnt een glimlach. Hij ontspant zich weer, terwijl hij haar glas oppakt, voor de helft vult en weer terugschuift.

Ze pakt het bij de steel op, houdt het omhoog en bestudeert het aandachtig.

'Kijk, jouw vingerafdrukken zijn goed te zien tegen die rode achtergrond. Ze zijn wat vettig omdat je je mond net met je vingers schoonveegde. De mijne zitten eronder, niet te zien met het blote oog, maar wel in het lab, met speciale apparatuur.'

Hij heeft door waar ze heen wil. Mes en vork worden naast de doos gelegd, zijn ogen schieten onrustig heen en weer.

'Heb je al genoeg? Zonde van die zalm en garnalen.'

Nu is het haar beurt om te glimlachen. Ze heeft het initiatief naar zich toe getrokken. Door zijn onrust is ze er nog meer van overtuigd geraakt dat Tosca inderdaad door Van Ulvenhout is ontvoerd en gegijzeld.

'Wat wil je met dat kunstje duidelijk maken?' probeert hij.

'Je hebt aan Tosca een glas water gegeven omdat ze van slag was en het daarna zelf gebruikt om uit te drinken.' Ze probeert zijn ogen vast te houden.

Hij reageert niet zoals ze verwacht. Integendeel, hij lijkt zich te herstellen.

'En dat menen jullie te kunnen reconstrueren uit de plaatsing van een paar vingerafdrukken op een glas?' Hij schudt ongelovig zijn hoofd. 'Het kan wel tijdelijk mijn alibi onderuithalen en me bestempelen tot verdachte van wat jullie ook voor me hebben bedacht,' redeneert hij hardop. 'Ik kan dan worden gedwongen om me onder de gordel te laten bekijken, om jouw omschrijving te gebruiken. Ik begrijp Tosca niet. Hoe kan ze nou zo stom zijn om mijn fysieke details te beschrijven?'

Uiterlijk volkomen kalm schuift hij zijn stoel weer naar voren, pakt mes en vork op en snijdt het middelste stuk uit de pizza.

'Je hebt gelijk, zonde om het lekkerste niet op te eten,' zegt hij terwijl hij de vork naar zijn mond brengt.

'Je kent Tosca Lagerwey dus wél, en je hebt wel degelijk samen met haar het lichaam van Ilona de Wit in je bed gevonden,' weet ze er redelijk beheerst uit te krijgen.

'Heb ik dat gezegd?' Hij schenkt zijn glas nog eens vol. 'Ik verbaas me erover dat jij zo snel een verkeerde conclusie trekt. Ik zie echter aankomen dat ik moet kiezen tussen een dwangbevel om mijn broek te laten zakken of Tosca te laten vallen. Ik begrijp haar niet, zeg dat maar tegen haar als je haar weer spreekt. Ik had haar er niet bij willen lappen en heb mijn mond tot nu toe stijf dichtgehouden. Tenslotte hebben we een tijdje samen wat gehad en ik heb daar goede herinneringen aan.'

Hij glimlacht ontspannen en brengt het glas weer naar zijn mond. 'Ze laat me echter geen keus. Als je het graag wilt weten: ik heb Tosca een maand of twee geleden voor het eerst ontmoet. Zij nam contact met me op vanwege mijn rol als klokkenluider. Ze is een idealistisch type, weet je, begaan met alles en iedereen, en vooral met het milieu. Ze was lid van een of andere milieuclub die zich de komende tijd sterk wil maken tegen de plaatsing van nieuwe kerncentrales in ons land. In eerste instantie probeerde ze van mij zo veel mogelijk aan de weet te komen over alle narigheid die in de doofpot was gestopt bij de reactor waar ik had gewerkt. Ik zocht daar niets achter, vond haar aardig, en zij mij. Ze was getrouwd met een zekere Diederik – ik weet nog goed hoe ze die naam de eerste keer uitsprak – maar leefde gescheiden van hem, met haar twee kinderen. Om kort te gaan, het klikte tussen ons, en van het een kwam het ander, begrijp je?'

'Ja ja,' is alles wat ze weet te zeggen. Als hij voor het vervolg net zo'n mooi verhaal heeft, ontglipt hij haar toch weer.

'Ze is artsenbezoeker, moet veel door het land reizen en kan daardoor afspraakjes maken,' vervolgt hij glimlachend. 'Nogmaals, ik had pas door waar ze werkelijk op uit was toen ze me een ander soort vragen begon te stellen, een week of drie geleden, in elk geval ruim voordat ik naar België op vakantie zou gaan.'

'Andere vragen?'

'Over de beveiliging van die reactor, de plaats van camera's, de controleruimte, het aantal bewakers, zulke dingen. Uiteindelijk gaf ze toe dat mensen die ze liever niet bij naam noemde daar een kijkje wilden gaan nemen om aan te tonen dat dat ding nog onveiliger is dan werd beweerd.' Hij trekt zijn schouders op. 'Mijn zegen had ze. Ik had je dit nooit verteld als ze niet over mij was gaan praten. Wat wil ze daar nou mee bereiken?'

Ostentatief heft hij zijn handen ten hemel. 'Zo, nu weet je hoe het zit. Doe er je voordeel mee en laat mij verder met rust.'

Hij staat op en brengt de nagenoeg lege doos naar de keuken. Ze hoort het geluid van een pedaalemmer die wordt opengeklikt.

'O ja, over die vingerafdrukken. Ik heb mij nooit met één glas hoeven te behelpen,' zegt hij als hij terugkomt. 'Trouwens: ik zat in België.' Een blik op zijn horloge. 'Als je het niet erg vindt, dan ga ik je eruit gooien. Ik wil niet te laat op mijn afspraak komen.'

Langzaam staat Alice op. Ze weet het niet meer. Haar overtuiging dat Tosca de waarheid sprak heeft wel een deuk gekregen, maar is nog niet platgewalst. Van Ulvenhouts verklaring moet gecontroleerd worden, maar hoe? Hij is slim genoeg om te weten dat dat heel moeilijk wordt. Waarmee kan ze hem nog in het nauw drijven? Alleen de envelop die hij van Lodewijk de Wit zou hebben ontvangen is nog over.

'Klinkt aannemelijk allemaal. Dank voor je openhartigheid.' Ze loopt de gang in naar de voordeur. 'O ja, Tosca had het over een envelop die De Wit naar jou zou hebben gestuurd. Volgens haar heeft ze die uit je brievenbus gehaald en werd je heel erg kwaad over de inhoud. Diezelfde envelop zou ze vlak voor de bomaanslag aan hem hebben teruggegeven. Dat heeft ze dan ook verzonnen, neem ik aan. Gelukkig herstelt Lodewijk de Wit voorspoedig. Hij kan aan alle verdenkingen tegen jou een einde maken zodra hij weer volledig aanspreekbaar is.'

Voor ze de buitendeur opent geeft ze hem een hand en kijkt hem onderzoekend aan. Hij haalt een hand door zijn haar, een teken van onrust?

'Lodewijk de Wit herstelt voorspoedig... Rotzakken ontspringen altijd de dans, zo zit het leven blijkbaar in elkaar. Ligt hij hier in het ziekenhuis of ergens anders?'

'Hier. Was je van plan hem een bloemetje te brengen?' vraagt ze spottend.

Er verschijnt een merkwaardige uitdrukking op zijn gezicht. Stom! Die informatie had ze voor zich moeten houden, beseft ze – te laat.

'Dat dacht ik niet,' mompelt hij nadenkend. 'Tenzij ze zijn verwerkt in een grafkrans.'

'We wisten dat je een bloedhekel hebt aan die man. Maar zo erg?'

Hij haalt zijn schouders op. 'Ik hou niet van gehuichel.' Opnieuw kijkt hij op zijn horloge.

'Je hebt haast.' Ze opent de deur. 'Je weet het nooit helemaal zeker, maar ik vermoed dat we elkaar binnenkort wel weer zullen spreken, meneer Van Ulvenhout.'

Balend van zichzelf loopt ze over de galerij naar de lift. Van Ulvenhout speelde uitgekookt in op informatie die zij veel te snel uit handen gaf. Door toe te geven dat hij Tosca Lagerwey kent, heeft hij vooral voorkomen dat Tosca's beschrijving van een paar opvallende fysieke kenmerken kan worden gebruikt om hem als leugenaar te ontmaskeren.

Ze opent de galerijdeur naar de hal met de lift. Dat zit tenminste mee, ze hoeft niet te wachten. In de lift probeert ze zich zijn gezicht voor de geest te halen toen ze prijsgaf in welk ziekenhuis De Wit ligt. Dat had ze niet moeten doen. Zijn blik, plotseling heel alert, de blik van iemand die de implicaties afweegt van wat hij zojuist heeft gehoord en gezegd, en die zich afvraagt wat hij daarmee kan doen.

Terwijl ze naar haar auto loopt haalt ze haar mobiel tevoorschijn. Vreemd dat Erik nog niets van zich heeft laten horen. De uitvaartdienst begon om half vier, de begrafenis zou aansluitend plaatsvinden. Misschien is hij daarna nog even meegegaan naar het huis van zijn zwager om wat na te praten.

Met het telefoontje aan haar oor opent ze het portier en gaat in de auto zitten. Dan hoort ze de vertrouwde, sonore stem van Erik.

'Dag, Alice. Ik heb je berichtje net afgeluisterd en was juist van plan je te bellen.'

'Liep het zo uit daar?'

'Niet zo veel. Het was een schoonzus van Anna, en als iemand zo jong overlijdt, dan grijpt dat je aan. Het was een moment van bezinning ook. Niet iets om meteen na afloop mijn mobiel aan te zetten en over te gaan tot de orde van de dag.'

'Ik begrijp het. Waar ben je nu?'

'Op weg naar huis. Anna rijdt.'

'Ben je al in de stemming om me aan te horen?'

'Toe maar. Je bent bij Van Ulvenhout op bezoek gegaan, heb je ingesproken.'

'Ja. Iets te impulsief, achteraf.'

'Als ik je bericht eerder had gehoord had ik het je afgeraden. Die man kun je beter met z'n tweeën aanpakken. Heeft het wat opgeleverd?'

'Niets, al leek het daar wel even op.'

Erik onderbreekt haar niet terwijl ze hem gedetailleerd op de hoogte brengt van de twee bezoeken die ze vandaag heeft afgelegd.

'Weet je,' zegt hij als ze is uitgesproken. 'Dat Van Ulvenhout aan Tosca Lagerwey informatie heeft doorgegeven over de beveiliging van die kernreactor, kan wel kloppen. De Boer gaf gistermiddag min of meer toe dat zijn mensen kans hadden gezien om daar binnen te komen met behulp van informatie van Van Ulvenhout. Meer wilde hij er niet over kwijt. Daarna verklaarde hij naar mijn idee wel erg snel en nadrukkelijk dat de naam Tosca Lagerwey hem niets zei.'

'Tjeerd de Boer kan Van Ulvenhout ervoor hebben gewaarschuwd dat wij weten welke rol hij bij die inbraak heeft gespeeld. Die heeft heel slim Tosca Lagerwey als tussenpersoon opgevoerd. Dat sluit immers aan op wat wij al weten en maakt duidelijk hoe ze elkaar kennen.'

'Als dat allemaal klopt, dan heb je hem flink geholpen door te makkelijk informatie prijs te geven, Alice.'

'Weet ik zelf ook wel,' reageert ze geprikkeld. 'Nog stommer was het om te zeggen dat Lodewijk de Wit hier in het ziekenhuis ligt. Riskant zelfs,' voegt ze eraan toe.

Ze doorbreekt de stilte die Erik laat vallen niet. Mocht hij dezelfde conclusie trekken als zij, dan moeten ze direct in actie komen.

'Je bedoelt dat Lodewijk de Wit de enige is van wie Van Ulvenhout nog iets te vrezen heeft? Mocht De Wit bevestigen dat hij een bruine envelop naar het huisadres naar Van Ulvenhout heeft gestuurd en dat hij diezelfde envelop tijdens de hoorzitting van Tosca terugkreeg, dan hangt hij.'

'Wat hij kan voorkomen door Lodewijk de Wit alsnog het zwijgen op te leggen. Die man loopt acuut gevaar, en hij wordt niet beveiligd.' Ze voelt spanning opkomen, de voorbode van een beslissende actie, of een bijna-doorbraak in een moeilijke zaak.

'Alleen als Van Ulvenhout alles bij elkaar heeft gelogen, als hij achter die bomaanslag zit en als hij hetzelfde heeft bedacht als jij. Drie keer als, een klein risico, lijkt me.'

'Je hebt niet gezien hoe die man me aankeek toen ik vertelde waar De Wit ligt. Ik vertrouw hem niet, Erik.'

'Dat is jouw inschatting. Wat stel je voor?' klinkt het neutraal.

'Ik ga naar het ziekenhuis en neem de beveiliging van De Wit op me om geen risico te nemen,' zegt ze beslist. 'Hopelijk kun je morgen voor aflossing zorgen.'

'Loop je niet te hard van stapel?'

In haar achteruitspiegel ziet ze Van Ulvenhout uit het flatgebouw komen. Ze draait zich wat opzij om hem beter te kunnen volgen. Hij haast zich naar een verderop geparkeerde motor, start hem en rijdt weg in de richting van het winkelplein. Dan verdwijnt hij uit het zicht.

'Van Ulvenhout rijdt net weg op zijn motor.' Ze draait het contactsleuteltje om. 'Ik breek het gesprek af. Ik wil niet te laat komen.'

'Heb je je wapen bij je?'

'Nee, ik ging alleen maar Tosca verhoren.'

'Eerst ophalen dus.'

Ze zucht, maar hij heeft wel gelijk, ook al verspeelt ze daarmee misschien kostbare tijd.

'Goed. Wil jij alsjeblieft Timo voor me bellen en zeggen dat hij alleen met David moet eten en dat ik voorlopig niet thuiskom? Mijn hoofd staat er nu niet naar om hem alles te moeten uitleggen.'

'Doe ik. Ik kom zo snel mogelijk naar je toe.'

35

Met haar kin op haar hand steunend zit Tosca aan het uitklaptafeltje dat met een paar bouten aan de muur van haar cel is bevestigd.
Mismoedig staart ze naar het lege vel papier en naar de balpen die
ernaast ligt.

Een goed idee, om een brief naar haar kinderen te schrijven,
heeft ze tegen haar cipier gezegd. Toen besefte ze nog niet hoe
moeilijk dat is. Hoe kan ze Sofie en Felix ervan overtuigen dat ze
onschuldig is, dat alle nare dingen die over haar worden verteld
niet kloppen? Ze zou haar armen om die twee heen moeten kunnen slaan, hen in de ogen moeten kunnen kijken.

Dat wordt haar echter onmogelijk gemaakt en dus is het een
goed idee om een brief te schrijven. Alsof zo'n stuk papier haar
warmte uitstraalt, alsof ze haar diepste gevoelens ermee aan haar
kinderen kan overbrengen.

Zuchtend pakt ze de pen op. Als de eerste woorden er maar
staan, dan komt de rest vanzelf, hoopt ze.

Lieve Sofie en Felix,

Gaat alles goed met jullie? Mama mist jullie heel erg.

Ze legt de pen weer neer. Natuurlijk gaat het niet goed met ze. Daar hoeft ze niet eens naar te vragen. Ze moet met dat tweede zinnetje beginnen en daarna proberen hen gerust te stellen. Het duurt vast niet lang meer voor ze thuiskomt. Iemand die onschuldig is wordt namelijk altijd weer vrijgelaten.

Ze maakt een prop van het papier en begint opnieuw. Op haar pen kauwend leest ze de regels over. Nog niet goed. Ze is vergeten om op te schrijven dat ze nooit zonder hen op vakantie zou gaan en dat ze gedwongen werd om dat door de telefoon te zeggen. Ze laat haar kinderen toch niet zomaar alleen? Zoiets belangrijks mag niet aan het eind van de brief staan.

Een tweede prop belandt op de vloer. Pas als er nog een paar naast liggen, is ze enigszins tevreden.

Lieve Sofie en Felix,

Mama mist jullie heel erg. Zonder jullie voel ik me zo alleen in de gevangenis. Oma heeft jullie toch verteld dat ik onschuldig ben? Alle dingen die over me worden gezegd zijn niet waar, hoor. Er zijn al mensen bezig om dat te bewijzen. En als dat is gelukt, kom ik vrij. Lang gaat dat vast niet duren.
Houden jullie het nog even vol zonder mij? Ik wil echt nooit zonder jullie op vakantie gaan. Dat moest ik zeggen van de man die me had ontvoerd. Zo gemeen!
Is het een beetje leuk bij papa en Karin? Wie leest jullie nu voor 's avonds? Papa, denk ik. Jullie schrijven me toch wel een klein briefje terug, hè? Doe dat alsjeblieft als jullie een keer bij oma zijn en zeg het maar niet tegen papa. Hij vindt het vast niet goed. Jullie moeten hem niet geloven, hoor, als hij nare dingen over me zegt.
Ik verlang zo naar een berichtje van jullie. Beloven jullie me dat jullie terugschrijven?

Heel veel kusjes,
mama

Ze staat op en leest de brief nog een keer terwijl ze door haar cel loopt. Een moeder die tegen haar kinderen zegt dat ze hun vader niet moeten geloven… Wie had kunnen denken dat ze ooit zo zou gaan praten over de man met wie ze jarenlang gelukkig is geweest. Tot Sofie werd geboren. Daarna veranderde Diederik. Alleen het beste was goed genoeg voor zijn dochter. Ze verdiende alleen de beste moeder die er te vinden was, in alle opzichten, een moeder die nooit fouten maakt. Na de geboorte van Felix legde hij de lat nog hoger. Omwille van de kinderen en de lieve vrede, pikte ze bijna alles van hem. Tot ze hem met Karin betrapte.

Met een zucht laat ze zich op haar brits zakken. Hij kent haar goed genoeg om te weten dat ze onmogelijk een bomaanslag kan hebben gepleegd. En toch laat hij haar vallen, net als haar vriendin Estelle, die anders beslist iets van zich had laten horen. In tijden van nood leer je je vrienden kennen, en de ware aard van je ex.

36

Het parkeerplein van het ziekenhuis is overvol. Bezoekuur tussen vier en acht, heeft ze gisterochtend ergens zien staan. Van die spreiding komt blijkbaar niet veel terecht, want iedereen lijkt voor hetzelfde tijdstip te kiezen.

Ze verbijt zich omdat ze twee keer moet rondrijden voordat ze een plekje vindt. Tijd waarvan ze al te veel heeft verloren door de tussenstop op het bureau. De motor van Van Ulvenhout ziet ze nergens. Het stelt haar slechts gedeeltelijk gerust. Hij kan hem aan de andere kant van het gebouw hebben neergezet.

In de centrale hal is het aanzienlijk drukker dan gisteren. Ze loopt rechtstreeks naar de informatiebalie.

'Goedenavond. Ik wil op bezoek bij de heer Lodewijk de Wit,' zegt ze. 'Gisteren lag hij nog op de ic en hij zou vandaag naar zaal gaan. Kunt u me vertellen waar ik hem kan vinden? Ik heb nogal haast.'

'Wat is zijn huisadres?'

'Weet ik niet,' zegt ze ongeduldig.

Een vrouw van middelbare leeftijd kijkt haar over haar brilletje aan en toetst dan de naam in op een toetsenbord.

'Gek, hoor. Een minuut of vijf geleden vroeg er ook al iemand naar Lodewijk de Wit en die wist ook geen adres. Familie uit Zeeland, zei hij.'

Alice onderdrukt de opkomende paniek en haalt een keer diep adem.

'Familie uit Zeeland? Hoe zag hij eruit?'

De vrouw kijkt haar bevreemd aan. Laat hier alsjeblieft niet nog meer oponthoud door ontstaan, smeekt ze geluidloos.

'Een jaar of veertig, kort blond haar, iets groter dan ik. Waarom wilt u dat eigenlijk weten?' klinkt het wantrouwig.

Alice haalt haar legitimatiebewijs tevoorschijn en houdt het omhoog.

'Ik heb geen tijd om het u uit te leggen. Op welke kamer ligt de heer De Wit?'

'Kamernummer 602,' zegt de vrouw beduusd na een blik op het beeldscherm. 'Daar zijn de liften,' wijst ze.

'Dat duurt me te lang. Ik neem de trap.'

'Als u op de zesde verdieping bent gaat u linksaf, voor de liften langs. Daar moet u de bordjes volgen.'

'Dank u wel. Ik moet er meteen heen voor er ongelukken gebeuren. Wilt u alstublieft naar het politiebureau bellen en zeggen dat Alice van Vliet dringend om versterking vraagt. Het kan van levensbelang zijn.'

Ze wacht niet op antwoord, haast zich naar de bloemenstal, duwt de deur naar het trappenhuis open en holt naar boven. Zesde verdieping, twaalf trappen. Niet te snel, anders raakt ze buiten adem. Toch blijft ze rennen.

Hijgend staat ze ten slotte voor de deur die toegang geeft tot de zesde verdieping. Op de gang moet ze rekening houden met mensen die geen haast hebben: met een vrouw achter een rollator, met bezoekers met bloemen of fruit in hun hand, met een sloffende man in badjas. Met grote passen probeert ze ertussendoor te zigzaggen, verstoorde blikken negerend. Aan het eind van de gang vraagt ze aan een verpleegkundige waar ze kamer 602 kan vinden.

'De hoek om, op driekwart van de gang aan de linkerkant.'

Ze holt verder, langs kamers met schimmige mensen in vage bedden, omringd door onduidelijke gestalten, donkere silhouetten tegen de achtergrond van het schemerlicht.

Voor 602 houdt ze abrupt stil in de openstaande deur. In een fractie van een seconde beoordeelt ze de situatie. Van Ulvenhout staat naast het bed van De Wit, licht voorovergebogen, en lijkt iets tegen hem te zeggen. De Wit probeert overeind te komen, zijn gezicht is lijkbleek, in zijn ogen staat de doodsangst van een prooidier dat al gevangen is en wacht op de genadeslag.

'Weg bij dat bed!' schreeuwt ze. In een reflex heeft ze haar pistool getrokken en het op Van Ulvenhout gericht, die totaal overdonderd zijn handen in de lucht steekt.

'Naar achteren, met je rug tegen het raam.'

Achter haar hoort ze mensen gillen. Ze blijft naar Van Ulvenhout kijken, die wel zijn handen omhooghoudt maar op dezelfde plaats blijft staan.

'Naar achteren,' herhaalt ze scherp.

'Je laat me schrikken met dat cowboygedoe van je.' Hij doet een paar passen achteruit tot hij met zijn rug tegen het raam staat. 'Doe je wel voorzichtig met dat ding?'

'Leg je handen in je nek.'

Hij doet wat ze zegt, maar met een spottende blik in zijn ogen.

'POLITIEVROUW JAAGT EEN BEZOEKER VAN EEN ZIEKENHUIS DE STUIPEN OP HET LIJF MET HAAR VUURWAPEN. Ik zie de krantenkoppen al voor me. "Het bezoek dat de heer A.v.U. bracht aan zijn voormalige werkgever werd ruw verstoord door overspannen agente,"' vervolgt hij treiterig. 'Hoe lang moet ik zo blijven staan, Alice? Zo heet je toch, hè?'

Achter haar in de gang wordt heen en weer geheld en geschreeuwd. Ze hoort een deur hard dichtslaan.

'Heeft de politie wel het recht om iemand zonder reden zo te intimideren? Ik kan een klacht tegen je indienen. Dag carrière. Heb je daar al bij stilgestaan?'

Dit moet niet te lang gaan duren. Die man is in staat om haar zo te tergen dat ze haar geduld verliest en iets verkeerds doet. Laat Erik alsjeblieft snel hier zijn.

De Wit ziet kans zich enigszins in zijn bed op te richten. Zijn gezicht heeft een metamorfose ondergaan. De angst van zo-even heeft plaatsgemaakt voor verbittering en woede. Zijn rechterhand, waar een infuusslang in zit, wijst naar de lege plek van zijn geamputeerde been.

'Hij heeft…'

'Kijk nou. Lodewijk gaat een verklaring afleggen,' onderbreekt Van Ulvenhout hem. 'Alice hier denkt dat je mij iets hebt opgestuurd en dat ik iets in dezelfde envelop heb laten terugbezorgen. Je hoeft alleen maar te zeggen dat ze zich vergist en deze voorstelling is afgelopen. Prettig voor mij, nog plezieriger voor jou. Dat begrijp je wel, hè?'

Alice laat haar ogen van de een naar de ander gaan. Onderschat Van Ulvenhout haar, of maakt het hem niet uit dat ze begrijpt dat hij De Wit een voorstel doet? Die moet er blijkbaar over nadenken, want hij maakt de zin die hij begon niet af en staart naar Van Ulvenhout. Als hij zijn gezicht haar kant op draait, staat er haat in zijn ogen.

'Geef hem niet de kans om zijn handen te laten zakken,' zegt hij hees. 'En wat die envelop betreft heb je helemaal gelijk.' Vermoeid laat hij zich weer achterover zakken.

In haar broekzak voelt ze haar mobiel trillen. Erik, hoopt ze, die gealarmeerd is en wil weten hoe de zaken staan. Hoe lang is ze hier al binnen? Een paar minuten. Dan moet de versterking onderweg zijn. Op de gang is het angstvallig stil geworden. Alleen in de aangrenzende kamer klinkt gestommel. Waarschijnlijk worden patiënten in veiligheid gebracht.

Met haar linkerhand haalt ze haar mobieltje uit haar zak, drukt met haar duim op de gesprekstoets en brengt het naar haar oor. De stem van Erik, slecht te verstaan.

'Ik hoor je slecht. Waar ben je?' In een reflex werpt ze een blik over haar schouder. Een fataal moment van concentratieverlies. De rechterhand van Van Ulvenhout schiet naar de zak van zijn colbert en weer terug naar zijn nek. Ze heeft het kunnen registreren maar er niets aan kunnen doen. De Wit heeft het ook gezien. Hij draait zijn gezicht naar Van Ulvenhout.

'Doe maar, nu meteen. Ik eraan, jij ook.' Zijn gezicht staat grimmig.

'Hoor je dat, Alice? Lodewijk vindt het niet erg meer als ze hem van het plafond moeten schrapen. Altijd al een hoogvlieger geweest, hè, Lodewijk? Alice niet, anders had ze hier niet zo staan stuntelen. Triest voor haar dat ze op het verkeerde moment op de verkeerde plaats is, net als jouw Ilona trouwens. Maar voor Alice is er nog hoop.'

Het gezicht van De Wit loopt rood aan.

'Hufter,' krijgt hij er gesmoord uit.

Ze voelt zich alsof ze een toneelstuk moet regisseren zonder het scenario te kennen.

'Luister goed, Alice. Met dit mobieltje' – hij haalt zijn hand uit zijn nek en toont het haar – 'kan ik de detonator activeren van de bom die ik bij mijn vriend Lodewijk onder de dekens heb gestopt. Rechts was er plaats genoeg.' Hij grijnst. 'Je wilt vast niet dat ik dat echt doe, en daarom leg je nu je pistool op het bed en kom je hier staan, bij het hoofdeinde.'

Het mobieltje in haar hand gaat weer over. Ze heeft haar pistool nog steeds op Van Ulvenhout gericht. De loop wijst naar zijn hoofd, haar vinger om de trekker trilt. Ze aarzelt. Voordat hij neervalt, of zelfs tijdens zijn val, kan hij op het knopje drukken. Elke andere oplossing is beter dan schieten. Verslagen laat ze het pistool zakken, doet een stap naar voren, legt het op het bed en gaat bij het hoofdeinde staan.

'Heel verstandig.'

Door het gangraam ziet ze het gezicht van Erik verschijnen en dat van een andere collega. Van Ulvenhout grist het pistool weg en duikt achter het bed. De gezichten zijn alweer verdwenen.

'Crisis,' zegt Van Ulvenhout.

Hij is onwaarschijnlijk kalm, uiterlijk emotieloos, en zij staat te trillen. Woede en zelfverwijt vechten om de voorrang. Ze had dit anders moeten aanpakken. Maar hoe dan? Als ze niet hiernaartoe was gegaan, was hij waarschijnlijk de gang op gelopen, had hij De Wit opgeblazen en was hij in de chaos doodkalm naar buiten gewandeld.

'Dat wordt onderhandelen. Door wie werd je net gebeld? Je chef?'

Ze knikt.

'Goed. Bel hem terug.'

'De verbinding is nogal beroerd.' Instinctief wil ze hem tegenwerken, maar het is de vraag of dat verstandig is.

'Bellen. Nu! Vertel hoe de situatie hier is en zeg erbij dat ik een voorstel heb.'

Even later heeft ze Erik weer aan de lijn, beter verstaanbaar dit keer.

'Sorry Alice, je had dus toch gelijk. Ik had je nooit alleen moeten laten gaan. Nog een geluk dat ik na je telefoontje direct hierheen ben gekomen. Als je iets moet zeggen wat niet klopt, zeg er dan even *eh* voor. We hebben gezien dat hij een vuurwapen heeft, het jouwe, neem ik aan. Houdt hij je daarmee onder schot?'

'Klopt allebei. Voordat ik kwam, had hij al een bom bij De Wit in het bed gestopt. Als we niet doen wat hij zegt, blaast hij de hele boel op, inclusief zichzelf, als ik het goed heb begrepen.'

'Dat risico nemen we niet. Wat is zijn voorstel?'

'Dat heeft hij nog niet gezegd.' Ze kijkt naar Van Ulvenhout, die op de vloer is gaan zitten en daardoor vanaf de gang onzichtbaar is.

'Je voorstel?'

'Vrije aftocht, in ruil voor jullie vrije aftocht. Ik geef ze een kwartier.'

'Dat moeten we eerst bespreken, zeg dat maar,' reageert Erik. 'Er is een Quick Responce Unit onderweg met een officier van justitie. Het wordt een uitputtingsslag, Alice, reken daar maar vast op.'

'Afkappen,' snauwt Van Ulvenhout.

37

Alice kijkt naar Lodewijk de Wit. Hoe lang houdt hij dit vol? Zijn strakke, bleke gezicht oogt vermoeid, zijn ogen staren naar het plafond. Hoe lang houdt zíj het nog vol? Ze leunt met haar rug tegen de muur om haar benen wat te ontlasten. *Dit wordt een uitputtingsslag, Alice.* Ook een test, maar dat zei Erik er niet bij. Wie beschikt er over de sterkste zenuwen. Het zou haar niet verbazen als dat níét politie en justitie blijken te zijn. Uitgekookte, doorgewinterde criminelen trekken wel vaker aan het langste eind. Van Ulvenhout is misschien geen beroepscrimineel, hij is wél uitgekookt, en aan zijn zenuwen zal het zeker niet liggen. Zoals hij daar op de vloer zit, rechtop, armen over elkaar, haar dienstpistool losjes in zijn hand. Een toonbeeld van rust en zelfvertrouwen, van iemand die er zich bewust van is dat hij heer en meester is over alles en iedereen in zijn omgeving.

'Wat wil je hiermee bereiken? Je raakt alleen maar dieper in de problemen. Heb je al bedacht hoe je hier weg wilt komen?'

'Maak je daar maar geen zorgen over.' Er verschijnt een glimlach op zijn gezicht. 'Aardig dat je zo met me meeleeft. Komt trouwens goed uit, want jij gaat me daarbij helpen.'

'Dat dacht ik toch niet.'

'Dat dacht ik wel. Geloof me maar: straks denk je niet meer, dan doe je gewoon wat ik je opdraag.'

Ze houdt zich in. Het heeft geen nut om die arrogante klootzak tegen te spreken. Het zou hem hooguit alerter maken zodat de kans op ontsnapping kleiner wordt. Misschien zet hij haar in als bemiddelaar en krijgt ze de kans om ongemerkt belangrijke informatie door te spelen.

'Al eens voor verpleegster gespeeld, Alice?' vraagt hij.

'Ik ben niet zo'n zorgzaam type.'

'Hoor je dat, Lodewijk? Moet je zomaar op reis zonder een zorgzame vrouwenhand aan je bed. Red je dat wel, met al die mankementen van je?'

Lodewijk reageert er niet op. Alleen zijn ogen knipperen.

'Jammer dat je Ilona een enkeltje naar het hiernamaals hebt gegeven. Die kon een man vertroetelen, zeg. Heb je nog een retourtje overwogen, of deden die jongens daar niet aan?'

De Wits ogen draaien haar kant op. Ze weerspiegelen haat, wanhoop, machteloze woede. Een traan rolt over zijn wang. Hij wil iets zeggen, maar zijn mond weigert dienst.

'Wat ben je stil, Lodewijk. Vroeger voerde je altijd het hoogste woord,' treitert Van Ulvenhout verder.

Lodewijk trilt. Met moeite onderdrukt Alice de opkomende paniek. Dat gesar van Van Ulvenhout moet stoppen.

'Een patiënt met een toeval, past dat in je ontsnappingsplan?' vraagt ze.

'Word je ongerust over de afloop? Meedenken, dat deed Tosca ook steeds. Jullie zitten bijna in dezelfde situatie en vertonen hetzelfde gedrag. Grappig is dat.'

Hij had Tosca dus toch gegijzeld! Zo-even al een niet mis te verstane beschuldiging aan het adres van Lodewijk de Wit, die daarvoor Van Ulvenhout had beticht van een leugen. Was de situatie niet zo bedreigend geweest, dan zou ze erover hebben doorgevraagd. Kon van alles wat hier werd gezegd maar een geluidsopname worden gemaakt.

'Ik zal het voorlopig niet over Ilona hebben. Lodewijk moet bij de les blijven. Toch jammer dat je niet over verpleegkwaliteiten beschikt, Alice, anders had je hem wat kunnen oppeppen. Kop op, Lodewijk.'

Hij kijkt op zijn horloge. 'Het kwartier is bijna om. Bel je chef maar op. O ja, geen verborgen boodschappen of zo, alleen herhalen wat ik zeg, geen woord extra dus.'

De toon is scherper geworden.

'Waarom bel je zelf niet?'

'Bedankt voor het aanbod,' hij houdt zijn handen met het mobieltje en het pistool omhoog, 'maar ik hou deze twee liever vast. Hieromheen is het kermis, maar dat hoef ik jou niet uit te leggen. Een arrestatieteam, scherpschutters... Als we straks naar buiten gaan, zul jij me daar tegen moeten afdekken. Wist je dat een scherpschutter er altijd een paar centimeter naast kan zitten? Vertel ze maar dat ik mijn mobiel in mijn hand houd, een vinger op de toets met explosiegevaar, dan bedenken ze zich wel. Bellen. Nu!'

Erik neemt onmiddellijk op.

'Dag, Alice. Probeer even duidelijk te maken hoe het met De Wit is.'

'Nog niet kritiek. Maar ik mag alleen herhalen wat me wordt voorgezegd,' vervolgt ze snel.

'Wat is nog niet kritiek?' vraagt Van Ulvenhout. 'Bedoel je dat ze rustig de tijd kunnen nemen omdat het hier z'n gangetje gaat?'

Hij richt de loop van het pistool op haar hoofd.

'Als ze liever crisis willen, dan kunnen ze die krijgen.'

De loop draait naar rechts. Plotseling haalt hij de trekker over. Alice schreeuwt, De Wit schiet overeind. De knal echoot in de scherpe klap waarmee een ruit kapotspringt. Scherven kletteren op de vloer.

'Laatste waarschuwing. Alleen herhalen wat ik zeg. De volgende overtreding zal meer schade aanrichten.'

Voor het gesneuvelde gangraam duikt een haar onbekend gezicht op, dat razendsnel weer wegduikt. Als het opnieuw verschijnt, kijkt ze snel naar de plek waar Van Ulvenhout zit en geeft een miniem knikje. Van Ulvenhout reageert niet. Ontgaat het hem?

'Alice,' klinkt het ongerust als ze haar mobiel weer naar haar oor brengt. 'Gaat hij amok maken?'

'Of je amok gaat maken?'

'Dat hangt van hem af. Ik wil dat beneden een ambulance wordt klaargezet, recht voor de uitgang. Lodewijk moet daarin worden gelegd. We rijden met z'n drieën naar Schiphol. Ik wil een ticket naar Damascus, de eerstvolgende vlucht, en op Schiphol een privéwachtruimte. Alleen dan laat ik jullie gaan. Vertel dat je chef maar.'

'Je hebt er goed over nagedacht,' zegt ze zo beheerst mogelijk. Ze wil niet laten merken dat zijn onzinnige schietactie haar nog angstiger heeft gemaakt.

'Luister, Erik. Hij wil dat...' Als ze is uitgesproken kijkt ze naar Van Ulvenhout. 'Dat was het?'

'De rest is nog een verrassing, zeg dat maar.'

'Heb je die bom zelf gezien, Alice?' vraagt Erik snel, als ze het heeft herhaald.

'Die man is een en al verrassing, ja.' Ze drukt op de eindegesprektoets.

Shit. Zijn gezichtsuitdrukking spreekt boekdelen. Hij heeft door dat ze iets aan Erik probeeerde duidelijk te maken.

'Laatste gesprek met je baas. Gaan ze akkoord met mijn voorstel?'

'Dat heb je me niet laten vragen.'

'Maar is er wel iets over gezegd?'

'Ik heb je nieuwe eisen overgebracht, dat heb je toch gehoord. Tijd voor een reactie was er niet. Waarom vraag je het zelf niet?'

Hij legt het pistool op zijn schoot, steekt zijn arm uit en pakt haar mobiel aan.

'Welke voorkeuzetoets?'

'Drie.'

Hij drukt hem in en luistert.

'Alice is niet meer bereikbaar voor jou, helaas. Gaan jullie akkoord?'

Ze ziet dat hij zich opwindt. Ze moeten hem niet te veel tegenwerken. Die man is volstrekt onberekenbaar. Het gesprek leidt wel tot concentratieverlies, net zoals bij haar het geval was. Woedend kijkt hij in de richting van de gang.

'Daar zorgen jullie dan maar voor... Niet nodig, het bed heeft wieltjes. Zorg dat die ambulance klaarstaat. Een man erbij om te tillen en om te rijden. Over tien minuten vertrekken we uit deze kamer.'

Hij breekt het gesprek af, stopt het telefoontje in de zak van zijn jasje en pakt het pistool weer op.

'Leuk bedacht van ze, dat er twee man ambulancepersoneel nodig zijn om Lodewijk in die wagen te krijgen. Twee agenten in ziekenhuisjasjes zeker. Ze komen er nog wel achter dat ik niet gek ben.'

'Waarom wind je je er dan zo over op?'

'Doe ik dat dan? Ons uitstapje begint bijna, Lodewijk. Alice gaat je bed duwen. Je bent nog steeds niet erg spraakzaam, hè. Zodra we straks echt onder elkaar zijn, zullen we eens zien of je dat kunt volhouden. Ik ben een man van mijn woord. Dus als die lui geen gekke dingen gaan doen en ik veilig in de lucht zit, kom jij met de schrik vrij. Ik gun je alleen niet dat ze je daarna vrij laten rondlopen, nou ja, hinkelen.' Hij grinnikt overdreven. 'Je moest Alice maar eens gaan vertellen wie van ons tweeën de echte boef is. Lodewijk is dol op radio-isotopen omdat ze heel veel geld in het laatje brengen. Weet je wat dat zijn, Alice?'

'Geen idee.'

'Dat moet je haar dan maar eens uitleggen, Lodewijk. We moeten toch wát doen om de tijd te doden.'

Lodewijk de Wit blijft naar het plafond staren. Alleen het onrustige geknipper van zijn ogen verraadt dat hij alles heeft gehoord.

'Druk eens met je voet op die hendel, Alice,' wijst Van Ulvenhout. 'Daarmee haal je de rem van de wieltjes.'

'Denk je werkelijk dat je hier wegkomt?' vraagt ze terwijl ze doet wat hij opdraagt.

'Foute formulering. De vraag is of we hier met z'n drieën wegkomen, levend wegkomen. Ik niet, dan jij en Lodewijk ook niet. Ik heb niets meer te verliezen en medelijden met jullie heb ik niet. Daar heeft Lodewijk me te veel voor geflikt en het is jouw schuld dat we hier nu vastzitten. Oké, duw het bed eens een beetje van zijn plaats.'

Het bed rolt meteen naar voren. Hij knikt tevreden.

'Een klein stukje verder nog. Ga er maar achter staan.'

Over de vloer schuift hij in haar richting, komt overeind en gaat naast haar staan.

'Pak je mobieltje uit mijn jaszak, aan jouw kant,' beveelt hij. 'Goed. Bel je chef en houd dan het ding tegen mijn oor.'

Ze staat zo dichtbij dat ze kan horen dat iemand opneemt als de verbinding tot stand is gekomen. Niet Erik, dit keer.

'Stop met dat gelul. Alles kan,' reageert Van Ulvenhout woest. 'Ik trap daar niet in. Wat mij betreft kijken jullie hier even naar binnen, dan begrijpen we elkaar beter.'

Het duurt even, dan verschijnt het gezicht van de onbekende politieman weer voor de kapotte ruit. Even kruist zijn blik die van haar. Niet bepaald bemoedigend. En hij wordt niet blij van wat hij ziet. Van Ulvenhout toont de hand waarmee hij zijn mobieltje vasthoudt en drukt de loop van het pistool tegen haar hoofd. Ze moet haar mobieltje weer tegen zijn oor houden.

'Duidelijk zo?' blaft hij. 'We vertrekken nu. Van mij hoef je de boel niet te ontruimen. Zorg alleen dat er niemand voor onze voeten loopt.'

Met een wenk van het pistool gebaart hij dat ze het gesprek moet afbreken.

'Rijden!'

Het bed rijdt als een volle winkelwagen, manoeuvreert redelijk, al lukt het niet om zonder te stoten door de deuropening te komen. Dan staan ze op de gang, naast de kapot geschoten ruit. Niemand laat zich zien. De eerste kamers waar ze langsrijden zijn leeg. Van de volgende zijn de deuren gesloten. In het voorbijgaan ziet Alice nieuwsgierige blikken van patiënten, handen die tegen monden worden geslagen als ze het op haar hoofd gerichte pistool zien. Een keer hoort ze een gedempte kreet van schrik. Of ze in een actiefilm speelt, met figuranten die op commando geschokt of angstig reageren. Als ze vooraf hadden geweten dat er een soort bombed voorbij zou komen, dan waren de reacties beslist panischer geweest. Het ziekenhuispersoneel hoort crisisbestendig te zijn en lijkt goed mee te werken met de politie, van wie ze nog steeds niemand ziet. Waar zou iedereen zich hebben verstopt? Van Ulvenhout, die onafgebroken om zich heen kijkt, lijkt zich dat ook af te vragen, want hij maakt een wat nerveuze indruk.

Zonder door iets of iemand te worden gehinderd, bereiken ze de liften. Er staat er al een klaar. Nergens zijn bezoekers te zien. Ook hier is de boel in korte tijd ontruimd.

Het bed schokt als Alice het over de drempel de lift in duwt. De Wit kreunt.

'Houdt u het nog vol?' vraagt ze.

'Zal wel moeten, hè?'

'Lodewijk is taai,' sneert Van Ulvenhout. 'Hij kan nog veel meer hebben. Komt dát even goed uit.' Hij drukt op de knop voor de begane grond. Zodra de liftdeur dicht is, laat hij het pistool zakken.

'Even ontspannen. Hoe voelt dat nou, dat iemand je eigen dienst-wapen tegen je hoofd houdt?'

'Wat denk je?'

'Vast niet prettig,' zegt hij grinnikend.

Hij lijkt opgelucht in de lift, waar hij zich veilig waant. Maar sta-biel is hij zeker niet, een risicofactor waar haar collega's hopelijk rekening mee houden. Ze rilt. Als ze dat niet doen, zou hij zomaar door het lint kunnen gaan, met een bloedbad tot gevolg.

'Je geeft geen antwoord.'

'Je maakt me er doodsbang mee,' zegt ze naar waarheid.

'Die scherpschutters dan niet? Die staan klaar om me uit te schakelen.'

'Jij zegt het.'

De deur gaat open. Voor hen ligt de hal, net zo verlaten als de gang boven, althans ogenschijnlijk.

Van Ulvenhout drukt het pistool tegen haar achterhoofd, slaat zijn andere arm om haar middel en trekt haar dicht tegen zich aan. Zijn kin legt hij op haar schouder.

'Zo zal niemand zo stom zijn om op me te schieten.'

Zijn stem verraadt dat hij voor het eerst echt bang is.

'Doe geen domme dingen, Alice. Als je wilt blijven leven moet je ervoor zorgen dat we in de ambulance komen. Ik heb geen andere keuze dan ons allemaal op te blazen als het misgaat.'

Boven lukte het nog enigszins om haar angst te beheersen. Nu bezorgt de grote, lege hal waar ze dwars doorheen lopen haar kou-de rillingen. Vanzelfsprekend staan hier scherpschutters opge-steld. Hun instructie luidt ongetwijfeld dat ze geen enkel risico mogen nemen. Die klootzak met zijn kin op haar schouder is zich dat maar al te goed bewust. Zo zal niemand op hem schieten. Of toch, als hij zijn hoofd even optilt, of als zij wat opzij buigt? In een hal als deze, zonder weersinvloeden, met een relatief kleine af-stand, heeft een schot zo'n minimaal afwijkingspercentage, dat zij nauwelijks risico loopt. Een schot recht in zijn hersens, loepzuiver. Zou hij dan toch nog kans zien om de trekker van haar pistool over te halen, of op het fatale knopje te drukken? Ze weet het niet. Waarschijnlijk weet niemand het totdat het is uitgeprobeerd.

Haar hart bonkt als ze het bed de hal in duwt. Haar benen trillen. Van Ulvenhout leunt zwaar op haar en klemt zijn arm veel te strak om haar middel. Hij staat net zo stijf van de stress als zij. De Wit ligt uiterlijk onaangedaan in zijn bed.

Om hen heen blijft het angstwekkend stil. Voor de buitendeur moet ze blijven staan. Wie maakt de deur eigenlijk open?

'Pak je mobiel uit mijn zak en maak verbinding.'

Ze doet wat hij vraagt, snel en efficiënt.

'Tegen mijn oor.'

Hij brengt zijn hoofd nog dichter bij het hare. Iemand zegt iets tegen hem, hoort ze. Hij laat hem niet uitpraten. 'Laat die ambulanceman naar binnen komen,' snauwt hij, 'met zijn handen omhoog en in een ervan zijn identificatie. Ik wil er zeker van zijn dat het niet een van jullie is. Verbreek de verbinding,' beveelt hij voordat de stem kan reageren.

'Als ík daar in die wagen zat bleef ik lekker zitten,' zegt Alice.

'Hij kennelijk ook.'

'Je zult een garantie moeten geven, als ze daar tenminste waarde aan hechten.'

De weg naar de ingang is afgeschermd door politiewagens, ziet ze. Direct erachter is een afzetting. Ze heeft dit soort situaties eerder meegemaakt, maar dan vanaf de andere kant. Dit is zo onwerkelijk dat ze de neiging moet onderdrukken om te controleren of ze droomt.

'Bel maar weer op.'

Als ze haar mobiel weer tegen zijn oor heeft gedrukt, luistert hij lang, zonder te interrumperen dit keer.

'Vergeet het maar. Ze blijft hier,' zegt hij dan. 'Een man wil jouw plaats innemen. Hij wil ook met je praten, anders gebeurt er niets. Doe maar.'

Ze brengt het mobieltje naar haar oor. Van Ulvenhout luistert aan de achterkant ervan mee.

'Dag, Alice.'

De vertrouwde en bezorgde stem van Erik. Ze voelt haar keel dik worden. Geen emoties, niet op dit moment.

'Diep respect voor hoe je je houdt. Gaat het nog?'

'Redelijk. Hij houdt zich aan zijn afspraak, neem ik aan.'

'En De Wit?'

'Geen idee. Die houdt zijn mond.'

'We zouden wel willen ingrijpen, maar de risico's zijn te groot. We gaan voorlopig doen wat hij zegt.'

'Dat is een opluchting.'

'Luistert hij trouwens mee?'

'Zeg nee!' sist Van Ulvenhout. De loop van het pistool prikt in haar nek.

'Eh… nee.'

'Oké, dan kan ik je wel vertellen dat de bestuurder van de ambulance wordt vervangen. Het was een van ons, dat had hij helaas door. Het kost alleen wat tijd om iemand te vinden die het aandurft. Ik hoop dat het snel lukt.'

'Moet ik dat aan hem doorgeven?'

'Waarom niet? Alice, eh… Het spijt me dat je tijdens die autorit helemaal op jezelf bent aangewezen. Ik had het nooit zover mogen laten komen. Nogmaals sorry.'

'Ik begrijp wat je bedoelt. Neem het jezelf niet kwalijk.'

Van Ulvenhout gebaart dat ze het gesprek moet afbreken. Ze stopt haar mobiel terug in zijn jaszak.

'Klootzakken,' gromt hij als hij de chauffeur uit de ambulance ziet komen. De man kijkt even hun kant op en loopt dan in de richting van de politiewagens. 'Vertrouw nooit een politieman. Haal het niet in je hoofd om een stap opzij te doen,' zegt hij terwijl hij zijn arm nog strakker om haar heen klemt.

Sneller dan ze verwachtte komt er weer iemand aan lopen. Hij houdt zijn handen in de lucht en komt de hal in.

'Ik rij jullie naar Schiphol en dan mag ik weer weg, is me verzekerd,' zegt hij. 'Niemand wilde, en nu ik hier sta vraag ik me af waarom ik er eigenlijk aan ben begonnen.'

Hij draagt het geel-groene jack met oplichtende, grijze strepen van ambulancepersoneel. Als het een agent is, waar ze na Eriks ge-*eh* rekening mee houdt, dan zal het een klus worden om De Wit in die ambulance te krijgen zonder dat Van Ulvenhout in de gaten heeft dat het geen routine voor hem is.

'Vraag je maar niet teveel af,' adviseert Van Ulvenhout hem. 'Oké, hou eerst de deur voor ons open.'

Terwijl ze het bed langs hem duwt, maakt ze snel oogcontact met de man. Rustige, donkere ogen. Een miniem knikje. Een politieman, van een Quick Respons Unit, neemt ze aan. Moet ze daar blij mee zijn? Een harde jongen waarschijnlijk, die misschien meer risico neemt dan goed is in deze situatie.

Hij opent de achterdeur van de ambulance, trekt de stretcher naar buiten en zet hem soepel op zijn wielen, naast het bed. Ze vermoedt dat hij het zo-even heeft geoefend. Van Ulvenhout houdt hem nauwlettend in de gaten en lijkt gerustgesteld. Naar een identificatie heeft hij niet gevraagd, met dank aan Eriks mededeling die hij zogenaamd niet zou horen.

'Wie van jullie gaat me helpen met tillen?' vraagt de man.

'Zij, als ik veilig binnen zit. Even meewerken, Alice.'

Hij trekt haar mee langs het bed en stopt de hand waarmee hij zijn mobiel vasthoudt bij het voeteneind onder de dekens. Na wat gefrunnik trekt hij hem terug, zijn hand door de lus van een polo tas gestoken.

'Heb je in je wagen touw of plakband of zoiets?' vraagt hij.

De man fronst zijn wenkbrauwen. Hij kan in een paar minuten wel hebben geleerd hoe je een stretcher uitklapt, de hele inventaris van een ambulance in je hoofd zetten is een ander verhaal.

'Waar heb je dat voor nodig?' schiet ze hem te hulp.

'Een van jullie gaat dit pakketje dragen terwijl Lodewijk de ambulance in wordt getild.'

'Aan mijn riem, kan dat ook?' stelt ze voor.

Van Ulvenhout kijkt haar verbaasd, daarna achterdochtig aan.

'Wat een bereidwilligheid opeens.'

'Wat schieten we ermee op als we hier blijven staan? Dit moet zo snel mogelijk voorbij zijn.' Ze trekt haar jasje omhoog en wil haar riem losmaken.

'Laat het mij dragen,' biedt de ambulancebroeder aan. Het geelgroene jack wordt omhoog geschoven. Hij maakt zijn riem los. 'Geef maar hier. Mij blaas je toch niet op? Zonder mij kom je niet ver.' Hij steekt zijn hand uit.

Van Ulvenhout wordt erdoor afgeleid. Hij vergeet zelfs even zijn hoofd dicht bij het hare te houden.

'Jij dan maar,' besluit hij. 'Maak die riem nog wat verder los. Ik hang het er zelf aan.'

Zijn concentratie lijkt terug. Hij trekt haar mee naar voren. Ze staan met z'n drieën vlak bij elkaar, tot het uiterste gespannen. De ambulancebroeder trekt het uiteinde van zijn riem uit een lus van zijn broek en houdt hem voor Van Ulvenhout op. Die kan de lus van het polstasje er onmogelijk overheen doen zonder zijn mobieltje los te laten.

'Help me even.'

Alice krijgt een stevige por met het pistool tussen haar ribben. Heel even kruisen haar ogen die van de man. Opnieuw een knikje. Ze trekt het tasje voorzichtig van de pols van Van Ulvenhout.

'Heel goed. Nu over de riem schuiven. Niet aankomen jij. Alleen je riem weer vastmaken,' snauwt hij.

Ze zijn met z'n tweeën, weten allebei hoe ze iemand moeten aanpakken, maar ze kunnen niets doen. Van Ulvenhout houdt zijn wijsvinger nadrukkelijk bij een toets van zijn mobiel. De loop van het pistool is verhuisd naar haar nek.

De ambulancebroeder haalt het uiteinde van zijn riem door de gesp. Van Ulvenhout is tevreden en wil de wagen in klimmen, want hij trekt haar mee.

'Nee!' schreeuwt de man opeens. De riem is losgeraakt, de polstas is eraf gegleden en op de grond gevallen.

Met een schreeuw springt Alice achteruit. Van Ulvenhout is een moment uit het veld geslagen.

'Neem me niet kwalijk. Ik raap hem wel op.'

Gedienstig bukt de man zich en wil het tasje opnieuw aan zijn riem hangen. Van Ulvenhout heeft alleen daar nog aandacht voor. Dan realiseert hij zich dat zij wat te ver bij hem vandaan staat. Hij richt zijn pistool weer op haar.

'Hier komen jij.'

Ze aarzelt, net lang genoeg om de agent de kans te geven zich van de polstas te ontdoen. Hij slingert hem weg, maar stoot zijn arm tegen het bed. Het ding belandt naast het voorwiel van de ambulance. Plotseling klinken er meerdere schoten tegelijk. Van Ulvenhout zakt in elkaar. Het pistool glijdt uit zijn hand, zijn mobieltje houdt hij krampachtig vast. Als versteend kijkt ze naar het bomtasje dat veel te dichtbij ligt. Dan een flits, een oorverdovende knal. Ze wordt omhoog gesmeten en tegen het bed gesmakt. Haar hoofd klapt tegen iets hards. Sterretjes, vage gestalten die op haar af komen. Dan alleen nog stilte en duisternis.

38

Ze komt bij doordat iemand zacht op haar wang tikt.

'Alice... Alice.'

De stem van Erik. Ze draait haar hoofd naar hem toe en wil hem aankijken. Haar oren suizen, haar hoofd bonkt. Haar ogen stellen scherp op zijn gezicht. Hij kijkt heel erg bezorgd. Voorzichtig probeert ze wat overeind te komen en schudt haar hoofd om de mist te verdrijven.

'Gelukkig, ze is weer bij,' zegt hij tegen iemand die ze niet ziet. 'Laat die arts even naar haar komen kijken zodra hij klaar is met De Wit.'

'De Wit kan zo naar binnen worden gereden,' hoort ze zeggen. 'Ik haal die arts hierheen.'

De mist trekt langzaam op, contouren worden scherper. Een eind verderop staat de ambulance. Ze moeten haar naar een andere plek hebben gedragen. Logisch, dat ding staat te roken als een nat houtvuur. Het bed met Lodewijk de Wit erin glijdt door haar blikveld.

'Heb je pijn?' vraagt Erik.

'Koppijn en suizende oren. Verder valt het wel mee, geloof ik.'

Ze voelt aan haar voorhoofd, waar een flinke buil zit. Ze kreunt. 'Dat was heftig, hè? Leeft Van Ulvenhout nog?'

Erik wijst naar de ambulance. Op de grond ervoor ligt een afgedekt lichaam. Ze wil opstaan om het beter te kunnen zien, maar ze gaat duizelig weer zitten. Een vreemde gedachte dat iemand met wie ze in korte tijd veel heeft meegemaakt daar dood ligt. Ze voelt er geen emotie bij. Begrijpelijk, na wat hij haar, en Tosca, heeft geflikt.

Een man in een doktersjas gaat voor haar op zijn hurken zitten.

'Zo, je bent bij kennis. Hoe voel je je?'

'Pijn in mijn hoofd en mijn oren suizen nogal. Verder gaat het wel.'

Hij pakt een lampje uit zijn zak. 'Kijk me eens aan.'

Ze wil haar ogen dichtknijpen omdat de lichtstraal irriteert.

'Even openhouden,' zegt hij. 'Kijk eens naar rechts, naar links, naar boven, naar beneden.'

Ze doet wat hij vraagt. Ze weet het weer, ze moet met haar hoofd tegen de rand van het bed van Lodewijk de Wit zijn geklapt. Daarna werd het zwart. Wat er daarvoor is gebeurd, staat haar op slag helder voor de geest. Ze moet nog van alles aan Erik vertellen.

De hand van de arts bevoelt de buil op haar hoofd.

'Een foto laten maken lijkt me alleen nodig als je hoofdpijn blijft houden,' zegt hij. 'Je bent er goed van afgekomen. Een lichte hersenschudding waarschijnlijk. Kom naar me toe als de hoofdpijn niet overgaat. Ik adviseer je om het een paar dagen rustig aan te doen.'

Hij komt uit zijn gehurkte houding overeind. 'Sterkte verder,' en loopt dan weg.

Ze steekt haar hand uit naar Erik. 'Help me eens overeind.'

Ze is al minder duizelig dan net, al staat ze nog niet vast op haar benen. Verbijsterd kijkt ze naar de ravage die is aangericht.

'De bom lag naast het voorwiel,' zegt Erik. 'De benzinetank zit achterin. Goddank is dat ding niet ontploft, anders was alles veel erger geweest, met meer slachtoffers. Je hebt het geweldig gedaan, Alice.'

'Ja hè!' Ze kijkt tevreden. 'Die zogenaamde ambulancebroeder trouwens ook. Hij nam wel een groot risico.'

'We hadden erop gerekend dat er een moment zou komen waarop Van Ulvenhout even niet alles onder controle had. De scherpschutters mochten alleen schieten als jij ver genoeg bij hem vandaan stond. Het plan was om tegelijkertijd zijn mobieltje uit zijn hand te schieten en hem zelf uit te schakelen. Vier man hadden hem continu onder schot. Achteraf een geluk dat dat bomtasje is weggegooid, want het mobieltje hebben ze gemist.'

'Prima werk, mevrouw Van Vliet. Chapeau!'

Een zware stem, grijze ogen achter een rechthoekig montuur, nagenoeg spierwitte haren. De commissaris. Hij legt een hand op haar schouder.

'Ik heb net de arts gesproken die je heeft onderzocht. Ik sta erop dat je een paar dagen vrij neemt, zoals hij adviseert.'

Ze haalt diep adem. 'Ik ben nogal wat te weten gekomen waardoor deze zaak kan worden afgesloten. Daar wil ik zo snel mogelijk een verslag van maken, of het met Erik bespreken.'

'Ik waardeer je inzet, maar je gaat eerst thuis een tijdje bijkomen,' zegt hij vastbesloten. 'Breng jij haar naar huis?'

'Ik heb haar man al gebeld,' antwoordt Erik. 'Die kan elk moment hier zijn, of nee, daar komt hij al.'

'Ze lieten me niet meteen door de afzetting.' Timo snelt met een bezorgd gezicht op haar af.

'Hoe is het met je?' Hij pakt haar stevig vast. 'Ben je erg gewond?'

Hij kijkt naar de bult op haar hoofd, die gemeen begint te steken.

'Valt wel mee.'

'Erik heeft me al het een en ander verteld. Je bent gegijzeld geweest door een gek met een bom, begreep ik.'

Ze voelt haar ogen vochtig worden als hij zijn armen weer om haar heen slaat. Dan geeft ze de strijd tegen haar emoties op.

Het moet een lekker dagje thuis worden, te beginnen met heerlijk ontbijt op bed, zoals Timo heeft beloofd. Gisteravond heeft ze zich aan zijn bezorgdheid overgegeven. Eerst flink wat paracetamol, daarna met z'n drieën op de bank, David dicht tegen haar aangekropen aan haar linker kant, Timo aan haar andere kant. Om David niet bang te maken, hebben ze over andere dingen gepraat. Pas toen ze in bed lagen, kon ze Timo vertellen hoe bang ze is geweest en dat ze allesbehalve zeker was van een goede afloop. Daarna is ze in een diepe, droomloze slaap weggezakt.

Tot haar opluchting is de hoofdpijn grotendeels verdwenen. Alleen de buil prikt af en toe. Verder heeft ze niets aan de ontploffing overgehouden.

Timo komt glunderend binnen met een dienblad vol lekkers en een krant. Die pakt hij als hij het blad op haar schoot heeft gezet en vouwt hem open.

'Je staat op de voorpagina, Alice. GIJZELINGSDRAMA IN ZIEKENHUIS.'

Haar ogen schieten door het artikel. Van Ulvenhout dood, Lodewijk de Wit, de al zo zwaar getroffen directeur van de kernreactor, maakt het naar omstandigheden goed. Over het motief van de gijzelnemer, de voormalige klokkenluider Van Ulvenhout, is nog niets bekend. Het wordt niet uitgesloten dat zijn klokkenluidersverleden een rol heeft gespeeld. Politie en justitie zijn een onderzoek gestart.

Een opzienbarende gedachte, bedenkt ze cynisch. Nou ja, die krantenmensen weten niet wat zij weet, en ze moeten toch wat schrijven. Erik trouwens ook niet. Ze kunnen het onderzoek zonder haar onmogelijk afronden.

'Wat een artikel, hè?' zegt Timo.

'Ja,' zegt ze wat afwezig.

'Ik ben trots op je,' herhaalt hij voor de zoveelste keer. 'En heel erg opgelucht dat je er zo goed vanaf bent gekomen.'

Onrustig schuift ze heen en weer. Ze neemt een te grote slok van de hete thee en neemt snel een hap fruit. Ze pelt haar ei. Het geel druipt op de toast. Normaal zou ze dat lekker hebben gevonden. Nu werkt ze alles naar binnen zonder ervan te genieten.

'Wat is er met je?'

'Sorry, Timo. Dit is hartstikke lief van je, maar ik heb er geen tijd voor. Ik moet naar het bureau.'

'Wat? Ben je niet goed wijs? Een paar dagen rust, zeiden de dokter en de commissaris.'

'Ik voel me prima. De hoofdpijn is over. Echt, ik moet weg, sorry. Ik leg het je later wel uit.'

Hij kijkt haar verbijsterd aan als ze uit bed stapt en naar de badkamer loopt. Ze wil eerst een douche nemen. Gelukkig kan ze verhullen dat ze toch even duizelig wordt.

'Waarom bel je niet op?' stelt Timo voor als ze onder de douche vandaan komt.

'Oké, een goed compromis.'

Even later heeft ze Erik aan de lijn. Die wil vooral weten hoe het met haar is. Het onderzoek kan best zonder haar worden voortgezet. Hij staat op het punt om naar Lodewijk de Wit toe te gaan. Die heeft om een onderhoud met hem gevraagd omdat hij een verklaring wil afleggen.

'Logisch dat hij dat wil, Erik. Maar jij weet niet wat Van Ulvenhout over hem heeft gezegd. Jij hebt de reactie van De Wit niet gehoord. Jij hebt misschien niet in de gaten dat hij zich ergens uit probeert te praten nu hij weet dat Van Ulvenhout niet meer leeft.'

Ze windt zich op. Oppassen, anders komt de hoofdpijn terug.

'Ik wil met je mee,' zegt ze beslist.

'Het spijt me, Alice. Dit doe ik alleen. Je bent niet zo onmisbaar als je zelf denkt.'

'Wat krijgen we nou? Niet onmisbaar? En gisteren dan?'

Ze hoort hem zuchten.

'Vertel me dan wat je gisteren hebt gehoord en waar De Wit volgens jou over wil praten.'

'Volgens Van Ulvenhout heeft hij de opdracht gegeven om zijn vrouw te vermoorden. Aan wie weet ik niet. En dan was er iets met radio-isotopen, waar hij veel geld mee zou hebben verdiend.'

Het blijft lang stil.

'Dat is nogal wat, Alice. Veel geld verdiend met radio-isotopen, zeg je? Waar gaat dat over?'

'Weet ik nog niet. Ik ga zo wel even googelen.'

'Rustig aan, hè? Is er nog meer wat ik moet weten?'

'Ja. De Wit heeft toegegeven dat hij een envelop naar Van Ulvenhout heeft gestuurd en die weer via Tosca retour heeft gekregen.'

'Ik zou bijna zeggen dat je toch onmisbaar bent.' Het klinkt luchtig, maar hij meent wel wat hij zegt. 'Het spijt me, maar ik moet nu weg.'

'Bel me dan als je terug bent op het bureau. Of nee, ik kom daarnaartoe,' zegt ze op een toon die geen tegenspraak duldt.

Hij zucht opnieuw. 'Je maakt het me wel moeilijk. Ik heb een beter idee. Als ik bij De Wit ben geweest, kom ik naar jou toe, met een doos gebak om de goede afloop te vieren.'

'Nog niet voor iedereen, Erik. Tot straks.'

'Je bent thuis om tot rust te komen, niet om achter de computer te gaan zitten,' sputtert Timo.

'Sorry. Dit is belangrijk, Timo. Erik komt straks hierheen en dan wil ik meer weten over die radio-isotopen.'

Google levert een eindeloze rij hits op als ze *radio-isotopen* intikt. Het gaat om synthetische radio-isotopen die moeten worden aangemaakt in een kernreactor of deeltjesversneller. Toepassingen in de industrie, maar vooral in de nucleaire geneeskunde bij kankeronderzoek. Met behulp van een gammacamera, die het vermogen heeft om straling op te vangen en om te zetten in beelden, kan de werking van organen bij patiënten worden onderzocht.

Heel knap allemaal.

Kernreactoren leveren alleen het materiaal dat vervolgens door de farmaceutische industrie wordt bewerkt tot gebruiksklare medische preparaten.

Ze klikt een artikel aan over de beschikbaarheid van radio-isotopen. Er blijkt wereldwijd een tekort aan te zijn.

DELFT PATENTEERT AANMAAK RADIO-ISOTOPEN luidt de kop van een ander artikel. De Technische Universiteit Delft heeft een nieuwe productiemethode ontwikkeld.

Hoe zei Van Ulvenhout het ook weer? *Lodewijk is dol op isotopen omdat ze veel geld in zijn laatje brengen.*

Met een zucht zet ze de computer uit en biedt weerstand aan nog een pijnstiller. Dan dwalen haar gedachten af naar Tosca. Ze is artsenbezoeker, werkt voor de farmaceutische industrie. Zou ze dan toch iets met de zaak te maken hebben? Dan zou ze zich wel heel erg in die vrouw vergissen. Van Ulvenhout heeft indirect toegegeven dat hij haar heeft gegijzeld. Haar envelopverhaal klopt. Met de moord op Ilona de Wit heeft ze niets te maken. Ze heeft onder immense druk gestaan om te doen wat haar werd opgedragen. In hoeverre valt dat haar aan te rekenen?

Om Timo gerust te stellen gaat ze op de bank zitten. Samen drinken ze koffie, gezellig, al kan ze haar ongedurigheid nauwelijks verbergen.

Tosca is slachtoffer, geen dader. Ze wil er alles aan doen om haar zo snel mogelijk vrij te krijgen. Daarom wil ze doorwerken tot de zaak is afgesloten, legt ze Timo uit. Hij reageert er lauwtjes op.

Na de koffie houdt ze de straat in de gaten. Het duurt veel te lang. Zou Erik na het verhoor nog ergens anders naartoe zijn gegaan?

Eindelijk ziet ze zijn auto een lege parkeerplaats in draaien. Hij stapt uit, met de aangekondigde gebaksdoos. Ze loopt al naar de deur. Hij oogt ontspannen, ziet ze als open doet, en opgelucht. Zo kent ze hem als ze een moeilijke zaak tot een goed einde hebben gebracht.

'Dag, onmisbare collega,' zegt hij plagend.

Tot haar verrassing geeft hij haar een zoen op haar wang. Timo, die in de keuken bezig is met de koffie, krijgt een familiaire klap op de schouder.

'Lukt het een beetje om de patiënt in toom te houden?'

'Ik heb een vrije dag genomen, maar ik had het net zo goed kunnen laten,' moppert Timo. 'Waar gaan jullie je werkbespreking houden?'

'Gewoon, hier,' zegt Alice. 'Tenzij jij er bezwaar tegen hebt dat Timo alles hoort.' Ze kijkt vragend naar Erik.

Die aarzelt. 'Wat hier wordt besproken, mag niet naar buiten komen. De pers zou er namelijk wel raad mee weten.'

'Ik laat jullie na de koffie wel alleen.'

'Zo lang wil ik niet wachten.'

Het lukt haar niet meer om haar ongeduld te camoufleren. 'Ik vertel Timo wel vaker iets, en dat komt nooit naar buiten. Ga alsjeblieft zitten, Erik. Heeft De Wit nog geprobeerd zich eruit te praten?'

Erik laat zich op de bank zakken. 'Hij heeft een verklaring, een bekentenis feitelijk, afgelegd waar je van zult opkijken. Dat hij iets naar Van Ulvenhout heeft gestuurd en dezelfde envelop als bompakket terugkreeg, staat nu vast. Hij is ook schuldig aan de dood van zijn vrouw, maar indirect en onbedoeld.'

'Hoezo onbedoeld? En heeft hij verteld wat er in die envelop zat?' dringt Alice aan.

'Dat is een gecompliceerd verhaal. Als je het niet erg vindt, wil ik de goede afloop vieren, Alice.'

'Vind ik ook,' zegt Timo, die gebakschoteltjes en -vorkjes heeft gepakt.

Ze verbijt zich. Hoe kunnen die mannen na alles wat er gisteren is gebeurd leuk gebak gaan zitten eten en een luchtig gesprek voeren over de vertragingsfactor bij het op afstand tot ontploffing brengen van een bom?

'Ik ga David van school halen,' zegt Timo, als ze de conclusie hebben getrokken dat het zo'n tien seconden moet zijn.

Hij staat op en loopt de kamer uit. Misschien dat Erik nu wat makkelijker praat.

'Een gecompliceerd verhaal, zei je?' vraagt ze. 'Heeft dat met die enveloppen te maken?'

'Onder andere. Maar er is veel meer. Je weet dat Ilona de Wit de vriendin – of minnares – was van Van Ulvenhout. Toen De Wit dat doorkreeg...'

'Door jouw opmerking in het ziekenhuis.'

'Klopt. Toen hij dat dus doorkreeg werd hem duidelijk wat er moest zijn gebeurd. Dat heeft weer te maken met die bankafschriften waar Tosca Lagerwey het over had.'

'Ook daarover heeft ze dus niet gelogen. Wat voor bankafschriften?'

'De Wit bezat een bankrekening in Zwitserland, waar regelmatig aanzienlijke bedragen op werden gestort, afkomstig van de farmaceutische industrie. Officieel niet illegaal, beweerde hij, maar als het bekend werd zou het wel commotie veroorzaken. Ilona kwam daarachter. Ze had toen al een verhouding met Van Ulvenhout. Om kort te gaan: Ilona heeft Van Ulvenhout over die bankrekening verteld. Dat was koren op zijn molen.'

'Sorry, Erik. Hier begrijp ik niet veel van.'

'Ik sla iets over. In die reactor worden radio-isotopen geproduceerd. Heb jij nog uitgezocht wat dat zijn?'

'Radioactieve grondstof die wordt gebruikt om preparaten van te maken voor de nucleaire geneeskunde. Medische isotopen zijn schaars en duur. Er wordt veel geld mee verdiend.'

Erik knikt. 'Dat past dus naadloos in het verhaal van De Wit. Hij beweerde dat de farmaceutische industrie er veel aan gelegen is dat een kernreactor niet voor ieder storinkje of akkefietje wordt stilgelegd. Dat zou ze veel geld kosten. Een directeur die kans ziet zijn reactor onder alle omstandigheden draaiende te houden, verdient daarom dikke bonussen. Lodewijk de Wit had speciaal daarvoor een bankrekening in Zwitserland geopend.'

'Ik begin het te begrijpen,' zegt Alice. 'Van Ulvenhout trok aan de bel omdat de reactor bleef doordraaien terwijl dat niet verantwoord was; De Wit zag zijn bonussen in rook opgaan als hij dat ding moest stilleggen. Oorlog tussen die twee dus. En dan had Van Ulvenhout ook nog zijn vrouw ingepikt.'

'Maar dat wist hij niet. De Wit begreep niet hoe Van Ulvenhout in het bezit was gekomen van zijn bankafschriften.'

'Hoe kwam hij daar dan achter?'

'Van Ulvenhout chanteerde hem ermee, uit wraak, vanwege zijn ontslag. De Wit was doodsbang dat alles openbaar zou worden en besloot te betalen. Tot hij opeens het dubbele bedrag wilde hebben. Hij was namelijk in bezit gekomen van nieuwe bijschrijvingen op De Wits rekening, die níét afkomstig waren van de farmaceutische industrie.'

Alice leunt achterover. Ze staart stomverbaasd naar Erik. 'En dat heeft De Wit jou net allemaal verteld?'

'Ja. Hij wilde schoon schip maken. Die man heeft zo'n puinhoop van zijn leven gemaakt, dat hij zo niet verder wil. En hij vond het vreselijk dat er twee onschuldige mensen zijn gedood. Hij vermoedt dat alles uiteindelijk toch aan het licht komt. Daarom geeft hij liever zelf openheid van zaken, in de hoop dat de rechter hem in ruil daarvoor een mildere straf zal opleggen.'

'Maar… Officieel was hij niet in overtreding, zei je. Hij werd gechanteerd. Er is veel gedoe geweest rond de veiligheid van die reactor, maar er is nooit iets bewezen. Van Ulvenhout is zelfs in het ongelijk gesteld door de rechter. Waar was die man dan bang voor?'

'Voor wat ik je nu ga vertellen. Op de een of andere manier kwamen anderen erachter dat De Wit niet vies was van wat extra inkomen. Ik zeg bewust *anderen*, want ik weet niet wie dat precies zijn. De Wit deed daar heel terughoudend over. Hij had het alleen over tussenpersonen. Iemand heeft hem gevraagd of hij zijn invloed wilde aanwenden om een bepaalde persoon, een niet-Nederlander, op een belangrijke post in die reactor benoemd te krijgen. Zodra de benoeming een feit was, zou er een bedrag op zijn Zwitserse bankrekening worden gestort.'

'Mijn god. Bedrijfsspionage in een kernreactor. Een niet-Nederlander? Iemand uit het Midden-Oosten soms? Wilde Van Ulvenhout daarom een vlucht naar Damascus?'

'Zou best kunnen. Hij heeft het in de pers een keer gehad over de nucleaire maffia. Maar het kan ook om terroristen gaan.'

'Levensgevaarlijk! Dus De Wit heeft ervoor gezorgd dat zo'n benoeming plaatsvond?'

'Anders had Van Ulvenhout hem geen fotokopie kunnen opsturen van een bankafschrift met een nieuwe bijschrijving. De Wit voelde zich daardoor zo in het nauw gedreven dat hij uiteindelijk zijn tussenpersoon op de hoogte heeft gesteld. Die zou ervoor zorgen dat de zaak werd geregeld. De Wit hoefde zich er niet druk om te maken. Diezelfde dag kreeg hij op kantoor een herinnering van Van Ulvenhout, met een ultimatum. Betalen of bekendmaken. Hij heeft dat aan die tussenpersoon doorgegeven. Daarna heeft hij kopietjes gemaakt van de laatste salarisstroken die Van Ulvenhout had ontvangen toen hij nog voor hem werkte, de bedragen doorgestreept en er allemaal nullen voor in de plaats gezet. Een opwelling, uit machteloze woede, om hem lik op stuk te geven. Hij wilde die logischerwijs niet door zijn secretaresse laten versturen. Zelf had hij geen envelop op voorraad. Daarom heeft hij de eerste de beste gepakt die in de buurt lag, een gebruikte.'

'En die is door Tosca uit de brievenbus van Van Ulvenhout gehaald. Wat een ontknoping, Erik.'

De zucht die ze slaakt komt zo ongeveer uit haar tenen. Ze staat op. 'Wil je nog koffie?'

'Graag.'

'Wat denk je van Tosca Lagerwey?' vraagt ze als ze terugkomt en de kopjes op tafel zet.

'Tja... Moeilijk.'

'Hoezo moeilijk? Ze zal nu wel snel vrijkomen, neem ik aan.'

Erik antwoordt niet meteen.

'Het is nu toch duidelijk dat ze onschuldig is?'

'O ja? Ik wil niet al te pessimistisch zijn, Alice, maar het zou me niet verbazen als de officier van justitie daar nog allerminst van overtuigd is.'

39

'Vergeet je niet dat je straks naar je advocaat moet? Weet je nog waar je moet zijn?' vraagt haar bewaker terwijl ze het dienblad met haar lunch weghaalt.

'Ja. Wat een avontuur, zonder begeleiding de afdeling af! Weet je wat ik niet snap? Een paar dagen geleden liepen er altijd twee agenten met me mee als ik ergens heen moest omdat ik gevaarlijk en gewelddadig zou zijn, en hier mag ik alleen door het gebouw lopen.'

'Je advocaat heeft niet om beveiliging gevraagd, neem ik aan. Tot nu toe heb je niet de indruk gewekt gewelddadig te zijn. We zijn hier wel wat gewend.'

'Ergens val ik dus nog mee?'

'Wat mij betreft wel,' klinkt het neutraal. 'Vergeet niet om je celdeur op slot te draaien.'

'Ik heb niets wat de moeite van het pikken waard is.'

'Toch doen. En ga hier niet te vroeg weg, want dan kom je niet langs de afdelingscontrole. Ze weten daar precies hoe laat je ergens moet zijn. En ga ook niet door het gebouw zwerven. Overal hangen camera's. Je wordt gevolgd zodra je hier weg bent. Doe je het toch, dan heb je jezelf ermee. Volgende keer is er dan wél iemand nodig om je te begeleiden als je ergens heen wilt, naar een arts, een pastoraal werker, een advocaat, of wie dan ook. Zo iemand is lang niet altijd beschikbaar, snap je?'

'Helemaal duidelijk. Dank je voor de waarschuwing.'

'Graag gedaan.'

Waarom wordt iemand cipier, vraagt ze zich af terwijl ze de vrouw nakijkt. Deze valt mee, is niet zo macho als de andere vaste kracht op deze afdeling. Ze lijkt zich zorgen te maken omdat ze te mager wordt. Zou er iets van idealisme achter zitten? Stressbaan, hoge werkdruk, laag loon. Daar staat niemand voor in de rij, zou je denken.

Half twee geweest, ziet ze op haar horloge. Ze heeft het twee dagen geleden teruggekregen. Nog een half uur. Wat zou Roelof Hartog te melden hebben? Sinds het bezoek van Alice van Vliet, drie dagen geleden alweer, heeft iedereen haar met rust gelaten. Stienstra en Verdonk vinden haar zeker niet interessant meer, en de rechter-commissaris die haar de voorlopige hechtenis heeft opgelegd, herinnert zich haar waarschijnlijk pas weer nadat de termijn is verstreken en het tijd wordt voor een nieuwe verlenging. Zo cynisch denkt ze inmiddels. Fout, zal haar bewaakster zeggen. Moed houden. Een beetje hoop doet wonderen.

Twintig minuten later draait ze haar celdeur op slot en loopt naar de controlesluis bij het glazen kantoortje, waarin een cipier via camera's alles en iedereen in de gaten houdt. Hij opent de eerste deur als hij haar aan ziet komen.

'Ik heb een afspraak met mijn advocaat.'

De man knikt. De deur voor haar opent automatisch.

'Weet je hoe je moet lopen?'

'Ja.'

Vroeger stelde ze zich een gevangenis altijd voor als een somber gebouw met zware deuren en tralies, met cellen rond een galerij waar het galmt van voetstappen, luide stemmen en dichtslaande deuren. Een galerij van glas kwam in die fantasie niet voor, net zomin als gevangenen die zelf hun cel kunnen afsluiten en met de sleutel op zak kunnen rondlopen.

Voor de lift staat al iemand te wachten. Een gevangene net als zij, ook op weg naar een afspraak? Of een sociaal werker, een schoonmaker misschien?

'Welke verdieping?' vraagt de vrouw als de liftdeur opengaat.

'Tweede.'

'Toevallig. Ik ook. Daar zijn de spreekkamers, hè?'

Een medegevangene dus. Als ze naast elkaar in de lift staan, neemt ze haar steels op. Wat zou zij hebben gedaan? Misschien staat ze wel naast een moordenares. Opeens herinnert ze zich dat er, jaren geleden, een afrekening in een van de liften in dit gebouw heeft plaatsgevonden. Liftdeur ging open, man met doorgesneden keel viel naar buiten. Dat is breed uitgemeten in de pers. Zoiets zou in een gevangenis toch onmogelijk moeten zijn.

Zwijgend wachten ze tot de lift tot stilstand komt.

'Succes,' zegt de vrouw.

'Dank je. Jij ook.'

Bij de spreekkamer blijft ze verrast staan. Roelof Hartog is niet alleen, ziet ze door de ruit. Hij zit te praten met Alice van Vliet. De rechercheur kijkt op. Als ze haar ontdekt glimlacht ze en maakt een gebaar dat ze kan binnenkomen.

Roelof Hartog staat op. 'Dag, mevrouw Lagerwey.'

Hij steekt zijn hand uit en drukt de hare opvallend licht. Maakt ze zo'n breekbare indruk?

'Ga zitten.'

'Dag, Tosca,' zegt Alice. 'Je advocaat was zo vriendelijk om me bij dit gesprek aanwezig te laten zijn. Ik heb je nogal wat te vertellen en ik wilde je ook even gedag zeggen.'

'Mevrouw Van Vliet is intensief bij uw zaak betrokken geweest,' zegt Hartog op zijn formele toon. Toch doet hij deze keer geen poging om haar ogen te ontwijken. Hij lijkt weer wat op de open, vriendelijke man van in het begin. Zijn haar is recentelijk geknipt en zijn grijze bakkebaarden zijn grotendeels weggeschoren, waardoor hij er jonger uitziet. Op zijn wangen staat dezelfde blos als de eerste keer.

'Uw dossier is flink gegroeid,' vervolgt hij. Hij wijst op de stapel papier voor zich. 'Vooral door toedoen van mevrouw Van Vliet.'

Afwachtend kijkt Tosca van de een naar de ander. De glimlach van Alice en de ontspannen houding van Roelof Hartog duiden op goed nieuws. Toch maakt ze zich nog geen illusies, zo veel heeft ze inmiddels wel geleerd.

'Hebt u het nieuws de afgelopen dagen gevolgd?' vraagt Roelof Hartog. 'Ik weet dat u hier tv kunt kijken.'

'Nee.' Ze haalt haar schouders op. 'Dat kan me allemaal niets meer schelen. Vertel me alsjeblieft waarom jullie hier zijn. Toch niet om over het nieuws te praten?'

Onrustig schuift ze heen en weer op haar stoel.

'Er is iets gebeurd wat voor jou heel belangrijk is, Tosca,' zegt Alice. 'Ik zal het je uitleggen. Van Ulvenhout, voor jou Leon, heeft geprobeerd om Lodewijk de Wit te vermoorden. Dat is op het laatste moment voorkomen. Een gijzeling in een ziekenhuis was het gevolg. Van Ulvenhout…'

Doodstil luistert Tosca naar het zakelijke verslag. Ze moet iets wegslikken als Alice zegt dat Leon is doodgeschoten. Moet ze hier nu opgelucht over zijn of juist niet? Als Alice vervolgens vertelt dat De Wit haar enveloppenverhaal heeft bevestigd en dat Leon vóór zijn dood impliciet heeft toegegeven dat hij haar gegijzeld hield, beginnen er emoties op te spelen.

'Ik word dus eindelijk geloofd? Die gijzelingsactie was al twee dagen geleden? Waarom komen jullie me dat dan nu pas vertellen? Ik had gisteren al vrij kunnen zijn,' reageert ze opstandig.

'Zo eenvoudig ligt dat niet, mevrouw Lagerwey. Deze rapporten' – Hartog tikt op de stapel – 'zijn inmiddels naar de rechtercommissaris gestuurd. Hij moet de nieuwe informatie beoordelen en dan beslissen of uw voorlopige hechtenis wordt opgeheven.'

Ze zucht diep. Om wanhopig van te worden. 'Hoe lang gaat dat duren? Alles is nu toch duidelijk?'

'Tja…' Roelof Hartog kijkt Alice aan. 'De vraag of u redelijkerwijs kon vermoeden dat u een bombrief aan de heer De Wit gaf, is nog niet beantwoord. Hoe groot was de psychische druk waaronder u stond? Waarom hebt u in dat buurthuis de kans niet aangegrepen om de politie te waarschuwen? Zulke dingen zal de rechter-commissaris in zijn beoordeling willen meewegen.'

'Ik word dus niet vrijgelaten?' vraagt ze met verstikte stem.

'Het openbaar ministerie zal het wettige en overtuigende bewijs moeten leveren dat je doelbewust een bom aan De Wit hebt overhandigd. En dat je daarna met je mobiel het sein hebt gegeven om dat ding te laten ontploffen. Dat lukt ze niet, daar ben ik zeker van.'

'Ik denk dat mevrouw Van Vliet daar gelijk in heeft,' zegt Hartog. 'Ik ga proberen de rechter-commissaris daarvan te overtuigen. Als dat lukt, wordt u op korte termijn in vrijheid gesteld.'

'En als het niet lukt?'

'Dan duurt het wat langer, tot uw proces. U hebt geluk dat Van Ulvenhout dood is. Hij was de enige die had kunnen verklaren dat u wel degelijk wist wat u afgaf, al was het maar om u dwars te zitten. Nogmaals: de bewijslast dat u te kwader trouw handelde ligt bij het OM.'

'Ze proberen te bewijzen dat ik schuldig ben. In bewijzen waaruit mijn onschuld blijkt zijn ze niet geïnteresseerd,' zegt ze cynisch.

'Zo ligt dat niet, mevrouw Lagerwey. Zolang uw schuld niet vaststaat, bent u onschuldig. Dat hoeft door niemand bewezen te worden.'

'Maar ik blijf wel verdachte omdat ik niet word geloofd.'

Alice kijkt haar strak aan. 'Herinner je je nog dat je me vroeg wat ik zou doen als ik moest kiezen tussen het leven van mijn zoontje en dat van een onbekende?'

Tosca knikt nauwelijks merkbaar.

'Die vraag moet je aan de rechter niet stellen. Die zou dat makkelijk in je nadeel kunnen uitleggen.'

'Geloof jij dan dat ik bewust een bom afgaf?'

'Met dat voorbeeld probeerde je me vooral duidelijk te maken in wat voor een onmogelijke situatie je terecht was gekomen.' Alice kijkt nadenkend naar Roelof Hartog en kiest haar woorden zorgvuldig. 'Op mij maak je niet de indruk iemand te zijn die doelbewust iets zou doen waardoor anderen het risico lopen om verminkt of gedood te worden. Ik heb er alle vertrouwen in dat een rechter uiteindelijk tot dezelfde conclusie komt.'

Na het afscheid loopt Tosca in gedachten terug naar haar afdeling. Ze wordt misschien niet meteen op vrije voeten gesteld, maar het gesprek met Alice en haar advocaat heeft haar nieuwe hoop gegeven. Als ze de lift uit komt loopt ze langzaam door de gang naar de controlesluis. Een cel is geen plek om je voor te haasten. De cipier achter het glas glimlacht naar haar, alsof hij blij is dat ze uit zichzelf is teruggekomen.

In haar cel denkt ze aan wat haar bewaakster kort geleden zei: *Dit houd je zo niet lang vol, hoor. Je moet af en toe eens met iemand praten.* Dit is zo'n moment. Ze voelt geen enkele behoefte om de afdeling op te lopen en bij een medegevangene haar hart te luchten. In plaats daarvan gaat ze achter haar tafeltje zitten, legt er een vel papier op en pakt haar balpen.

Lieve Sofie en Felix,

Wat was ik blij met jullie briefje dat oma hiernaartoe heeft gestuurd. Ik heb het boven mijn bed op de muur geplakt. Dan kan ik het steeds opnieuw lezen. Ik denk de hele tijd aan jullie.

En nu heb ik heel goed nieuws. Jullie hoeven niet zo heel

lang meer bij papa en Karin te blijven wonen. De politie
heeft nieuwe dingen ontdekt. Die bewijzen dat ik
onschuldig ben, wat jullie natuurlijk allang wisten.
Ik weet jammer genoeg niet hoe lang het nog gaat duren
voor ik naar huis mag. Heel snel, hoop ik. Ik kom jullie dan
meteen ophalen, zodat we het lekker kunnen gaan vieren,
samen met oma.
Schrijven jullie me nog zo'n lief briefje? Ik kijk er heel erg
naar uit.

Heel veel liefs,
mama